NI LE JOUR NI L'HEURE

Du même auteur

Veritas, Fayard, 2024.
Sara, Fayard, 2022.
Le Royaume du fleuve, Michel-Lafon, 2021.
Sauve-la, Fayard, 2020 ; Livre de Poche, 2021.
Parasite, Mazarine, 2019 ; Livre de Poche, 2020.
Pire que le mal, Toucan, 2017 ; poche 2018.
Tension extrême, Fayard, 2017 ; Prix du Quai des Orfèvres
Sous la ville, Toucan, 2016 ; poche, 2018.
Un parfum de soufre, Toucan, 2015.
La Trace du silure, Toucan, 2014 ; Livre de Poche, 2018.
Le Vallon des Parques, Toucan, 2013.

Sylvain Forge

NI LE JOUR
NI L'HEURE

FAYARD NOIR

Couverture : Adrien Toledano
Image : © Magdalena Russocka / Trevillion Images

Dépôt légal : septembre 2025
ISBN : 978-2-213-73205-3

Combien de temps…
Combien de temps encore
Des années, des jours, des heures, combien ?
Quand j'y pense, mon cœur bat si fort…
Mon pays, c'est la vie.
Combien de temps…
Combien ?

« Le Temps qui reste »,
chanson de Serge Reggiani

Chapitre 1

« Tout citoyen a le droit de connaître l'année de sa mort en se soumettant à un test de clarté auprès de la plateforme prédictive certifiée par l'État. Ce droit s'exerce de manière volontaire, à l'exception des professions spécifiquement énumérées par la loi. L'État garantit que cette procédure ne porte préjudice à aucune personne au sein de la communauté. »

(Article 18 de la Déclaration des droits de l'homme et du citoyen)

19 juin 2037
Aéroport Montpellier-Méditerranée

L'homme fixait le hublot, immobile, les doigts crispés sur les accoudoirs. Quarantaine usée, barbe drue, tempes argentées : rien de remarquable, sauf ces yeux d'un bleu coupant. En temps normal, il attirait les compliments des femmes, mais, ce matin-là, il se dérobait. Après s'être arraché à sa contemplation du vide, il se tourna vers l'intérieur de l'appareil et balaya la cabine d'un regard furtif.

Pour masquer sa nervosité, il saisit une brochure glissée dans la pochette du siège face à lui et tourna les pages au hasard. Elles exhibaient des photos de paysages exotiques : des promesses d'évasion, figées sur papier glacé. Publié par le ministère du Tourisme, le livret annonçait une règle brutale : chaque citoyen était désormais limité à six vols touristiques au cours de sa vie, une tentative radicale pour diminuer l'empreinte carbone. En lettres grasses, un slogan cognait : « Chaque vol compte : choisissez bien, voyagez mieux. »

Au moment où l'avion quitta le tarmac, le grondement du moteur et les vibrations de la carlingue résonnèrent douloureusement en lui. Il détestait cette sensation d'être suspendu dans les airs, vulnérable aux vents contraires qui pouvaient à tout moment transformer un vol ordinaire en une chute vertigineuse. Par le hublot, Montpellier s'estompait déjà, comme dissous dans une brume de chaleur.

Il battit des paupières, ébloui par la lumière crue, presque blanche, qui trahissait une température accablante. Les toits des bâtiments étaient tous peints de tons clairs ou recouverts de panneaux solaires. Il reconnut facilement la cathédrale Saint-Michel, la tour de la Babote et l'aqueduc Saint-Clément, ruban antique filant à travers le paysage brûlant. La cité lui fit l'effet d'une ville fantôme, avec ses rues vides et ses habitants terrés chez eux en quête de fraîcheur.

Il respira profondément et ses yeux se posèrent sur sa montre.

C'est trop tôt pour passer à l'action, songea-t-il, l'avion doit encore prendre de l'altitude.

Discrètement, sa main effleura sa hanche, vérifiant la présence d'un objet plat et froid dissimulé sous ses vêtements : un pistolet en polymère conçu pour déjouer les portiques des aéroports trop curieux.

C'était la première fois qu'il allait l'utiliser en conditions réelles… Son cœur cognait fort dans sa poitrine.

Pas le droit à l'erreur.

Autour de lui, les conversations des passagers se mêlaient au bourdonnement des moteurs, entrecoupées par le cliquetis des ceintures de sécurité et le froissement des magazines. Il observait subtilement ses compagnons de voyage. Des enfants qui se faisaient la grimace, une vieille dame plongée dans un roman, un businessman tapant sur le clavier de son ordinateur. Ils étaient tous dans leur bulle ; un petit monde fragile qui allait bientôt éclater.

Il revit en flash des bribes de son entraînement, les directives strictes maintes et maintes fois martelées. Aucun raté. Aucune hésitation.

Tout à coup, l'avion traversa une poche de turbulence. Des consignes fusèrent des haut-parleurs : « Mesdames et messieurs, veuillez immédiatement regagner vos sièges et boucler vos ceintures. » La voix était calme, mais ferme. Des hôtesses et un steward parcoururent les allées, vérifiant que chaque passager respectait les instructions.

L'homme ferma les yeux un instant pour rassembler son courage. L'heure était venue. Le cœur battant, il se leva d'un pas décidé et s'élança vers la cabine de pilotage, le regard fixé sur la porte qui le séparait de son objectif. Une hôtesse s'interposa avec autorité et lui lança :

— Monsieur, vous devez retourner à votre siège maintenant !

Il la considéra une seconde, puis la repoussa d'un geste brusque, poursuivant sa course vers l'avant de l'avion. Ceux qui avaient été témoins de la scène furent saisis d'affolement. Alors que l'avion s'inclinait de plus en plus, perdant de l'altitude à une vitesse alarmante, un second individu se leva et se précipita à la suite du premier avec une coordination qui ne laissait aucun doute sur leur association. À bord, la panique se répandit comme une traînée de poudre. Des cris éclataient, des passagers appelaient à l'aide, tandis que d'autres restaient paralysés par la peur.

Devant les deux hommes se trouvait la porte blindée menant à la cabine de pilotage. Elle était équipée d'une serrure à trois points, surmontée d'une caméra. Ils savaient tous les deux qu'elle avait été pensée pour offrir une sécurité maximale dans le sillage des attentats du 11 septembre 2001. Sans hésiter, le barbu tapa un code à quatre chiffres. C'était un dispositif conçu pour les situations où les pilotes seraient incapables, pour quelque raison que ce soit, de déverrouiller la porte de l'intérieur. Un léger clic signala que le code était le bon. Ils s'engouffrèrent dans la cabine, laissant derrière eux les hurlements des passagers.

À l'intérieur de l'habitacle, un spectacle à glacer le sang : le tableau de bord clignotait d'alertes tandis que le copilote, étourdi, avait une plaie saignante au front. À son côté, étrangement calme, le commandant gardait les mains crispées sur le manche. Au-dehors, le pic Saint-Loup se dressait, majestueux et terrifiant, grossissant à vue d'œil dans le cockpit. Soudain, l'homme à la barbe brandit son arme et hurla d'une voix autoritaire :

— Capitaine Sébastian Ortega, Chrono-Police, redressez !

Au même moment, son partenaire secouait vigoureusement le copilote pour tenter de le ranimer. Quant au chef de bord, il maintenait sa prise ferme sur les commandes, poussant l'appareil dans sa chute vertigineuse. Le regard fixe, il murmurait des mots inaudibles, telle une supplique adressée au monstre de roche qui dévorait l'horizon.

— C'est fini !

— Non, ça ne l'est pas ! répliqua le policier.

Il pointa le canon de son pistolet à impulsion électrique vers le pilote, qui tourna la tête vers lui.

— Vous ne comprenez pas. Je suis condamné à pourrir de l'intérieur.

— Les passagers n'y sont pour rien !

— Je m'en fous, gronda-t-il d'une voix rauque. Je veux que ça s'arrête !

Ortega abaissa son arme de quelques centimètres, calculant ses options. Le copilote avait repris conscience et venait de couper les alarmes. En caractères rouges, le mot « TERRAIN ! TERRAIN ! » clignotait toujours sur la console. Sentant du mou sur le manche, il en profita pour le tirer vers lui avec toute l'énergie qu'il lui restait.

Je ne peux pas utiliser mon pistolet dans la cabine : trop risqué pour les systèmes de bord.

— Vous allez sacrifier des dizaines d'innocents ! tonna Ortega. Qu'en dirait Emma, votre fille ?

Le souffle court, le pilote ferma les yeux, assailli par un tourbillon d'émotions contradictoires. Emma : sa chair, son sang, celle pour qui il aurait décroché la lune.

— Ma petite Emma… J'ai choisi ma sortie.

— Elle a besoin de son père.

— Pas d'une future épave ! cracha le commandant.

— Quand elle grandira, poursuivit Ortega, elle ne se souviendra pas d'un père malade, mais d'un meurtrier qui a fait d'elle la « fille du kamikaze ». C'est ça, votre héritage ?

Le pilote serra les dents. Des larmes coulaient sur son visage.

— Je ne peux plus revenir en arrière, souffla-t-il. L'Oracle ne se trompe jamais. Plus que deux ans de calvaire avant le néant. Même si je renonce maintenant, je finirai en prison. Emma sera seule.

Le policier rengaina son arme. Il captait enfin son regard.

— Votre diagnostic peut être un facteur atténuant. Je témoignerai. Vous êtes malade, pas un criminel.

— Menteur, siffla le commandant. Vous diriez n'importe quoi pour sauver cet avion.

L'appareil trembla violemment. Un avertissement. Le pilote regarda la montagne et son visage parut se tordre.

— Je suis si fatigué, murmura-t-il.

Ortega posa une main sur son épaule.

— Alors acceptez l'aide qu'on vous propose. Laissez le copilote s'occuper de l'avion.

— Trente secondes ! cria l'autre en écho, les mains crispées sur son manche.

Les hurlements des passagers redoublèrent. Le pilote tourna la tête lentement, comme s'il s'arrachait à un rêve. Son regard se perdit dans le vide, loin, très loin du cockpit.

— Je n'ai jamais vu Emma faire du vélo sans les roulettes…

Il ferma les yeux, puis les rouvrit brusquement, traversé par un éclair de lucidité.

— Prenez les commandes, dit-il au copilote d'une voix résignée.

Ce dernier réagit promptement. Ses mains tirèrent violemment le manche. Ortega fut projeté en arrière et son dos heurta la paroi.

— On passe ! On passe ! s'écria le copilote, le front luisant, les bras tendus à se rompre.

Une dernière secousse violente. Un bruit de métal qui effleure la roche. Puis le ciel immense, infini, qui s'ouvrait devant eux. Ortega empoigna fermement le commandant par le bras et le força à se retourner avant de lui passer les menottes avec un cliquetis sec. Puis il se posta devant lui et dit d'un ton neutre :

— Je suis le capitaine Ortega. En vertu de la loi Morot du 7 juillet 2029, vous êtes soupçonné d'avoir initié une action susceptible de mettre en danger la vie d'autrui.

Le commandant était hébété.

— Cette tentative, poursuivit le policier, constitue une infraction. Elle fait suite au « test de clarté » que vous avez réalisé le 22 décembre 2036 auprès du groupement Arcana Technologies, détenteur de l'Oracle.

Il sortit un petit carnet d'une de ses poches et lut sur la première page :

— Le résultat de ce test prévoit votre décès durant l'année 2038.

— Comment avez-vous su ?

Le policier désigna la puce sous-cutanée qui se trouvait près du biceps du pilote.

— On vous suit à la trace depuis un moment.

Il regarda sa montre avant d'ajouter :

— Il est 10 h 17. À partir de cet instant, vous êtes en garde à vue pour une durée de vingt-quatre heures, reconductible deux fois. Vous pouvez demander à être assisté par un avocat. Si vous n'êtes pas en mesure d'en désigner un, vous pouvez demander qu'un conseil commis d'office vous soit attribué par le bâtonnier du barreau de Montpellier.

Sébastian se tourna vers le cockpit pour s'assurer que l'avion était revenu sur une trajectoire stable. Le copilote avait la situation en main. Son confrère était parti tranquilliser les passagers en leur montrant sa carte tricolore. De retour vers Sébastian, il lui sourit.

— Pour une première mission, tu t'en es sorti comme un chef.

Chapitre 2

« Demain est écrit, mais aujourd'hui vous appartient. »
(Campagne d'affichage pour l'Oracle)

21 juin

Peu avant l'aurore, Sébastian Ortega avait garé sa voiture à l'orée du sentier de randonnée. Sur la droite, une pancarte annonçait : « Cirque de Navacelles ». Juste en dessous, un QR code noir sur fond blanc attirait le regard. Il était accompagné d'un message gravé dans le métal : « Randonnées soumises à restrictions. Zone protégée : permis obligatoire. » Les sportifs connaissaient bien cette consigne : l'accès aux écosystèmes fragilisés par la sécheresse était strictement réglementé. Les randonneurs étaient invités à scanner ce code avec leur smartphone pour s'identifier et consulter leur solde de points.

Ignorant cet avertissement, Sébastian mit une paire de lunettes aux branches épaisses et vérifia qu'il avait bien pris sa gourde. Avec les premiers rayons de l'aube, la garrigue se teintait de verts, de jaunes et d'ocres. L'air embaumait les parfums d'herbes séchées et de thym sauvage, réveillés par la rosée matinale. Sébastian avançait sur un sentier caillouteux et s'adressa, sans se retourner, à la fille qui le suivait.

— Catheline, tu vois comment le soleil embrase le sommet des falaises. On dirait qu'elles s'illuminent de l'intérieur.

— C'est magnifique, répondit-elle. Ça me rappelle les peintures de l'école romantique : les falaises escarpées qui s'élèvent autour du cirque, la rivière qui jaillit au fond de la gorge et le petit village blotti dans son écrin de verdure. Du pur Turner !

Elle sortit de sa rêverie.

— Fais gaffe aux pierres, le chemin est traître…

Plus tard, ils se tenaient tous les deux suspendus sur le belvédère, contemplant les falaises de Navacelles avec ses remparts naturels façonnés par des millénaires d'érosion. Des ombres nettes se projetaient sur la vallée, jetées par les hauts plateaux qui recevaient la lumière de l'aube. Sébastian sentit la mélancolie le saisir. Sa mère n'était plus là pour partager ce spectacle, arrachée trop tôt à ce monde. Son père non plus. Mais lui avait choisi de fuir. Loin, de l'autre côté des Pyrénées, avec cette femme dont Sébastian avait toujours pressenti l'existence sans jamais poser de questions. La randonnée prenait des allures de pèlerinage intime.

— Qu'y a-t-il, Sébastian ? Tu songes à l'avion ?

Le silence s'étira un instant avant qu'il ne réponde à sa sœur.

— Je pense aux parents. Je viens de me rendre compte que nous avions fait cette randonnée tous ensemble.

Elle ne dit rien.

— C'est étrange, la manière dont certains lieux gardent en eux les échos du passé.

— Sébastian…

— Oui ?

— J'aimerais arrêter.

Deux heures plus tard, Sébastian atteignait l'ouest de Montpellier, dans le secteur de la Mosson. Ici, les tours d'habitation, loin de rivaliser avec la grandeur des falaises cévenoles, se dressaient avec une simplicité sévère. La façade, telle une ruche, offrait un patchwork de stores grillés par l'ardeur du soleil et de climatiseurs bourdonnant sans relâche.

Sébastian gara sa voiture. En sortant, il leva les yeux vers le bâtiment qui abritait sa sœur. Elle vivait au quinzième étage de la tour Assas. Dans le cadre de la rénovation urbaine climatique, afin de permettre l'implantation de surfaces végétalisées, des échafaudages avaient été installés. En bas, une benne débordait de déchets recyclables : cartons, polystyrène et bâches en plastique.

Sébastian avait tenté, en vain, de convaincre Catheline de quitter ce quartier. Mais sa sœur était inflexible : c'était l'appartement de la famille. Pour lui, un lieu de déclin à fuir : murs écaillés, sol jonché de bouteilles d'alcool, trottoirs envahis d'herbes folles… Le cadre idyllique pour une jeunesse étouffée, entre une mère dépressive et un père aigri !

Après avoir traversé le hall, il fut accueilli par une forte odeur d'ammoniaque. Il ne put s'empêcher de grimacer. Les adolescents pissaient dans l'ascenseur et l'urine endommageait les composants électriques. Pour sa sœur comme pour lui, une panne était toujours un cauchemar, surtout quand il fallait monter quinze étages avec les courses en main.

Sébastian se dirigea vers l'entrée de l'appartement. À côté de la porte renforcée se trouvait, fixée au mur, une boîte à clés sécurisée, munie d'un cadenas numérique à quatre chiffres. Il tapa la date de naissance de sa sœur, récupéra la clé et pénétra dans le logement. Une chaleur étouffante le saisit aussitôt. Les rideaux, pourtant fermés avec soin, ne parvenaient pas à bloquer entièrement les rayons du soleil, qui dessinaient des arabesques de feu sur le plancher. Le salon baignait dans une moiteur lourde, presque tropicale. Deux ventilateurs se débattaient comme des bêtes fatiguées, brassant un air tiède. La pièce sentait la poussière et un fond de lavande chimique.

À travers la porte entrouverte de la salle de bains, il aperçut l'exosquelette de marche de sa sœur, soigneusement suspendu dans sa housse « médica-robotic ». Ce modèle dernier cri, commandé au Japon et censé redonner à Catheline son autonomie, lui avait coûté une petite fortune. Cependant, un défaut d'usine avait affecté la durée de la batterie, rendant l'armature presque inutilisable. Malgré sa frustration, sa sœur n'avait pas encore trouvé le temps ou l'énergie de déposer une réclamation auprès du fabricant.

Catheline était assise devant son bureau, assiégé par un grand ordinateur, des piles de dossiers et de documents relatifs à son travail dans les assurances. À côté du clavier, une paire de lunettes connectées témoignait d'une utilisation récente. Près d'elle se trouvaient aussi des étagères encastrées dans le mur et remplies de livres variés, allant de manuels techniques sur le codage et la cybersécurité à des romans contemporains. Plus bas, un bac à vinyles : musique électronique expérimentale, textures granuleuses, Tangerine Dream, Wendy Carlos, Aphex Twin. Et surtout, des bandes originales de films de science-fiction des années 70-80. Elle y trouvait un apaisement bizarre.

— Alors, Catheline, comment tu as trouvé notre escapade en montagne aujourd'hui ? lança-t-il.

Sa sœur allongea un peu les jambes, autant que le fauteuil le lui permettait, et lui adressa un sourire las.

— C'était merveilleux, Seb. Tes lunettes m'ont presque fait humer le vent et l'odeur de la terre. Merci de m'avoir emmenée avec toi.

— J'ai entendu dire qu'il y a de nouveaux modules d'expérience virtuelle qui simulent non seulement la vue et l'ouïe, mais aussi le toucher et même les sensations climatiques ! Imagine sentir la fraîcheur de la neige sous tes pieds ou celle d'un torrent de montagne, tout en traversant les Alpes ou les Rocheuses. Des gens commencent à mettre en ligne des randonnées hyper-immersives.

— Ça semble incroyable. Mais tu ne penses pas que ça nous éloigne un peu trop de la réalité ?

La réalité...

Sébastian sentit une pointe d'amertume dans le ton de sa voix, inconscient sans doute. Sa sœur lui rappelait son perpétuel besoin d'évasion face aux responsabilités familiales. Malgré tout, il était heureux d'avoir partagé ce moment avec elle. Il se dirigea vers le réfrigérateur, un modèle flambant neuf dont un des flancs portait le logo « Sentinelle Assurances ».

— Un cadeau de ta boîte ?

— Oui, en formule « care ».

— Ça sert à quoi ?

— Il analyse le stock de bouffe disponible et suggère des recettes équilibrées. Encore un truc que je n'ai pas pris le temps d'étudier.

Sébastian jeta un coup d'œil sur l'écran tactile, où clignotait une émoticône rouge avec la mention : « Légumes, fruits et protéines insuffisants ». En ouvrant la porte du frigo, Sébastian découvrit des étagères presque vides.

— Tu as besoin que je fasse des courses ?

— Oui, ça serait super. Le frigo peut passer commande tout seul via des plateformes de livraison intégrées, mais je n'aime pas être surveillée. J'ai coupé la connexion.

— Cathy… Tu aurais pu m'appeler avant d'être à court de tout.

— Et te déranger davantage ? répliqua-t-elle avec un sourire crispé. Tu n'es pas déjà suffisamment occupé par tes enquêtes ?

Il referma brusquement le frigo.

— Ce n'est pas une excuse. Ce n'est pas comme si tu pouvais tout gérer toute seule ! Tu as vu l'état de cet appart ? Et bon sang, qu'est-ce qu'il fait chaud ! Le climatiseur est encore en panne ?

Il s'essuya le front.

— L'ouvrier vient la semaine prochaine.

Il s'énervait déjà. Depuis la mort de leur mère, chaque fois qu'il rendait visite à sa sœur, Sébastian se sentait comme pris au piège. Veiller à tout… Entre lui et Catheline, la fille chérie de son père, ça n'avait jamais été simple, mais, depuis qu'ils se retrouvaient face à face, les choses ne faisaient qu'empirer. Il alla leur remplir un verre d'eau à tous les deux.

— Tu as l'air soucieux, s'enquit-elle.

— Cette tour, cet appartement surchauffé… Ce n'est pas une vie.

— Peut-être, mais c'est ici que je me sens chez moi.

— Maman n'est plus là et papa s'est tiré. Cet endroit est un mausolée.

— C'est facile pour toi, tu as fui il y a des années.

Sébastian soupira.

— Tu sais très bien pourquoi je suis parti. Je n'en pouvais plus. J'avais besoin de respirer.

— Et tu crois que c'était simple pour moi de rester ici avec eux ?

Leurs regards se croisèrent, chargés de vieilles rancunes.

— Tu ne peux pas continuer comme ça, dit-il.

— À attendre que la technologie s'occupe de tout ou à espérer que chaque problème se règle tout seul ? On sait tous les deux que ce n'est pas comme ça que ça marche.

— Non, c'est sûr… Mais couper tout contact avec le monde ne te rendra pas service non plus.

Elle fit pivoter son fauteuil vers lui.

— Tu ne sais pas ce que c'est, Seb. Être clouée là-dedans, avec chaque putain de minute de ma vie planifiée autour de ce que je peux faire ou pas.

— Cathy…

— Non, écoute-moi. Parce que toi, tu peux partir quand tu veux. Tu peux sortir, courir, marcher, respirer. Moi, tout ce que j'ai, c'est ça.

Elle désigna d'un geste les murs de l'appartement, son bureau encombré et l'écran du frigo qui continuait à clignoter faiblement. Sébastian détourna les yeux.

— Tu crois que je ne me sens pas coincé, moi aussi ? rétorqua-t-il finalement.

— Coincé ? reprit-elle, incrédule. Tu veux vraiment comparer ta cage dorée à la mienne ?

— Ce n'est pas ce que je voulais dire, tu ne comprends pas. Depuis que maman est partie…

Elle l'interrompit d'une voix tranchante.

— Partie ? Elle est morte, Seb. Arrête de fuir la réalité.

Le mot flottait dans l'air, lourd, douloureux.

— Peut-être qu'on est tous les deux coincés dans le passé ? conclut-elle.

Tant de choses qu'il souhaitait lui dire.

— Je suis désolé.

— Ce ne sont pas tes excuses que je veux, Seb.

— Alors qu'est-ce que tu veux ?

Elle demeura silencieuse un instant.

— Que tu restes, finit-elle par dire. Que tu sois là. Juste là.

Elle se redressa.

— Excuse-moi, murmura-t-elle en passant une main sur son visage. Je ne voulais pas. C'est juste que, parfois, tout devient trop... Parlons d'autre chose, veux-tu ? Tu ne m'as pas raconté comment s'est passée ton intervention dans l'avion. Ta première mission dans la Chrono-Police !

Sébastian regarda le sol.

— C'était tendu, mais on a réussi à maîtriser le commandant de bord.

Les yeux de Catheline s'écarquillèrent.

— Qu'est-ce qu'il s'est passé ?

— Il était prêt à jeter son appareil contre le pic Saint-Loup...

Sébastian se remémorait la cabine plongée dans le chaos et les cris des passagers qui résonnaient dans tout l'avion.

— Il avait fait un test de clarté et il n'avait pas supporté les résultats.

— Ça arrive souvent ?

— Rarement.

— Mais comment avez-vous réussi à détecter son comportement suicidaire à l'avance ?

— C'est mon travail maintenant.

Elle lui avait arraché un sourire.

— Tu sais bien que le test de clarté est complété par une puce électronique implantée dans le bras. Elle est liée à un assistant virtuel intelligent qui fournit des conseils pour améliorer la vie des « éclairés » : lutter contre le stress, mieux manger, bien dormir, et plus encore.

— Les éclairés ?

— Le terme fait un peu science-fiction, admit Sébastian, mais qui aurait imaginé il y a dix ans qu'on pourrait connaître l'année de sa mort ? Et que ce droit figurerait dans la Constitution…

Catheline hocha la tête.

— C'est vrai, d'autant que beaucoup arrivent à allonger leur durée de vie grâce à cela.

Elle jeta un coup d'œil vers son réfrigérateur.

— Ma boîte a passé un contrat avec l'agence qui réalise les tests de clarté : cet engin est censé motiver les éclairés à manger plus sainement.

— Raison de plus pour l'utiliser, fit Sébastian, tu ne crois pas ?

Elle soupira.

— Je n'ai jamais été une grande cuisinière… mais, dis-moi, comment saviez-vous que le commandant de bord était devenu une menace ?

— Depuis la dernière directive de l'aviation civile, tous les pilotes d'avion doivent se soumettre au test de l'Oracle. Je ne devrais pas te le dire, mais sa puce sous-cutanée a joué un rôle crucial. Elle nous a fourni des données en temps réel, comme son rythme cardiaque, sa pression sanguine et même ses variations hormonales liées au stress ou à l'anxiété.

Il marqua une pause, comme pour ordonner ses pensées.

— Il y avait aussi son comportement en ligne. Il passait des heures sur des forums et des sites spécialisés dans les catastrophes aériennes, notamment au crash de la Germanwings. Une fascination compulsive.

— Vous ne pouviez pas l'interpeller avant qu'il monte dans l'avion ?

— C'est interdit par la loi Morot. Elle exige un commencement d'exécution de la part de l'éclairé.

— C'est drôlement dangereux !

— Oui, avoua Sébastian, et je ne suis pas sûr d'apprécier ce nouveau monde. Et toi, tu n'as jamais envisagé de passer le test ?

— Je pète de trouille…, répondit-elle, la voix tremblante. Tu l'as fait, Seb ?

Il secoua la tête.

— Ce n'est pas imposé chez vous ?

— Curieusement, non. Les syndicats ont obtenu une dérogation. C'est pas une légende, tu sais. Au début, quand l'obligation du test pour les forces de l'ordre est tombée, des tas de flics ont consulté l'Oracle… et après, beaucoup sont partis.

— Tu veux dire qu'ils démissionnaient ?

— Oui. C'étaient des gars qui avaient tout vu. Le sang, la mort, le pire de l'humain. Mais leur fin, écrite noir sur blanc ? Là, ils flanchaient. Ils étaient nombreux à vouloir profiter du temps qu'il leur restait. Regarder leurs gamins grandir. Tenir la main de leur femme le soir. Des choses simples, qu'ils avaient toujours repoussées à plus tard.

Un silence. Il ajouta en haussant les épaules :

— Le ministère n'a pas aimé. Trop de départs. Trop d'instabilité. Officiellement, le test est obligatoire depuis 2029. Mais, dans les faits, ça a traîné.

— Comment ça, « traîné » ?

— Ils ont commencé par les nouvelles recrues. Plus faciles à convaincre. Quant aux anciens, les unités d'élite déjà en poste, on leur a accordé des exemptions provisoires. Finalement, rien n'a été uniforme.

Il eut un sourire en coin, comme s'il revoyait le chaos.

— Alors les autorités ont reculé et, désormais, ceux qui veulent leur date doivent signer une décharge. Les autres peuvent continuer à vivre dans l'ignorance.

Il la fixa.

— Comme moi.

— C'est un peu tordu, non ?

— Qu'est-ce qui ne l'est pas, aujourd'hui ?

Un souffle d'air chaud passa par la fenêtre entrebâillée, soulevant le coin d'un rideau. Elle ouvrit la bouche, la referma. Et puis, elle se lança.

— Sébastian… Papa a fait le test.

Il crut qu'elle plaisantait. Elle ne souriait guère, pourtant.

— Depuis quand ?

— Dès que la loi l'a permis. Il n'a pas attendu. Il voulait savoir combien de temps il lui restait.

— Et alors ? demanda-t-il, la voix rauque.

— Je ne sais pas. Il ne m'a rien dit. Juste… que c'était assez pour tout recommencer avec elle.

« Elle ». La seule femme qu'il avait vraiment aimée. Avec sa fille.

— Évidemment qu'il te l'a confié à toi, murmura-t-il.

Catheline approcha son fauteuil et vint poser une main réconfortante sur son bras.

— Ce n'était pas pour t'exclure. Il avait ses raisons. Même moi, je ne les comprends pas toujours.

— Il aurait dû me le dire, rétorqua-t-il. C'est aussi mon père. J'avais le droit de savoir !

Un silence.

— Tu crois qu'il est heureux là-bas ?

Catheline réfléchit avant de répondre.

— Je l'espère.

Chapitre 3

« Dernièrement, sur TikTok, à la question "Qu'est-ce que vous feriez si vous n'aviez plus que cinq heures à vivre ?", une flopée de tiktokeurs répondait : "Je violerais quelqu'un." »

(*Le Journal de Montréal*, 11 janvier 2024)

9 juillet 1989

Lucas est mort.

C'est fou d'écrire ça. On dirait un cauchemar, quelque chose qui n'arrive qu'aux autres. Lucas n'est plus là. Il avait 7 ans.

Il est parti d'un coup, sous mes yeux. Une saloperie que personne n'avait détectée. Le docteur a parlé d'une maladie héréditaire au nom très compliqué. Un truc qui fait grossir le cœur jusqu'à ce qu'il ne fonctionne plus.

Je suis assis sur un des lits superposés. Lucas dormait en bas. Les traces de ses petites mains collantes de chocolat marquent encore le bois clair.

Il y a trois jours, on était dans le jardin de notre maison de Castelnau-le-Lez. Lucas adorait le football. Il portait sa tenue de footballeur du Montpellier HSC : blanc et bleu avec le numéro 11 dans le dos, celui de son joueur favori, Éric Cantona. Il galopait, riant comme un fou.

À un moment, il s'est arrêté net, comme s'il avait oublié quelque chose. Il a posé une main sur sa poitrine et m'a regardé, les yeux écarquillés. « Richard, j'ai mal », qu'il a dit. J'ai cru à un point de côté, rien de grave. Je lui ai dit de s'asseoir, de souffler un peu. Mais il s'est écroulé.

Maman a pris Lucas dans ses bras, le secouant doucement pour essayer de le réveiller, et papa a appelé les secours, mais, au fond de moi, je savais que c'était trop tard. Je voyais bien que Lucas ne respirait plus.

Je regarde autour de moi. Ses jouets sont encore éparpillés. Il y a son ourson en peluche préféré sur le sol.

J'ai une boule dans ma gorge. Pourquoi lui ? Pourquoi Lucas ? Il était tellement petit, tellement gentil. Je me sens coupable de ne rien avoir pu faire.

Si seulement je pouvais revenir à dimanche, avant tout ça. Le serrer fort, lui dire que je l'aime. Mais c'est impossible. Alors j'écris.

Chapitre 4

21 juin 2037
Montpellier

Dans la salle de bains de sa sœur, Sébastian entra sous le jet d'eau chaude et ferma les yeux, se laissant envahir par la sensation du liquide qui coulait sur lui. Les enquêtes non résolues, les mystères enchevêtrés, tout cela s'évaporait. Son esprit dériva vers l'entretien qui avait marqué son entrée à l'UCP, l'Unité de Chrono-Police. L'image du commissaire divisionnaire Antoine Lavoisier, impassible et impressionnant, se dessina dans sa mémoire. C'était lui qui l'avait convoqué, lui offrant cette opportunité unique. Il se revoyait, découvrant les locaux de cette branche si spéciale de la police judiciaire, nichés dans les sous-sols de l'hôtel de police de Montpellier. Il lui avait fallu, pour les rejoindre, emprunter un labyrinthe de couloirs, sous l'éclairage blême des néons.

Sébastian était bien conscient de la méfiance et des regards en coin que la Chrono-Police suscitait, même parmi ses propres collègues. Des rumeurs couraient, suggérant qu'elle opérait selon des règles qui lui étaient propres, parfois en marge de l'éthique. Beaucoup critiquaient l'unité pour sa tendance à poursuivre des individus qui n'étaient pas des criminels, mais des âmes torturées à l'idée de bientôt disparaître.

À différents endroits, sur les murs, apparaissait le logo de l'UCP. Deux branches de laurier croisées encadraient une horloge stylisée dont les aiguilles formaient un V, symbolisant à la fois la vigilance et la victoire sur le temps. Mais, en y regardant de plus près, on pouvait discerner en filigrane la tête de Clemenceau, orientée de profil ; une silhouette commune à tous les services de la police judiciaire.

Une fois à l'intérieur des locaux, Sébastian avait été surpris par le silence à peine troublé par le bourdonnement lointain des serveurs. L'atmosphère était si paisible qu'il avait l'impression d'entendre les pulsations de son propre cœur. Le couloir menant à la salle d'entretien était bordé de portes closes, derrière lesquelles se déroulaient des activités que seul un petit nombre de personnes pouvait appréhender. L'atmosphère demeurait agréablement fraîche, contrastant avec la chaleur étouffante qui sévissait depuis le début du printemps dans les autres services de l'hôtel de police.

Sébastian fut conduit dans une salle d'entretien austère, dépouillée de tout superflu. En face de lui se tenaient deux hommes en costume sombre et cravate, ainsi qu'une femme en tailleur. Sur le revers de leur veste, la même broche argentée, symbole de leur affiliation à la Chrono-Police. Ils l'observaient attentivement, cherchant à déchiffrer ses pensées avant même que l'entretien ne commence. Sébastian nota vite que la femme n'était pas insensible à son charme. Au centre, le commissaire Lavoisier, imposant et sûr de lui. C'est lui qui dirigeait l'unité.

— Monsieur Ortega, savez-vous pourquoi l'Unité de Chrono-Police a été créée ? lança-t-il en guise d'introduction.

Sébastian répondit sans hésiter.

— Pour appréhender ceux qui, connaissant la date de leur mort, sont devenus une menace pour eux-mêmes ou pour autrui.

— Exact, répliqua le commissaire. Vous avez bien appris votre leçon. Mais, dites-moi, quelle est votre conception de la justice ?

Sébastian prit un moment pour réfléchir.

— La justice, ce peut être sauver quelqu'un de sa propre fatalité.

— Une réponse intéressante, monsieur Ortega.

Lavoisier laissa planer un instant de silence avant de poursuivre.

— La justice implique parfois de faire des choix difficiles, d'intervenir dans des situations où les lignes entre le bien et le mal ne sont pas toujours claires.

— Je comprends, monsieur. Je suis prêt à assumer cette responsabilité.

— Qu'est-ce que la neuro-distorsion ? demanda la femme en tailleur.

— Un effet secondaire propre au test de clarté.

Son regard fixa Lavoisier.

— Pour certains, cette connaissance crée un désespoir profond ; ils sombrent dans la violence ou se suicident.

— Quelle est votre opinion à ce sujet ? ajouta la femme.

— C'est une tragédie, madame. Ces personnes ne deviennent pas dangereuses de leur plein gré.

— Craignez-vous la mort ? enchérit l'autre examinateur.

— La mort fait partie de la vie. Ma crainte, c'est plutôt de ne pas vivre pleinement le temps qui m'est accordé.

Lavoisier sembla apprécier la réponse.

— Pourquoi vous porter volontaire pour la Chrono-Police ?

— Parce que je crois en sa mission. Si nous pouvons sauver ne serait-ce qu'une vie ou changer un destin pour le mieux, fût-il déjà écrit, alors ce travail en vaut la peine.

Le commissaire consulta les deux autres du regard avant de se tourner à nouveau vers Sébastian.

— L'UCP est un service très spécial qui opère dans une zone grise, à la frontière entre prévention et répression : notre rôle n'est pas simplement de prévenir des actes dangereux, mais aussi de comprendre et d'intervenir de manière appropriée. Chaque cas qui vous sera confié demandera beaucoup d'empathie et une bonne dose de psychologie. En avez-vous conscience ?

— Oui, monsieur.

— Chez nous, les esprits sont calmes, personne n'est prompt à dégainer.

Sébastian hocha de la tête.

— Comment comptez-vous gérer le stress et les dilemmes éthiques qui surgiront inévitablement ?

Sébastian répondit calmement.

— Je m'appuierai sur mes collègues. Le travail en équipe est crucial.

— Que pensez-vous de l'Oracle ?

— On ne peut pas s'opposer à la science, mais, quelle que soit son opinion, on peut aider à en gérer les conséquences, mêmes néfastes.

— Pour conclure, reprit le patron, j'aimerais aborder un sujet plus personnel. Votre désir de rejoindre la Chrono-Police est-il lié à la disparition tragique de votre mère, renversée par un chauffard ?

Un silence pesant s'installa et il sentit tous les regards se tourner vers lui.

— C'est… c'est une part de ma motivation, oui, répondit-il, la voix légèrement tremblante. La perte brutale de ma mère m'a montré à quel point la vie peut être fragile. Rejoindre la Chrono-Police, c'est ma façon de donner un sens à cette perte, d'essayer de prévenir d'autres tragédies.

— Êtes-vous sûr de pouvoir rester objectif face à des situations qui pourraient réveiller cette… douleur ?

Il acquiesça, mais se garda bien d'avouer que cette quête de justice était devenue son obsession. La semaine qui suivit, Sébastian débuta sa première journée au sein de l'UCP.

En sortant de la cabine de douche, Sébastian cherchait une serviette propre quand son regard fut attiré par deux objets inattendus : un rasoir masculin posé sur le rebord de l'évier et une deuxième brosse à dents, alignée à côté de celle de Catheline. Arrivé dans la cuisine, il la trouva installée avec son fauteuil près de la table, une tasse de café à la main.

— J'ai vu que tu as de la compagnie, lança-t-il avec légèreté.

Catheline leva vers lui un regard espiègle.

— Tu parles du rasoir ou de la brosse à dents ?

Sébastian s'appuya contre le comptoir, les bras croisés.

— Ça fait longtemps ?

— Quelques mois, répondit-elle. C'est… nouveau pour moi.

— Il est gentil ?

Elle sourit.

— Très.

— Je suis heureux pour toi. Vraiment.

Catheline posa sa tasse et le regarda, sérieuse.

— Merci, Seb. Ça signifie beaucoup pour moi que tu l'acceptes. Tu sais, après l'accident, je ne pensais pas que…

Il comprenait.

— Tu restes quand même une très belle fille ! Quand pourrais-je le rencontrer ?

— En temps voulu, dit sa sœur.

— Tu devrais lui demander de te faire quelques courses…

Leur conversation fut interrompue par le bip du four.

— Prêt pour le déjeuner ? J'ai essayé une nouvelle recette.

En rangeant la vaisselle, Sébastian vit qu'elle avait préparé la poubelle à son intention. Il descendait ses ordures ménagères chaque fois qu'il prenait congé d'elle. Il se racla la gorge, cherchant ses mots.

— Écoute, Catheline… Depuis que maman nous a quittés et que papa s'est volatilisé dans la nature, je me pose des questions, tu vois.

Elle ne le regardait pas, le nez collé à la fenêtre, à épier les immeubles du centre. Par temps clair, elle pouvait voir le mont Ventoux et parfois l'Aigoual. Le soleil de midi la força à se détourner.

— Je sais bien, Seb. L'idée que tu disparaisses, ça me fout une trouille bleue.

Sa voix tremblait. Sébastian sentit un nœud se former dans son estomac.

— Il faut que nous en parlions.

Il voyait qu'il avait toute son attention.

— C'est déjà une chance que tu sois en télétravail, avec tout ce qui se passe dehors… Montpellier n'est plus la ville de notre enfance !

— Tu vas encore me demander de déménager, lança-t-elle.

Sébastian avait longtemps cru à l'invincibilité de sa sœur, de dix ans sa cadette, à cette force inébranlable qu'elle affichait dans les moments les plus difficiles.

— J'aimerais bien, mais je sais que tu ne le feras pas…

Le silence entre eux s'étira, chargé de non-dits. Catheline était restée au domicile familial alors que Sébastian avait choisi la fuite, acceptant le rôle de l'égoïste plutôt que de renoncer à ses propres ambitions. Il ressassait chaque dispute comme on rouvre une blessure pour comprendre à quel moment leurs vies avaient commencé à se fissurer. Chaque fois qu'il remettait les pieds dans cet appartement, c'était le même coup de massue. Le douloureux rappel de tout ce qu'il avait laissé derrière lui.

— Des avancées sur l'enquête ? demanda-t-elle.

Sébastian secoua la tête.

— Le type qui vous a renversées court toujours. Je dois voir Mathias bientôt.

— Que comptes-tu faire ?

Sa voix avait pris une teinte anxieuse.

— Lui mettre la pression, encore une fois. Il dirige toujours l'enquête.

Elle le dévisagea.

— Tu as passé la nuit à traquer des infos sur ce chauffard, hein ?

— Oui, et alors ?

— À quel prix, Seb ? Tu te fais du mal. Maman n'aurait pas voulu te voir comme ça.

— Ne me parle pas de ce que maman aurait voulu ! Elle n'est plus là à cause de ce type.

— Et tu crois que ça va tout réparer ? Que ça va nous la rendre ? Ce que je vois, c'est un frère consumé par sa colère. On doit apprendre à vivre avec nos blessures plutôt que chercher un coupable à tout prix, plaida-t-elle.

— Tu ne comprends rien, siffla-t-il. Si je ne fais rien, alors tout ce qu'on a vécu ne signifiera rien.

— Sébastian, on ne peut pas continuer à se déchirer. On a besoin l'un de l'autre.

Sébastian baissa les yeux.

— Peut-être que c'est moi qui ai besoin d'être sauvé ? avoua-t-il.

Chapitre 5

TECH & **SOCIÉTÉ** | Par Élise Mérande | 17 mars 2036.

« L'Oracle : la mort programmée, pas les accidents. »

(...) L'Oracle continue de faire débat. Depuis son lancement, cette technologie capable de prédire avec 95 % de précision l'année d'un décès naturel fait régulièrement la une. Mais, au-delà de la fascination, quelques clarifications s'imposent : l'Oracle ne se limite pas aux maladies génétiques ou au vieillissement. Il s'appuie sur l'analyse de milliers de données (antécédents médicaux, environnement, statut social) pour identifier des pathologies encore indécelables. Cependant, ses limites sont claires. Elle n'anticipe pas les accidents, les actes violents ni les catastrophes naturelles. Des événements, aléatoires par définition, restent hors de portée de ses algorithmes, si performants soient-ils.

C'est justement cette limite qui a été au centre du procès opposant la famille Lefort à la société Arcana Technologies. Leur fils, à qui l'Oracle promettait une vie exceptionnellement longue, est mort dans l'effondrement d'un pont. « Nous vivons dans un monde probabiliste, pas déterministe », a statué la juge dans son verdict. Pour certains, cette part d'incertitude est rassurante. « Savoir que je mourrai d'un cancer dans vingt-deux ans m'a aidée à remettre de l'ordre dans ma vie », confie Valérie D., 41 ans. « Mais savoir qu'un accident peut tout bouleverser me rappelle que rien n'est jamais complètement écrit. » Le psychiatre Gabriel Vacher, lui, s'inquiète d'un effet pervers. Certains « éclairés » (ceux qui ont fait le test de clarté), rassurés par une prédiction de longévité, se croient invulnérables. « Ils prennent des risques insensés, comme si la mort ne pouvait pas les atteindre. » Il cite un de ses patients qui aurait refusé une opération pourtant vitale, certain que sa prédiction le mettait à l'abri. Le phénomène n'a rien de théorique et porte même un nom : « syndrome d'invulnérabilité transitoire ».

22 juin

Ce soir-là, la chaleur collait à Montpellier comme une seconde peau, et il semblait à Sébastian que le dédale des ruelles charriait de l'air brûlant. Arrêté au bord de l'avenue, il guettait le moment de traverser quand un bus autonome glissa devant lui. Une pub énorme sur le flanc lui sauta aux yeux. Le visage de la présidente, Aurélie Fontaine, était en gros plan avec son ancien slogan de campagne, qu'elle ressortait maintenant à toute heure : « Anticiper pour mieux vivre : notre avenir entre nos mains. » Le bus disparut au coin de la rue, emportant avec lui l'image de la présidente. Sébastian entra dans une ruelle de l'Écusson, où les pierres séculaires et les pavés usés vibraient sous l'éclat des néons. Les murs débordaient d'annonces holographiques : des fringues qui s'adaptaient au temps qu'il faisait, des voyages dans le passé en réalité virtuelle à vous donner le tournis, et ces IA qui vous écoutaient sans vous juger, disponibles vingt-quatre heures sur vingt-quatre; elles connaissaient vos petits secrets mieux que votre propre mère.

Le front perlé de sueur, Sébastian s'arrêta devant le Quanta, un bar niché dans une vieille demeure avec poutres apparentes et comptoir rustique. La gargote contrastait avec les troquets branchés et les cafés high-tech qui jalonnaient la place de la Comédie. Sébastian poussa la porte du bistrot et le fond indie rock le plongea dans l'ambiance habituelle. Mathias Delorme était là, sifflant une bière au bar. Cinquante et une piges, solide et imposant. Malgré la chaleur, il portait un vieux blouson de cuir, armure usée aux coudes qui racontait l'histoire de nuits passées dehors et des confrontations dont il était toujours sorti vivant, si ce n'est vainqueur. Sébastian prit place à côté de lui, comme s'il reprenait une conversation interrompue quelques instants plus tôt.

Quand Mathias le vit, un sourire étira ses lèvres. Il n'avait pas la beauté aristocratique de Seb, mais il dégageait un magnétisme brut, presque animal, qui attirait les femmes à « mauvais garçons ». Entre les deux hommes, c'était une longue histoire qui remontait à leur passage à l'école des officiers de police de Cannes-Écluse. Sébastian, le cérébral qui voulait être négociateur au RAID, et Mathias, sans cesse prêt à s'attaquer aux problèmes de la rue. Mais derrière cette amitié se dessinait aussi une compétition discrète, une rivalité que Mathias avait du mal à dissimuler et que Sébastian n'avait jamais bien comprise.

— Ça ne s'arrange pas, hein ? Toujours en train de broyer du noir dans ton coin ?

La voix de Sébastian était empreinte d'un mélange d'ironie et d'inquiétude sincère.

— Je songe à tout laisser tomber, grommela Mathias.

— Ça va si mal à la police judiciaire ?

Son collègue scrutait le fond de son verre comme s'il y cherchait des réponses.

— La PJ... Quand j'ai commencé, je pensais pouvoir faire la différence. Mais maintenant... c'est devenu une carlingue toute rouillée. Elle se fiche pas mal de la justice.

— Je sais que tu es désabusé, rétorqua Sébastian, mais tu as aidé des tas de gens...

— Aidé ? Parfois, je me demande. Toutes ces procédures... On perd plus de temps à remplir des formulaires qu'à réellement enquêter. Et quand je vois des gars comme toi catapultés dans la Chrono-Police et bardés de nouveaux gadgets... alors qu'on manque de papier pour nos imprimantes. À quoi bon se démener dans la rue ?

Un silence tomba entre eux deux.

— De toute façon, j'ai déjà rendu mon tablier. Je me barre dans le privé : ils payent mieux et, au moins, là-bas, on te respecte. C'est plié pour moi.

Le malaise saisit Sébastian. Cette affaire non résolue le rongeait sans relâche : la mort de sa mère et le chauffard en cavale. Impossible de s'en défaire. L'enquête stagnait et il retenait ses reproches. Mathias n'aimait pas qu'on marche sur ses plates-bandes et pouvait se refermer complètement. C'était une danse sur le fil du rasoir, où chaque mot devait être pesé avec soin. Mais il alla droit au but :

— Des nouvelles du dossier ?

Mathias leva les yeux de son verre.

— Seb, tu connais la musique. Mes lèvres sont scellées. C'est la règle.

— Quelle importance si tu pars ! Tu m'as déjà dit que c'était un éclairé.

— J'aurais mieux fait de me taire. Quand je pense que tu as rejoint la Chrono-Police tout de suite après…

Mathias l'avait toujours eu en travers de la gorge, d'avoir foiré son entretien d'embauche. Lui, le vrai flic qui se salissait les mains sur le terrain. Quand il avait su que Sébastian était pris, quelque chose s'était cassé entre eux. Le premier jalousait déjà la belle gueule du second et ses succès avec les filles. Sébastian posa une main sur son épaule, comme un grand frère.

— Je sais combien ce projet comptait pour toi et je suis navré que ça n'ait pas marché comme tu le voulais. Je n'aimerais pas que ça fiche tout en l'air entre nous.

Il s'arrêta de parler, guettant dans les yeux de son pote un petit quelque chose qui lui dirait que ça allait s'arranger.

— Comment avez-vous découvert qu'il avait demandé sa date ?

Mathias serrait et desserrait les poings, posés sur le comptoir, à la façon d'un tic nerveux qui trahissait son embarras.

— Après que le gars s'est enfui avec son véhicule, la police s'est rendue à son domicile et, dans sa boîte aux lettres, ils ont trouvé du courrier à en-tête de « Sentinelle Assurances ».

— C'est là où Catheline travaille ! s'exclama Sébastian.

— Elle t'a sûrement dit que sa boîte n'est pas une compagnie comme les autres ?

— C'est un fonds spécialisé dans le rachat d'assurances décès, voilà tout ce que je sais.

Il s'interrompit, réalisant soudain combien cette réponse était superficielle.

— En fait, je ne lui ai jamais vraiment demandé de détails, avoua-t-il. C'est étrange, non ? De connaître si peu le travail de sa propre sœur.

Mathias lui jeta un regard en biais, mi-amusé, mi-réprobateur.

— Les flics et leur conscience sélective…

Sébastian encaissa le coup sans broncher. Mathias avait cette manie de toujours pointer ses faiblesses. Son collègue poursuivit :

— Sentinelle rachète les polices d'assurance-vie des gens. Ils versent du cash immédiatement aux assurés, mais une partie seulement de ce qu'ils auraient dû toucher. En contrepartie, c'est elle qui empoche le pactole quand la personne tire sa révérence. Un business qui spécule sur la mort.

— C'est vraiment légal, ce machin ?

— Ils ont importé la pratique des États-Unis. Crois-moi, ça marche du tonnerre, surtout depuis que l'Oracle est devenu un droit constitutionnel.

— Je ne te savais pas si calé en droit des assurances, fit Sébastian.

— J'ai voulu savoir si cette entreprise avait un lien avec la disparition du mec qui nous intéresse tous les deux. Les éclairés qui ont moins de deux années à vivre préfèrent disposer de cash pour en profiter au maximum, tout de suite, plutôt que de laisser le pactole derrière eux.

— Je n'ai jamais été très curieux à ce sujet, je l'avoue. Que disait la lettre ?

— Un employé de Sentinelle informait le chauffard que sa demande de rachat d'assurance était refusée.

— Pour quelle raison ?

— Ce détail n'était pas mentionné dans la lettre, répondit Mathias. Probablement parce que l'année de sa mort remonte trop loin pour être rentable. Sentinelle n'aime pas attendre.

— Et avec ça vous ne l'avez pas retrouvé ?

— Non, avoua Mathias avec une pointe de frustration dans la voix. Le type a disparu dans la nature.

— Si c'est un éclairé, il doit avoir une puce dans le bras. Elle est géolocalisable.

Sébastian réfléchissait à voix haute.

— Seuls les « superflics » de la Chrono-Police disposent de ce type d'information.

— Raison de plus pour me donner son nom…

— Pour que ta frangine aille fouiller dans les dossiers de sa boîte ou pour que tu utilises ton nouveau poste pour régler tes comptes ?

— Putain, Mathias, je suis partie civile ! Tôt ou tard, mon avocat mettra la main sur le dossier. C'est ma mère, bordel ! Juste un nom…

Son pote le regarda un moment avant de lâcher le morceau.

— Étienne Mercier.

Un tressaillement parcourut Sébastian.

— Tu sais, dit-il, il y a ce moment, gravé en moi, où j'ai appris l'accident. D'abord un coup à la porte. Un policier est là, il m'annonce qu'une voiture a fait une embardée avant d'aller percuter ma famille. Ma mère et Cathy s'apprêtaient à traverser près d'un abribus. Le véhicule l'a réduit en charpie de verre. Quant au corps de ma mère, j'ai dû le reconnaître à la morgue… Tout me semblait irréel, détaché. J'étais là physiquement, mais mon esprit était ailleurs.

Son regard s'égara au-delà des murs du bar.

— Et la voiture ?

— C'est de la ferraille, répondit Mathias.

— Le rapport des experts ?

— Vitesse excessive, perte de contrôle, tout le tralala.

— J'imagine que c'est compliqué pour avoir une copie du rapport ?

— Évidemment. Je peux juste te dire que la caisse est une Aurionix noire, immatriculée AX7-G3N1.

— Je savais que c'était une berline de luxe dernier cri. Elle n'était pas en mode « autonome » au moment de l'accident ?

— Non. Le trafic est dense en centre-ville, le chauffeur a dû vouloir reprendre la main.

— Elle est toujours à l'hôtel de police ?

— À la casse auto depuis deux semaines.

Il se leva avant d'ajouter :

— Ne traîne pas, ils ne vont pas tarder à la recycler.

— La bière est pour moi, fit Sébastian.

— Y a intérêt, conclut Mathias.

Chapitre 6

Clip publicitaire.

« Avez-vous déjà pensé qu'il était trop tard pour changer de vie ?

« Chaque matin, le même costume, les mêmes réunions, les mêmes frustrations. Dans son entreprise, Marc s'éteignait à petit feu. Pourtant, un simple test de clarté allait tout changer. L'Oracle lui offrit une vérité libératrice : il avait encore des décennies devant lui. Un véritable électrochoc.
« Devenu photographe de paysages, il capture désormais la majesté de notre monde à travers son objectif et ses œuvres ornent les murs des galeries les plus prestigieuses. Et, grâce à lui, des milliers de personnes trouvent à leur tour l'inspiration pour changer de vie.

« Un futur révélé, c'est une vie transformée. Faites votre test de clarté dès aujourd'hui ! »

(Arcana Technologies,
détentrice de l'Oracle :
une agence publique/privée
pour la connaissance de la fin de vie
et l'amélioration du présent.)

24 juin
Siège de l'Unité de Chrono-Police de l'Hérault

« Qui a tué ma mère ? » Cette question, Sébastian se la pose depuis douze mois.

Dès l'ouverture de l'enquête, l'affaire avait été confiée à la sécurité publique. Le délit de fuite était avéré, mais l'intention homicide du fuyard non prouvée : la brigade criminelle n'était donc pas officiellement mobilisée. Pourtant, la bienveillance du procureur avait permis à Mathias de prendre la main et ce dernier s'était porté volontaire pour mener les premières investigations. Non par obligation, mais par amitié. Ou peut-être par un obscur calcul. Sébastian n'avait jamais su. On avait retrouvé la voiture à deux kilomètres de l'accident, sur une voie de bus, cours Gambetta.

Pour les proches d'une victime de mort violente, le temps s'écoule différemment et le sentiment d'abandon est tenace. Sébastian le savait, il l'avait souvent vu dans le regard des familles endeuillées. Mais, cette fois-ci, il était aux premières loges. Une fois les projecteurs médiatiques éteints et l'enquête stagnant, les appels deviennent rares, puis cessent. Sébastian avait senti que son affaire partait aux oubliettes.

Le chauffeur était un indépendant. La question de savoir s'il avait enfreint certaines normes de sécurité ou commis une infraction délibérée constituait un élément clé de l'enquête. Quelqu'un pouvait-il en vouloir à sa mère ? C'était absurde.

Sébastian avait le nez collé à son écran. Tout seul dans son bureau, il regardait le service défiler derrière sa porte vitrée. Pas une fenêtre pour voir le ciel, ça lui filait le cafard. Il naviguait à travers CHRONOS, le fichier réservé aux agents assermentés de l'UCP. À peine arrivé au bureau, le lendemain de sa discussion avec Mathias, son premier réflexe avait été d'entrer « Étienne Mercier » dans le moteur de recherche. Il savait que les accès à cette base de données étaient tracés, qu'il ne devait pas détourner les outils de son agence à des fins personnelles, mais la tentation était trop forte. Il n'aurait pas de répit tant que le chauffard qui avait brisé sa famille restait en liberté.

CHRONOS surpassait de loin tous les autres fichiers de police ; il permettait de surveiller de manière exhaustive les activités des éclairés. Chaque interaction digitale – qu'il s'agisse d'une publication sur les réseaux sociaux, d'un partage ou même de conduites passives telles que la consultation de contenus – était scrutée scrupuleusement et intégrée au système. Cette moisson d'informations alimentait des algorithmes capables de dessiner les contours psychologiques de tous les individus ayant interrogé la date de leur mort, dévoilant des schémas de comportement, des changements d'humeur, autant d'indices précurseurs d'instabilité.

Sébastian jetait des regards inquiets autour de lui, redoutant que la curiosité ne pousse l'un de ses nouveaux collègues à s'approcher. Après avoir validé sa requête, l'ordinateur se mit à mouliner et l'attente, bien que brève, lui donna l'impression que son cœur battait au rythme des clignotements du curseur sur l'écran. Combien de centaines de milliers de noms se cachaient dans les entrailles de ce programme ? Chacun d'eux représentait une vie dont la fin était annoncée. Il se sentait comme un intrus, scrutant le futur avec une curiosité malsaine. Certains trouvaient la paix en connaissant leur sort. En ce qui le concernait, Sébastian préférait laisser le destin suivre son cours.

En cet instant, il ne pouvait s'empêcher de penser à son père, qui avait fait le test en secret, et à sa sœur, terrifiée par l'avenir, craignant de vieillir seule et diminuée. Comment réagirait-il si elle décidait elle aussi de passer ce fichu test ? Serait-il le dernier des Ortega à ignorer la date à laquelle leur lignée s'interromprait ?

La fiche signalétique d'Étienne Mercier apparut. L'homme sur la photo avait un visage rond, encadré de cheveux courts qui montraient des signes de grisonnement ; de petits yeux sous des sourcils fournis. Outre sa date de naissance et son numéro de dossier, Sébastian releva une adresse : « 33, rue de l'Ancienne-Comédie, Montpellier ».

Et la ligne en dessous :

« Raison de la demande : veille de routine.

« Année prédite de la mort : 2040.

« Consentement à la révélation : [Document signé par l'individu, risques acceptés]

« Clause de confidentialité : validée. »

Sébastian savait que, pour certaines professions, un test de clarté était imposé : les pilotes de ligne et les conducteurs de train à grande vitesse, les chirurgiens, les astronautes et les militaires…

En réalité, depuis la réforme de 2032, un choix leur était offert : soit ils acceptaient de passer le test et touchaient en contrepartie la prime de prévoyance – jusqu'à 60 000 euros pour certains postes –, soit ils refusaient, mais ils renonçaient à l'argent.

Une autre information l'intéressait.

« Puce demandée : oui.

« État : désactivée. »

Merde, c'était trop beau.

La puce intégrée, proposée à tous ceux qui passaient le test, était branchée à un assistant virtuel personnel, conçu pour les guider, les conseiller et optimiser leur petite vie de A à Z. Le but était de repousser la date fatidique en défiant les prédictions. Cependant, pour ceux ayant vécu des épisodes de neuro-distorsion, elle se transformait en redoutable mouchard et permettait à la Chrono-Police de les retrouver. Quant aux éclairés qui conservaient leur sang-froid, une majorité, l'enthousiasme initial pour une technologie promettant de prolonger leur existence s'évanouissait vite : leur vie était désormais surveillée à chaque instant. Sébastian se concentra sur le dossier.

Pourquoi la puce de Mercier ne fonctionne-t-elle pas ?

C'était trop bête. Il tenta une recherche sur les réseaux sociaux, sans succès. Sébastian avait tout de même un nom et une adresse; un bon début pour reprendre une enquête à zéro. Il vit qu'un numéro de téléphone était renseigné. Mais, là encore, douche froide. « État du bracelet connecté : éteint. »

La ligne suivante mentionnait : « hypothèse : choix du propriétaire, défaillance de la batterie, dysfonctionnement matériel. »

Il restait l'exploitation GPS. Nouvelle déception. « Géolocalisation impossible. »

Sébastian réfléchissait. Un bracelet connecté, dont les smartphones étaient les ancêtres, ne s'éteint jamais totalement. Il conserve toujours suffisamment de puissance pour continuer d'émettre en direction d'autres téléphones à proximité. Quand cela arrive, ce sont eux qui donnent la position de l'appareil. Sébastian connaissait néanmoins la limite de l'astuce.

Si le bracelet se trouve dans les bois, une ruelle à l'écart ou un bâtiment abandonné, la tentative sera vouée à l'échec.

Cette seconde piste n'avait sans doute pas été explorée par Mathias. Une investigation décidément trop sommaire. Raison de plus pour ne rien négliger. Il remplit une réquisition à l'attention de l'opérateur concerné et lui demanda d'activer la recherche du signal Bluetooth du bracelet communicant d'Étienne Mercier.

Espérons que la bonne autonomie de la batterie au lithium-ion polymère fera son office. Il n'y a plus qu'à attendre, de toute façon.

Sébastian émit une dernière interrogation. Résultats :

« Permis de conduire : en cours de validité.

« Propriétaire : Aurionix noire.

« Immatriculation : AX7-G3N1.

« Localisation : SUN AUTO 34.

« Identification de la société : casse automobile et pièces détachées. »

Entre Juvignac et Montpellier.

C'est là qu'elle se trouvait, la voiture qui avait détruit sa famille.

Sébastian verrouilla sa session de travail et se dirigea vers un casier équipé d'un digicode. Il renfermait diverses mallettes soigneusement alignées. La sienne affichait « 582 066 », son numéro de matricule. Elle contenait son pistolet à décharges électriques et divers gadgets, telle la version miniaturisée d'une arme à impulsion, dissimulée dans ce qui ressemblait à une simple lampe de poche. Outre le fait qu'elle éclairait comme une vraie lampe, elle pouvait surtout émettre des micro-ondes capables de provoquer d'atroces nausées. La mallette ne comportait aucune arme à feu, pas même le fameux Glock Alpha en dotation dans les services classiques, mais une arme en polymère-carbone légère et résistante avec verrouillage biométrique et assistance de visée, gérée par une intelligence artificielle. Avec elle, manquer sa cible était devenu impossible. Sébastian savait que pour les unités traditionnelles, habituées à affronter le danger de manière plus directe, les méthodes de la Chrono-Police et leur faible armement semblaient inefficaces.

Penché devant sa mallette, Sébastian saisit une boule grosse comme une balle de tennis ; sa surface était lisse, métallique et parsemée de minuscules capteurs. Il la plaça dans une poche de sa veste, referma la petite valise, puis la grille. Il quitta le service.

Chapitre 7

« En ce monde, rien n'est certain, à part la mort et les impôts. »

(Benjamin Franklin)

25 juin
2 heures du matin

C'était la nuit. Aux confins de Montpellier, les amoncellements de voitures et de ferraille de la casse automobile formaient une vaste étendue de débris, entourée d'un grillage rehaussé de fils de fer barbelés. À travers les interstices, on apercevait les silhouettes fantomatiques des carcasses, alignées dans un équilibre précaire. Des panneaux d'aspect récent, frappés du logo Techno Primat, indiquaient la présence de robots de surveillance, meilleurs gardiens que des chiens.

Du matériel high-tech pour protéger des épaves ?

Sébastian s'était habillé de sombre. Il tâtait distraitement la boule de métal dans la poche de son jean, les yeux fixés sur le grillage. Il n'avait pas le choix, il devait entrer. Il priait pour trouver la voiture avant qu'un drone simiesque ne le repère. Et pas question de s'adresser directement à Petrovnic, une brute serbe avec qui il avait eu des démêlés. Une vieille affaire d'homicide. Le corps mutilé de sa femme avait été retrouvé au pied d'une épave, le visage partiellement dévoré par les rats. Bien que les preuves manquassent pour l'incriminer, Sébastian soupçonnait Petrovnic depuis le début.

Sébastian connaissait la réputation de la casse auto. Des rumeurs parlaient d'un site isolé, idéal pour enfouir des déchets toxiques. On disait qu'on y dissimulait des cadavres dans les coffres, avant que les voitures ne soient compressées en cubes de métal, effaçant toute trace. Était-ce bien sérieux ?

Tout est possible avec Petrovnic.

Dans la clarté de la nuit, Sébastian repéra un point faible dans la clôture. Un segment ne touchait pas le sol, offrant un interstice juste assez large pour passer. Il rampa, se faufilant à travers l'ouverture, évitant les crocs rouillés des barreaux. Le silence régnait, à peine troublé par le murmure du vent et le craquement du métal. Sébastian était déjà venu deux fois. La première pour constater avec un médecin le décès de l'épouse de Petrovnic. La seconde pour le conduire à un juge, escorté par le RAID.

Il avançait prudemment, la chaleur de la nuit collée à la peau. La pleine lune l'éclairait assez, même s'il préférait l'ombre et les monticules de débris aux zones ouvertes.

Ses yeux s'adaptaient à l'obscurité et ses oreilles étaient à l'affût du moindre vrombissement, signe d'une machine en approche. Devant lui, une grange aux portes béantes. À l'intérieur, des silhouettes de voitures et des pièces détachées s'entassaient dans le plus grand désordre. Inquiet, il se retourna pour scruter les alentours et entra dans le bâtiment. L'endroit sentait l'huile et la pisse de rat. Rien ne bougeait.

Sébastian alluma sa torche. À sa droite, une Lamborghini rouge sang. Modèle volé, sans doute. À sa gauche, une BMW aux vitres teintées, le genre de véhicule que Petrovnic utilisait pour ses « livraisons spéciales ». Il avançait lentement, scrutant chaque immatriculation. Il murmurait AX7-G3N1... AX7-G3N1...

Soudain, sa lampe éclaira une Aurionix noire. Son cœur fit un bond. La plaque était la bonne. Il s'approcha, examinant la carrosserie déchirée par l'impact avec l'abribus. Le capot éventré, comme une plaie béante, divulguait un amas informe de métal tordu. Le choc avait été terrible.

Il ouvrit la portière avec précaution et vit le volant recouvert d'une fine poudre grise, capable de détecter les empreintes digitales. Les enquêteurs étaient passés. Il prit place devant le tableau de bord et remarqua un emballage de rouleau d'aluminium devant le siège passager. Son regard se perdait dans le rétroviseur,

Son reflet lui renvoyait l'image d'un type qu'il ne reconnaissait plus. Les traits tirés, les yeux cernés. Un fantôme de ce qu'il avait été, mais un fantôme qui allait faire payer quelqu'un.

Il réfléchissait à la prochaine étape. Les écrans tactiles étaient fissurés, des fils électriques pendaient sous la console et des éclats de verre jonchaient les tapis de sol, témoins de l'explosion des airbags lors de la collision. Sébastian sortit de la poche intérieure de son blouson la Sphère d'Inspection Véhiculaire (SIV) et l'activa d'une simple pression. Elle prit une lueur bleutée en approchant du tableau de bord. Elle pouvait se connecter à n'importe quel système de voiture autonome, utilisant une technologie de communication à très courte portée, conçue pour pénétrer les boîtes noires sans laisser de trace. Dans sa main, la sphère devenait plus chaude. Les données commençaient à transiter depuis les entrailles de l'Aurionix : historique des trajets, vitesses, enregistrements vidéo et audio des moments précédant l'accident… La sphère s'éteignit et Sébastian la rangea dans sa poche.

Cette Aurionix, c'était le nec plus ultra de la sécurité automobile. Système de freinage d'urgence, détection d'obstacles, correction de trajectoire automatique… Tout ça pour foncer droit sur deux femmes qui attendaient sur un trottoir ?

Non. Ça puait l'embrouille à plein nez.

Sébastian ferma les yeux une seconde pour ne plus penser à sa mère. Elle attendait juste son bus et, maintenant, elle était partie et sa fille passait ses journées devant la télé, à regarder des séries débiles en mangeant des gâteaux qu'elle laissait tomber sur ses jambes à demi paralysées.

En relevant la tête vers l'entrée de la grange, il aperçut une forme mécanique. Un singe robot. Immobile. Ses bras artificiels, terminés par des mains équipées de griffes rétractables, le menaçaient en silence. La « tête » du simbot, un dôme sensoriel pivotant avec une saillie à l'avant, rappelait le regard perçant des gorilles ; il devait abriter une foule de capteurs capables de scruter leur environnement. Sébastian s'était figé.

Surtout ne pas bouger, il te taillerait en pièces.

Mourir ici, dans cette voiture qui avait coûté la vie à sa mère…

Quelle ironie affreuse !

Dans son genre, cette chose était un modèle d'ingénierie biomimétique : robustesse des alliages et agilité d'un singe. Alors que Sébastian évaluait ses chances, un souvenir lui revint : l'écho d'un cours à l'école des officiers de police de Cannes-Écluse. L'instructeur parlait d'interventions ratées à cause de robots domestiques devenus imprévisibles, par défaillance ou piratage. Il avait comparé cela aux descentes de police du XXe siècle, où des agents se retrouvaient parfois face à des créatures exotiques et mortelles : boas, mygales, scorpions ou jeunes tigres affamés… Le moniteur avait insisté sur l'importance de comprendre les machines. « Chaque créature a sa peur, chaque robot a sa faille », avait-il dit d'un ton grave. Inspiré par cette leçon, Sébastian réfléchit.

Ta survie ne dépend pas de la force brute ; face à un simbot, c'est perdu d'avance ! Quelles sont les faiblesses d'un drone ?

Sébastian tourna lentement la tête. Le garage était rempli d'un fatras : vieux outils, établis et étagères chargées de pièces détachées.

Et si tu essayais de désorienter ses capteurs ?

Ça paraissait logique : si le drone était conçu pour identifier et suivre des humains plutôt que des objets inanimés, le garage pouvait s'avérer être un allié précieux.

Ses yeux se posèrent sur le rétroviseur au-dessus du tableau de bord. Il l'arracha d'un mouvement sec et récupéra le miroir. Il pensa à Méduse, cette créature dont le regard pétrifiait quiconque osait le croiser. Il saisit la sphère d'inspection, s'allongea sur le siège passager et activa le gadget. Aussitôt, un hologramme de l'Aurionix se matérialisa dans l'habitacle. L'image flottait au-dessus du tableau de bord, révélant chaque détail de la voiture avec une précision étonnante : les sièges, les ceintures de sécurité, le volant, les dommages causés par la collision, et même l'extincteur rangé dans le coffre. Pour Sébastian, c'était une lueur d'espoir au cœur du désastre. Il tourna la tête vers l'entrée de la grange. La machine était toujours là, trônant comme une sentinelle. Elle guettait le moindre faux pas.

Il recula précautionneusement vers la banquette arrière. Ses mains trouvèrent le dossier du siège, qu'il abaissa avec prudence, tâchant de faire le moins de bruit possible. La transition vers le coffre se fit sans difficulté. Une fois à l'intérieur, ses doigts tâtonnèrent dans le noir jusqu'à ce qu'ils se referment sur l'extincteur. Il le saisit, au moment où un plan se dessinait dans son esprit. Il revint sur la banquette arrière et ouvrit la portière droite. Utilisant le rétroviseur comme un miroir de fortune, il pouvait avoir un œil sur le drone tout en restant invisible.

Sébastian se dirigea prudemment vers l'arrière de la voiture, où se trouvait un établi encombré de pièces en tous genres. Le singe robot émettait un bourdonnement constant, rappelant celui d'un insecte trop curieux. Sébastian commença à assembler son armure improvisée : un morceau de tôle façonné en plastron, des ceintures de sécurité transformées en sangles et un enjoliveur en guise de bouclier. La peur écrasait sa poitrine alors qu'il contournait la voiture par la gauche.

Le drone fixait Sébastian, sa tête de primate artificiel se déplaçant doucement de gauche à droite, évaluant chaque détail de la scène. On aurait dit qu'il hésitait, partagé entre plusieurs options programmées.

À deux mètres du simbot, Sébastian saisit l'extincteur qu'il avait préparé. Le mouvement fut instinctif. Levant l'appareil, il déclencha un long jet de mousse blanche, visant la tête du drone. La texture épaisse et collante enveloppa la machine et aveugla ses capteurs.

Aussitôt après, Sébastian s'élança à travers la grange, courant vers l'obscurité. Derrière lui, le singe se lançait déjà à sa poursuite avec une aisance surnaturelle, sautant d'un point à un autre, s'adaptant parfaitement à la jungle de métal et de rouille. La mousse perturbait ses détecteurs, mais les propulseurs le faisaient bondir par-dessus les obstacles que Sébastian devait contourner.

Enfin, il aperçut la grille et le passage étroit à sa base par lequel il était déjà entré, mais sans l'attirail qui l'encombrait désormais. Sa seule issue. Mais pas le temps de retirer son plastron ; le robot était trop près. Il se jeta au sol devant l'ouverture et tenta de s'y engager. Son harnachement se coinça immédiatement contre le métal rouillé. Jurant entre ses dents, il força de toutes ses forces, poussant sur ses jambes, s'écorchant les épaules contre la grille.

Le drone entra en collision avec la clôture, des étincelles jaillirent, et ses membres s'agitèrent, cherchant une prise. Un instant, le simbot resta accroché, tel un animal pris au piège. Puis il se libéra, arrachant des éclats de métal.

Dans un effort désespéré, Sébastian donna un dernier coup de reins. Son armure de fortune passa finalement sous la grille. Il s'extirpa de l'autre côté et se redressa, une main pressée contre ses côtes meurtries.

Reculant de quelques pas, la machine observa l'endroit où Sébastian avait disparu, ses capteurs scrutant les débris éparpillés. Il s'éloigna lentement.

Chapitre 8

11 juillet 2005

En rentrant à la maison, tout m'a semblé étranger. La chambre que nous partagions avec mon frère a été refaite. Les lits superposés ont disparu, remplacés par un bureau et des étagères remplies de livres. Les traces de doigts collants de Lucas ne sont plus là. Seule sa photo est restée, accrochée dans le salon. C'est celle de ses 5 ans. Il sourit de toutes ses dents, y compris celles qui manquent devant. Il porte son tee-shirt de foot, celui qu'il refusait d'enlever et que maman lavait en cachette pendant qu'il dormait.

Avant, quand j'entrais dans notre chambre, Lucas était toujours là, en train de jouer avec ses petites voitures sur le lino ou de dessiner des bonshommes difformes avec ses feutres qui bavaient. Il levait la tête vers moi avec ses grands yeux marron et me demandait si je voulais jouer aux pirates. Moi, je disais non. Je me sentais trop grand pour ces conneries de gamin. Aujourd'hui, je donnerais n'importe quoi pour qu'il me pose encore cette question.

Ça fait seize ans que Lucas est mort. Il me manque toujours autant. J'ai trouvé ce vieux cahier en fouillant dans mes affaires, celui que j'avais commencé le jour où mon frère est parti. Je pensais l'avoir perdu en quittant la maison pour mes études. En le reprenant, je me retrouve face à une partie de moi-même. Je ne serai jamais médecin.

J'ai pourtant travaillé dur. Le jour des examens, j'étais nerveux. Les questions semblaient venir d'une autre planète, et devant ma feuille, tout s'est embrouillé. Quand les résultats sont tombés, j'étais en bas de la liste. Mes rêves se sont évaporés.

Au moment où j'écris ces lignes, j'ai l'impression d'avoir trahi mon frère.

Cet après-midi, j'ai pris la voiture de mon père et roulé en direction du petit cimetière de Castelnau-le-Lez, où Lucas est enterré. C'était la première fois que je revenais ici depuis ce jour où nous lui avons tous dit adieu. Je me souviens de cette journée comme si c'était hier. Les crissements des cigales perçaient le silence et les pierres blanches des tombes rayonnaient dans la belle lumière. Mon frère avait été enterré dans sa tenue de footballeur, avec le maillot numéro 11 d'Éric Cantona. C'était ce qu'il aurait voulu, être habillé comme son héros.

Je désirais tant être médecin pédiatrique pour sauver des enfants, pour ne plus laisser de petits garçons s'effondrer en courant après un ballon, mais marquer des buts, comme Lucas en rêvait. Mais j'ai échoué. Alors, aujourd'hui, je reprends ce journal. Pour lui. Pour moi. Pour essayer de trouver un sens à tout ça.

Chapitre 9

Il découvre l'année de sa mort et abat son employeur : « Il m'a volé mes meilleures années. » (*Midi libre*)

« Hier après-midi, le quartier d'affaires de Port Marianne à Montpellier a été le théâtre d'un drame sanglant. Pierre D., 39 ans, employé dans une entreprise de services informatiques, a attaqué son employeur après avoir reçu une notification officielle de l'Oracle. En état de choc, l'éclairé aurait répété : "Trois ans… c'est tout ce qu'il me reste !" avant de se précipiter sur son supérieur avec un coupe-papier.

« Les employés présents ont tenté de le maîtriser, mais le fondateur de l'entreprise a succombé à ses blessures malgré l'intervention des secours. Pierre a été arrêté sans résistance, déclarant qu'il regrettait d'avoir sacrifié une partie de sa vie à un tyran. »

25 juin
7 heures

Debout devant la porte de l'appartement de sa sœur, Sébastian hésita une seconde avant de sonner. Il était tôt, le soleil à peine levé. Catheline ouvrit, les yeux encore marqués par le sommeil.

— Qu'est-ce qu'il se passe ?

— Désolé pour cette visite matinale, Cathy. Tu es seule ?

— Oui.

Elle s'écarta pour le laisser entrer. Les fenêtres de l'appartement étaient grandes ouvertes dans l'espoir de capter la fraîcheur matinale. Montpellier s'éveillait et les toits baignaient dans des teintes orangées. Sébastian, les traits tirés, posa son sac à dos sur la table du salon. Sa sœur le suivit du regard, intriguée, alors qu'il en extrayait un objet compact. Elle s'approcha pour mieux voir.

— J'ai besoin de toi, Cathy. C'est lié à l'accident de maman et à ce qui t'est arrivé, dit Sébastian en tendant une petite sphère métallique à sa sœur. Elle contient les données du véhicule impliqué. Si quelqu'un peut trouver quelque chose, c'est bien toi.

Catheline prit la sphère et l'examina avec attention.

— Elle communique en mode sans fil… intéressant, murmura-t-elle en se dirigeant vers son ordinateur.

Elle ouvrit une application spécialisée et, après quelques manipulations, un sourire se dessina sur ses lèvres.

— Ils n'ont probablement pas changé le mot de passe par défaut. Typique.

Après quelques instants, la sphère émit une lumière bleutée.

— Je pense pouvoir accéder directement aux données…

— Ça prendra combien de temps ? demanda Sébastian.

— Je ne sais pas encore, répondit-elle, concentrée sur l'écran.

S'éloignant vers la cuisine, Sébastian se prépara un expresso.

— Tu en veux un ? proposa-t-il à sa sœur sans se retourner.

— Oui, merci.

Les deux tasses en main, Sébastian revint vers le salon et ses yeux se posèrent sur un portrait accroché au mur, une photographie de leurs parents. Son père, Jacques Ortega, y apparaissait fier et droit, l'image du descendant de pieds-noirs, avec ce regard empreint de nostalgie pour une terre devenue lointaine. Il avait été technicien-commercial pour une grande usine de fabrication de batteries électriques, installée à Poulaud, en grande banlieue de Montpellier. La société avait été rachetée par des investisseurs chinois, entraînant de nombreux licenciements. Une grande partie de l'activité fut délocalisée en Espagne, ne laissant dans l'Hérault que les bureaux commerciaux et beaucoup de regrets.

Pendant de longues années, Jacques fit la navette entre Montpellier et Bilbao, oscillant entre ses obligations professionnelles et des raisons plus personnelles, qui allaient bouleverser leur vie familiale. Car Bilbao n'était pas seulement un port d'attache pour ses affaires, mais aussi le théâtre de ses passions clandestines. Il y entretenait une liaison avec Julia, la secrétaire de direction de l'usine : une Espagnole mariée et mère de deux enfants. Même après la fermeture de l'usine, Jacques continua ses allers-retours en Espagne, gardant jalousement son secret. Il feignait des missions le week-end, inventait des urgences professionnelles et prenait des jours de congé en semaine pour se rendre de l'autre côté des Pyrénées, sans rien dévoiler à sa famille ni à son employeur.

Malgré les obstacles et le poids du secret, la relation survécut, se nourrissant de retrouvailles discrètes. À la mort de sa femme, Jacques avait choisi de quitter ses enfants et la France pour rejoindre Julia, qu'il considérait somme son seul véritable amour. Justifiant son départ, et pour solde de tout compte, il avait laissé à Catheline une longue lettre, détaillant les frustrations de sa vie et son désir irrévocable de partir, accompagnée d'un chèque de 25 000 euros. Le reste de l'héritage avait fondu. Jacques avait tout brûlé, un billet d'avion après l'autre, à chercher un endroit où il se sentirait moins seul.

L'adultère de son père, son départ précipité et cette histoire de prédiction... Tout se bousculait dans sa tête comme un puzzle mal fichu où les pièces ne collaient pas. Pourquoi Jacques, si secret, si orgueilleux, avait-il accepté de connaître la date de sa mort ? Un coup de tête ? Un moment de faiblesse après l'enterrement de sa femme ? Ou bien était-ce Julia, la femme de l'ombre, la maîtresse de Bilbao, qui l'avait poussé à le faire ? Par peur de le perdre ?

Mais oui, c'était forcément ça. Un soir, dans un lit tiède d'hôtel, elle lui avait pris la main et dit :

— Tu devrais savoir. Pour nous. Pour toi.

Et lui, Jacques, le technicien discret, celui qui avait toujours vécu dans les interstices, s'était enfin autorisé une question directe.

Sébastian sentit monter un nœud dans sa gorge. Il en voulait à cette inconnue, à son père, bien sûr. Mais, au fond, et c'était peut-être le plus difficile à admettre, il comprenait ce geste : en finir avec les faux-semblants. Ce qu'il n'avait, lui, jamais eu le courage de faire.

Combien de fois s'était-il contenté de rester à sa place, de tenir bon sans jamais rien oser ? Jacques avait fui. Mais il avait choisi.

Il secoua la tête pour se défaire de ces pensées et posa la tasse de café devant Catheline.

— C'est chaud, dit-il simplement.

— Il va me falloir un peu plus de temps.

— Je dois aller au boulot, tu me préviens quand tu as du neuf ?

Elle tourna la tête vers lui.

— Tu penses être capable de le retrouver, ce salopard ? L'enquête n'a rien donné.

Il fixa encore le portrait de famille, comme s'il cherchait des réponses dans les yeux figés de ses parents.

— J'ai déjà lancé une recherche sur le numéro de mobile du bonhomme, cet Étienne Mercier. J'espérais le géolocaliser, mais la réponse m'a été envoyée par messagerie tout à l'heure : impossible. La batterie a été retirée ou bien son bracelet communicant se trouve dans un endroit isolé. Il a borné une dernière fois dans l'ouest de la ville, pas très loin du stade de la Mosson. Il peut être n'importe où…

— Il a dû changer de numéro juste après l'accident.

— Possible. Je dois filer. Tiens-moi au courant !

Sébastian quitta l'appartement et descendit l'escalier de l'immeuble d'un pas rapide, laissant derrière lui sa sœur absorbée dans ses recherches. Catheline accéda bientôt à une série de fichiers vidéo : les archives de la boîte noire. Une lourdeur s'installa dans sa poitrine. Elle cliqua sur une première vidéo, prise directement dans la cabine.

Chapitre 10

Interview de Charlène Masson, chargée de communication pour Arcania Technologies, propriétaire de l'Oracle.

« En fin de compte, l'Oracle nous pose une question fondamentale : si vous saviez, que feriez-vous ? Devenir un "éclairé", c'est se donner la liberté de réécrire sa vie, de repenser ses priorités et d'embrasser chaque instant avec une lucidité nouvelle. L'Oracle ne se contente pas de prédire, c'est une invitation à sortir des sentiers battus, à oser vivre chaque jour comme si le futur était encore à construire. »

Même jour
Quartier général de la Chrono-Police de Montpellier

Sébastian épluchait une pile de rapports. Plusieurs évoquaient un trafic en pleine expansion : les nécro-datas. Ce terme, encore confidentiel il y a quelques mois, faisait de plus en plus la une de l'actualité judiciaire. Un de ses indics, petit revendeur frayant dans les bas-fonds du centre-ville, avait troqué le fentanyl pour ces données morbides. « C'est propre, Seb. Pas de sang, pas d'odeur.

Et ça paye dix fois mieux », lui avait-il dit encore récemment.

Des murmures avaient surgi l'hiver dernier : des hackers auraient percé les défenses de l'Oracle, siphonnant des prédictions sur la mort d'autrui. Or, savoir quand une personne allait quitter la scène valait plus que l'or, plus que la dope, plus que tout. Ainsi naquirent les nécro-datas. Sébastian parcourait un document montrant que la clientèle pour ce genre d'information ne manquait pas : banquiers scrutant la viabilité des emprunteurs, entrepreneurs sondant la durabilité de leurs associés. Parfois même, de grandes familles se laissaient tenter, avides de connaître le temps restant à un proche, sur fond de guerre d'héritage.

Un pseudo hantait les rapports de police : l'Araignée. Sans visage ni identité. Certains la disaient solitaire, d'autres à la tête de tout le traffic, infiltré jusqu'aux entrailles de l'Oracle.

Sébastian changea de dossier ; le suivant était marqué d'un tampon rouge : classifié. Les chiffres donnaient le vertige. Une nécro-data pour un citoyen lambda coûtait entre cinq et dix mille euros. Pour une figure publique, les prix s'envolaient : cinquante, cent, parfois deux cent mille euros. Tout dépendait de la cible et de l'acheteur. Les bourses frémissaient à la moindre rumeur fournie par une nécro-data, déclenchant parfois des vagues spéculatives ; des fortunes pouvaient s'évaporer en un éclair.

Sébastian soupira. Les débats électoraux n'allaient pas tarder à prendre des teintes macabres. Des rumeurs allaient circuler sur la longévité de tel ou tel candidat, alimentées par des fuites savamment orchestrées. Sébastian imaginait déjà les futurs slogans : « Verdier, un avenir jusqu'en 2060 ! » ou « Saint Clair, la force tranquille jusqu'en 2065 ».

Il venait à peine de se faire couler un café au distributeur quand le téléphone sonna. C'était la ligne interne, un coup de fil du patron.

— Retrouvez-moi dans mon bureau, ordonna le commissaire.

Ça sentait l'urgence. Sébastian trouva Antoine Lavoisier assis dans son fauteuil. En face de lui, un jeune homme en costume élégant se tenait droit, mains dans les poches. Ses traits, à peine sortis de l'enfance, étaient tendus. Un mépris latent ? Peut-être. Sébastian connaissait bien cette génération. Dans leur monde, les échelons du succès se gravissaient quatre à quatre et l'empathie était un fardeau inutile. Le commissaire fit les présentations :

— Sébastian, voici Victor de Saint Clair. Il a été reçu au concours de recrutement des attachés d'administration et termine sa formation initiale par un stage au sein de la Chrono-Police. Aujourd'hui, il va t'accompagner sur le terrain.

On prend des novices, ici ?

Chacun échangea un regard rapide et Sébastian s'efforça de garder une expression neutre.

Victor de Saint Clair...

Un nom familier. Pas à cause du jeune homme qui se tenait devant lui, mais en raison de son père, Philippe de Saint Clair, avocat redouté du barreau de Montpellier. Un homme brillant, mais capable de tordre la loi pour défendre ses clients, même les plus pourris.

— Vous allez partir de suite, monsieur de Saint Clair se contentera de rester en retrait, comme observateur.

— Que se passe-t-il ? s'enquit Sébastian.

— Nos collègues de la sécurité publique viennent de nous transmettre le signalement d'une mère de famille. Ses deux enfants ont été enlevés par leur père à la sortie de l'école. Ça s'est déroulé il y a une heure, sur la commune de Saint-Laurent-d'Aigouze.

Lavoisier tendit trois photos à Sébastian : le père et les deux gamins.

— 6 et 3 ans. Nous avons l'immatriculation de la voiture du suspect, un éclairé qui a fait son test voilà trois semaines. Sa puce le localise à l'entrée du marécage du Grau-du-Roi.

— On a une piste ? fit Sébastian.

— La famille possédait une maison de vacances avant que la montée des eaux ne rende le coin inhabitable, répondit le commissaire.

Sébastian s'apprêta à sortir suivi du jeune quand son chef lui demanda de rester une seconde. Il ferma la porte. Victor attendait dehors.

— Ce garçon est le neveu du préfet Archambaud, précisa Lavoisier.

— Et le fils de son père, bien connu sur la place, ajouta Sébastian.

Le commissaire hocha lentement la tête.

— Je vois que tu connais la famille.

— Je me souviens d'une affaire, reprit Sébastian. Un truand qui avait descendu un collègue. De Saint Clair l'a défendu comme s'il était innocent. Au final, le flic n'a jamais remarché. Et son client ? Reparti libre comme l'air.

— Je comprends ton ressentiment, mais Victor n'est pas la copie du père. Du reste, il n'a pas l'air particulièrement pressé de reprendre le cabinet familial.

Sébastian planta son regard dans celui de son chef.

— Monsieur, avec tout le respect que je vous dois, vous savez comment ça se passe avec les distordus : une seconde d'inattention et tout peut partir en vrille. Ce ne sont pas des suspects comme les autres, leur imprévisibilité les rend extrêmement dangereux. M'encombrer d'un novice, je n'aime pas ça du tout.

Lavoisier resta impassible.

— Nous n'avons pas le choix.

— Alors mettons-le dans une unité moins exposée. Pourquoi pas dans la salle d'hypervision, avec l'unité de surveillance qui s'occupe du traçage des puces ? Il pourrait observer le travail en toute sécurité.

Le commissaire secoua la tête.

— Impossible. Il a demandé expressément à assister à une négociation avec un distordu. C'est ça qui l'intéresse et rien d'autre. Et il ne veut pas n'importe qui… Il te veut toi.

Sébastian plissa les yeux.

— Pourquoi moi ?

— Depuis que tu as sauvé les passagers de cet avion, il te considère comme un héros. Il veut te voir à l'œuvre et comprendre comment tu gères les situations compliquées. Il est persuadé que c'est là qu'il apprendra le plus.

— Ce gamin ne sait pas de quoi il parle.

Lavoisier se pencha légèrement en avant, les yeux fixés sur Sébastian.

— Les médias nous démolissent et nos adversaires sont prêts à nous porter le coup fatal. Mais Victor n'est pas un stagiaire ordinaire. Son oncle, le préfet, est sur le point de rejoindre l'Agence de contrôle des entités cybernétiques, celle qui surveille chacun de nos mouvements. Tu saisis l'enjeu ? Si on réussit cette mission avec lui, on pourrait redorer l'image de la Chrono-Police et apaiser la tempête.

Sébastian se passa une main nerveuse dans les cheveux.

C'était toujours la même chose : le travail de terrain sacrifié au nom de la politique.

— D'accord, lâcha-t-il enfin, je m'en occuperai.

— Très bien, conclut Lavoisier. Je compte vraiment sur toi.

Sébastian alla ouvrir la porte du bureau. Il trouva Victor qui l'attendait dans le couloir.

— On y va, lança-t-il en passant devant lui.

Ils traversèrent le service et quelques agents leur jetèrent des regards curieux, mais personne ne fit de commentaire. Arrivés au garage, Sébastian s'arrêta devant une berline noire aux vitres teintées. Il se tourna vers Victor, le détaillant de la tête aux pieds.

— Tu sais, on s'apprête à patauger dans les marais, pas à défiler sur un podium, dit-il en désignant le costume impeccable du jeune homme. Ne viens pas te plaindre si tu abîmes tes belles chaussures.

Victor ouvrit la bouche pour répondre, mais rien n'en sortit. Sébastian déverrouilla la fonction autonome de la voiture et prit les commandes. La berline quitta le garage et s'engagea dans le flot de circulation. Il commençait à pleuvoir.

— Système, donne la direction du Grand Marécage au Grau-du-Roi, ordonna Sébastian.

— Destination programmée, assura la voix synthétique.

— Si le père se dirige effectivement vers le grand marécage, la D 979 est notre meilleure chance de le rattraper, se sentit obligé de préciser Sébastian.

Le silence s'installa pendant quelques minutes, seulement troublé par le bruit des essuie-glaces.

— Écoute, je vais être clair, dit le policier. Sur le terrain, tu fais exactement ce que je te dis. Aucune initiative, compris ?

Victor acquiesça timidement. Toutes sirènes hurlantes, la berline noire zigzaguait dans le trafic. Il profitait des voies de bus pour atteindre plus rapidement le sud de la ville. Le ciel, chargé de nuages menaçants, annonçait une tempête.

— Vous ne trouvez pas que tout cela est tragiquement ironique ? lança Victor au bout d'un moment. L'Oracle donne à certaines personnes une date, et au lieu d'apprécier le temps qu'il leur reste, elles sombrent dans la folie.

Sébastian haussa les épaules.

— Savoir exactement quand tu vas mourir, ça doit changer la façon dont tu perçois le monde, non ?

— Et alors ? fit Victor, sarcastique. On devrait les plaindre ? Ce sont des distordus, des enragés. Ils ont franchi la ligne.

— Je ne dis pas qu'on devrait les plaindre, mais les comprendre, au minimum. Ce ne sont pas des monstres, Victor. Juste des hommes et des femmes terrifiés par leur propre fin.

— Les distordus ne se soucient de rien. Ni de la loi ni des conséquences.

Sébastian gardait les yeux plissés sur la route.

— Ne le prends pas mal, mais ce monde-là n'a rien à voir avec les bureaux climatisés où les problèmes se réglaient par des argumentations bien ficelées. Quand on le trouvera, souviens-toi qu'il y a des enfants impliqués et, peu importe ce qu'on pense de leur père, ils sont innocents.

— Peut-être, mais il faut bien des limites, non ?

— Des limites, y en a, mais elles sont rarement là où tu t'y attends. Donne-moi plutôt l'identité de notre objectif.

Victor lut la mention derrière la photo laissée par le commissaire. Sébastian s'adressa au micro coulé dans le tableau de bord.

— Système, peux-tu nous brosser le profil du père de famille ?

L'IA répondit :

« Sujet : Alexandre Durand.

« Date de naissance : 12 mars 1997.

« Âge : 40 ans.

« Antécédents judiciaires : néant.

« Détails supplémentaires : détenteur d'une licence de tir, accordée par le club de Montpellier. Deux fusils déclarés : carabine 22 LR et AR-15 semi-automatique. »

Merde, ce n'était pas au programme, ça !

— Peux-tu préciser ses activités liées au club de tir ? demanda Sébastian.

La voix de l'IA ajouta : « Le sujet est membre du club de tir de Montpellier depuis dix ans. Participation régulière à des compétitions régionales. »

— Proche de mouvances radicales, survivalistes, terroristes ou autres ?

« Aucune affiliation documentée aux organisations à risque. Profil limité au périmètre strictement sportif. »

Victor scrutait l'écran de son terminal, à la recherche du signal de la puce présente dans le bras du père de famille.

— Elle ne bouge plus.

— Système, synchronise-toi avec le terminal et fixe la localisation de la cible dans notre GPS.

« Destination enregistrée : Grand Marécage du Grau-du-Roi. »

— Conduis-nous à l'emplacement.

« Temps d'arrivée : 10 minutes. »

— Accroche-toi ! prévint Sébastian, avant d'écraser la pédale de l'accélérateur.

Des gouttes de pluie épaisses claquaient sur le pare-brise. Ils s'engagèrent au sein du Grand Marécage, là où les tempêtes et la montée des eaux avaient englouti le parc naturel régional de Camargue. Les chemins de terre et les digues, autrefois destinés aux rizières et aux salines, formaient désormais un labyrinthe de canaux et d'îles de vase traîtresse ; les Saintes-Maries-de-la-Mer s'étaient changées en une silhouette fantomatique. Un panneau rouillé apparut sur le bord de la route. On pouvait y lire en lettres rouge délavé :

DANGER : LOUPS !
NE PAS S'ÉLOIGNER DE LA VOIE.
RISQUE DE MORT.

— Des loups ? s'enquit Victor. Ils sont sérieux ?

— Tu ne savais pas ? répondit Sébastian, un rictus amusé au coin des lèvres. Une fois, près de Palavas, j'en ai croisé un aussi gros qu'un patou.

— Comme ces chiens de berger ?

— Exactement. De temps en temps, ils laissent une carcasse le long de la route, dévorée jusqu'aux os. Mais, le vrai danger, c'est quand tu percutes une de ces bestioles vivantes. En cas de collision, les voitures s'en sortent rarement indemnes.

Victor glissa un coup d'œil inquiet vers les hautes herbes qui longeaient la route, là où les ombres dansaient sous la pluie battante.

— Ils attaquent vraiment les gens ?

— Quelquefois. Ces bêtes connaissent le terrain comme personne. La boue, les marais… c'est leur royaume.

— Comment sont-ils arrivés là ?

— Ils viendraient d'Italie, à ce qu'on dit. La souche des Alpes. Ils ont traversé les montagnes, les plaines… et ont trouvé refuge ici.

— Pourquoi là ? s'étonna Victor, jetant un regard autour d'eux. C'est un marécage inhospitalier.

Sébastian gardait les mains fermes sur le volant.

— Pas pour eux. Les fermes abandonnées, envahies par la boue, les moustiques et Dieu sait quoi d'autre, sont leurs tanières. La région est inconstructible depuis des années. Avec la montée des eaux et les marais qui ont gagné du terrain, plus personne ne veut y habiter. Peu de routes, aucun touriste, juste des roseaux à perte de vue. Ils ont tout ce qu'il leur faut : des abris et des proies égarées…

Il fixait la route, le GPS indiquait que leur objectif approchait.

— Au début, expliqua Sébastian, les premiers loups se contentaient d'attaquer du bétail dans les Alpes-Maritimes ou les Alpes-de-Haute-Provence, se tenant à distance des humains. Mais, avec le temps, le gibier s'est raréfié et les migrants sont devenus plus nombreux à traverser les montagnes. Les habitudes des loups ont changé.

Il marqua une pause, le regard sombre.

— Ici, dans le marais, c'est la même histoire. Les migrants venus d'Afrique, épuisés, cherchent à reprendre leur souffle avant de continuer vers l'intérieur des terres. Mais certains font de mauvaises rencontres…

L'IA du tableau de bord annonça qu'ils étaient arrivés. Sébastian désigna à Victor le tracé à sec d'une ancienne digue de rizière. Il gara la voiture à bonne distance d'une bâtisse.

— Sa puce est localisée à moins de cinquante mètres, dit-il en examinant l'écran du tableau de bord.

— Il est à l'intérieur, c'est sûr ! souffla Victor.

Sébastian éteignit le moteur, observant un instant la maison délabrée. Il sortit de l'habitacle et se dirigea vers le coffre pour en tirer un gilet balistique portant les lettres CHRONO-POLICE, qu'il ajusta rapidement. À peine Victor avait-il ouvert sa portière que Sébastian s'écria :

— Reste ici, c'est un ordre.

— Attends, je peux être utile. J'ai envie qu'on les sauve, ces gosses !

— Moi aussi, Victor, mais je n'ai qu'un seul gilet pare-balles, le mien. Je ne peux pas me permettre de gérer ta sécurité en plus de tout le reste. Quoi qu'il se passe, tu ne bouges pas de la voiture. Elle est blindée.

Le ton était tranchant. Alors, piqué par l'autorité du flic, Victor referma lentement la portière. Seul au-dehors, Sébastian écouta les bruits alentour : le claquement régulier de l'averse sur la terre gorgée d'eau et le sifflement du vent qui se faufilait entre les herbes hautes. Rien d'autre. Il scruta la bâtisse devant lui, un bloc sombre à peine discernable. Les fenêtres étaient noires, aucune lumière ne filtrait. Pourtant, il savait qu'Alexandre Durand était là, quelque part à l'intérieur, avec ses deux enfants.

Une inquiétude le taraudait : les armes. Le père possédait un véritable arsenal et son gilet de protection était inutile contre des munitions de gros calibre. Chaque seconde de retard pouvait aggraver la situation.

Les enfants... ils doivent être terrorisés.

Sébastian s'approcha du mur de la ferme et se colla à la façade, tendant l'oreille pour capter le moindre son. Toujours rien.

Trop calme.

Alors il regarda prudemment à l'intérieur. La pluie ruisselait sur les vitres, mais il discerna le désordre dans la pièce principale. Un canapé défraîchi, un tabouret renversé. La scène avait quelque chose de domestique et d'effrayant. Aucun signe des enfants ou du père. La ferme semblait retenir son souffle.

Il contourna la maison et repéra une fenêtre ouverte à l'arrière. Il s'y glissa et l'obscurité l'enveloppa. Sébastian avançait prudemment, chaque pas faisant craquer le vieux plancher sous son poids. Derrière le canapé, il aperçut un sac à dos et des provisions éparpillés sur le sol, des biscuits entamés, du chocolat en poudre et un thermos, et aussi un jerricane d'essence à moitié vide contre un mur. Puis son regard se posa sur les deux petits corps étendus, leurs bras alignés le long des flancs, comme dans une tombe. Autour d'eux régnait un chaos de tubes de médicaments, deux tasses encore tachées de cacao et des feuilles d'aluminium.

En s'approchant des enfants, l'odeur âcre du carburant se fit sentir. Elle imprégnait leurs vêtements, affreuse préparation pour une crémation imminente.

Sébastian s'agenouilla près d'eux, tendant la main vers le cou du premier. Le souffle était si ténu qu'il dut incliner la tête pour le percevoir. Il se pencha rapidement sur le second : même frémissement. Deux vies suspendues à un fil. Il bascula délicatement les petits corps sur le côté, s'assurant qu'aucun d'eux ne risque de s'étouffer en cas de vomissement. Ensuite, son regard scruta la pièce.

C'est quoi, ce foutoir ?

Une paire de ciseaux, du sparadrap. Pas de sang, juste une fine pellicule d'essence. Elle recouvrait tout et semblait n'attendre qu'une seule chose : qu'on y mette le feu. Sébastian aperçut une boîte métallique remplie de cartouches. Sans hésiter, il s'en empara.

Calibre 22. Merci. Le gilet fera l'affaire en cas de coup dur.

De retour à la voiture, Sébastian jeta un coup d'œil rapide autour de lui, ouvrit le coffre et balança les cartouches à l'intérieur.

— Appelle le SAMU immédiatement ! ordonna-t-il à Victor. Deux enfants inconscients après possible ingestion de sédatifs. Ne traîne pas !

Victor attrapa son téléphone avec des gestes maladroits.

— Et Durand ? demanda-t-il, la voix vacillante.

Sébastian était déjà reparti. Il retrouva la fenêtre ouverte et se précipita vers les gamins. Ils étaient toujours immobiles. À un mètre, Durand, debout, carabine en main, veillait sur eux. Son regard… Prêt à en finir.

Pas de temps pour l'hésitation.

Sébastian se jeta à gauche, roulant au sol. La carabine tonna et un projectile le frôla. Il se redressa et s'abrita derrière un vieux meuble délabré. Le père prenait une nouvelle fois sa visée. Sébastian avait vu le chargeur, mais il était incapable d'évaluer sa contenance.

Neuf cartouches ?

Comment s'en sortir ? Il tenta de se localiser dans la pièce. Endroit inconnu. Un autre coup de feu, le bois explosa juste à côté de lui.

Merde, bouge ou crève ici !

D'un geste brusque, il saisit une vieille lampe et la jeta dans l'espoir de créer une diversion. Le père se retourna, la carabine 22 LR pointée vers le bruit. Sébastian sortit de sa cachette en un éclair et se rua vers l'homme, échappant à sa ligne de mire. Il voulut tacler ses jambes avec toute la force de son élan. Cependant, celui-ci avait déjà pivoté et la crosse de son arme décrivit un arc avant de s'abattre sur le crâne de Sébastian comme un coup de marteau.

La douleur vive se répandit en vagues depuis le point d'impact. Sébastian se força à garder les yeux ouverts, à fixer la silhouette floue du père, sidéré par sa propre audace. Dans un geste glaçant, il porta le canon de la carabine à sa bouche, le doigt tremblant sur la détente. Un clic sinistre. Le silence. Les cartouches laissées dans la voiture venaient de leur sauver la vie à tous les deux.

Avec un cri de rage, il lâcha sa carabine et se rua hors de la ferme. Ignorant la douleur qui rongeait son crâne, Sébastian se remit lentement debout, s'appuyant sur un meuble. La pièce tanguait. La nausée montait en lui. Ne pas céder.

Il fit un pas, puis un autre, et atteignit enfin la porte. Il l'ouvrit et une rafale de vent glacée le frappa au visage. Le choc l'étourdit un instant, mais il continua d'avancer. L'étang était calme et sombre. La pluie avait cessé et, dans le ciel, le soleil trouait les derniers lambeaux de nuages. Sur la rive, une silhouette immobile : Alexandre Durand, prêt à rejoindre ses enfants dans le gouffre où il les avait jetés. Alors que Sébastian s'approchait, l'homme s'enfonça dans le marais à grandes enjambées, mais bientôt la vase ralentit sa course.

— Arrêtez ! Cela ne résoudra rien ! s'écria Sébastian.

Le père de famille était poussé par une force invisible. Sébastian pressait le pas, mais ses chaussures s'enlisaient aussi dans la boue.

— Vos enfants ont besoin de vous vivant ! criait-il, le vent emportant ses paroles.

Sébastian parvint à le rattraper. Il saisit l'épaule du père, le forçant à se retourner. Sur son avant-bras, une étrange compresse brillait sous la lumière : une feuille d'aluminium froissée, plaquée contre la peau. Leurs regards se croisèrent. Sébastian posa son pistolet à impulsion électrique sur une motte plus sèche et leva les mains.

— Je n'ai pas d'autre arme, dit-il en signe d'apaisement.

— Vous ne pigez rien ! hurla le père. Chaque putain de jour, c'est pire ! Vous croyez qu'ils ont une chance ? Qu'ils vont s'en sortir dans ce monde ?

Il essuya rageusement ses larmes avec le revers de sa manche.

— J'entends, répondit Sébastian d'une voix calme. Moi-même, je n'ai jamais voulu d'enfants… La peur de les voir souffrir, ça vous dévore de l'intérieur.

— Alors vous êtes d'accord avec moi !

— Seulement en partie, répliqua Sébastian.

— L'IA m'a dit que je mourrais bientôt, hoqueta Durand. Demain ou dans une semaine. Que deviendront-ils ? Je ne veux pas qu'ils grandissent sans quelqu'un pour les guider.

Il déraille, ils ont encore une mère.

— Comment les protéger de tout ça ?

Il fit un geste vague en désignant le marais. Sébastian se rapprocha prudemment. Il sentait sa paire de menottes accrochée sous son gilet balistique.

Plus que quelques centimètres.

— En demeurant à leurs côtés, en leur montrant qu'il y a de l'espoir, même dans l'obscurité. Vous ne pouvez pas tout contrôler, mais vous pouvez leur apprendre à être forts, à faire face.

Durand hésita une seconde. Ses yeux étaient perdus, éteints.

— C'est trop tard, de toute façon…

— Non, pas du tout, affirma Sébastian. Vos enfants respirent !

Durand sursauta, comme si ces mots venaient de le frapper en pleine poitrine.

— Vous ne pouvez pas brûler vivants les petits. Ils peuvent encore être sauvés !

La peur submergea Durand. D'un mouvement brusque, il repoussa Sébastian, qui s'effondra lourdement dans la boue. Il s'apprêtait à fuir quand son regard se figea sur un débris rouillé : un bout de clôture à moitié enfoui. Il s'en empara promptement.

— Lâche ça, murmura Sébastian en se relevant.

Mais Durand ne l'entendait plus. Il agitait le morceau de métal sans conviction, comme un enfant qui brandirait un jouet cassé. Dans ses yeux, la folie avait laissé place à un vide effrayant. Il leva le bras, prêt à frapper Sébastian, qui tendit une main pour parer le coup. Geste dérisoire. Pourtant, Durand hésita. Son bras retomba et l'arme improvisée pendit mollement dans sa main.

Le pistolet à impulsion est trop loin...

Soudain, un coup de tonnerre éclata, distinct de l'orage. Durand fut projeté en arrière et s'affaissa avec une lenteur étrange dans la boue. Sébastian pivota pour trouver l'origine du tir. Là, sur la berge : Victor, la carabine encore fumante entre les mains.

— Qu'est-ce que tu as fait ? cria Sébastian en filant vers Durand.

Il le retourna avec peine, la vase collait à ses vêtements et mêlait son sang à la terre humide. Ses yeux grands ouverts fixaient un point invisible dans le ciel gris, comme s'il guettait une réponse. Sébastian tâta le pouls en vain.

— T'étais là pour observer, rien d'autre. Observer, tu m'entends ? Pas jouer de la carabine, bordel !

Sa colère résonnait avec le vent et l'orage et Victor baissa la tête, incapable de soutenir son regard.

— Tu devais rester dans la voiture et appeler les secours, rugit Sébastian.

Victor luttait contre l'effondrement. Sébastian lui arracha le fusil des mains et s'écarta pour réfléchir, en quête d'une issue dans ce chaos. Rien n'avait plus de sens.

Les enfants !

Il se mit à courir. Quelques minutes passèrent avant qu'il ne ressorte et rejoigne Victor, le visage marqué par la peine.

— Ils sont morts.

Le poids de cette simple phrase anéantit le jeune homme.

Ce n'est plus le moment de paniquer.

— Il faut qu'on ramène le corps de Durand dans la maison, dit Sébastian. On va le tirer à l'intérieur.

— Je… je ne sais pas si je peux…

— Tu peux, Victor, coupa Sébastian. Prends-le par les épaules, je m'occupe des jambes.

Victor obéit en grimaçant ; le poids inerte rendait chaque mouvement laborieux. Une fois le seuil franchi, ils déposèrent le cadavre à côté des enfants. Sébastian repéra le jerricane et, sans attendre, le vida sur les corps. En se penchant pour terminer, il prit le temps d'examiner une plaie profonde et mal soignée sur l'avant-bras de Durand. Le père avait tenté d'extraire sa puce sous-cutanée, mais s'était mutilé dans le processus, abandonnant l'opération à mi-chemin. Des lambeaux de feuille d'aluminium, souillés de sang et de crasse, entouraient encore la blessure. Sébastian palpa la poche du père à la recherche d'un objet qu'il avait vu en le transportant. C'était un briquet métallique usé mais en état de marche. En se redressant, il vit que l'essence formait une nappe sombre autour des corps.

— Quand les secours arriveront, tu ne diras rien, déclara Sébastian d'une voix froide. C'est moi qui gère tout. Lève-toi et sors d'ici.

Sébastian attendit que Victor s'éloigne de la maison. Il devait effacer les preuves coûte que coûte, faire disparaître ce que Victor avait laissé derrière lui. Ce n'était pas juste une question de loyauté, mais de survie. Il avait vu des cadavres, interrogé des suspects, tiré son arme plus d'une fois, mais ça ? Fouiller dans la chair d'un mort avec ses mains, comme un boucher maladroit ? Rien que d'y penser, ça lui retournait l'estomac.

Il saisit un couteau dans la cuisine et s'agenouilla près de la dépouille du père. La poitrine était un carnage. Il prit une inspiration et enfonça la lame dans la chair. Ses doigts pénétrèrent dans la plaie tiède. La texture était ignoble et la nausée lui monta d'un coup. Ses mains tremblaient, tandis qu'il fouillait plus profondément, jusqu'à sentir, enfin, le métal froid de la balle. Sébastian l'extirpa dans un dernier bruit de succion et la tint devant lui, maculée de rouge. Il glissa le projectile dans sa poche, les mains souillées, et lutta pour reprendre le contrôle. Après quelques instants, le policier balaya la pièce du regard et repéra la carabine 22 LR, apportée par son dernier tireur et abandonnée dans la pénombre. Il la ramassa et vit qu'une dernière cartouche attendait à l'intérieur.

Il plaça le canon sous la mâchoire du père. L'angle était soigneusement calculé. Sébastian pressa la détente et la déflagration emporta une partie du crâne de Durand, projetant des éclats de sang et d'os sur le sol. Il observa un moment le corps mutilé avant de plonger la main dans une de ses poches et d'en sortir le briquet, un modèle tempête conçu pour résister aux éléments. Puis, d'un mouvement sec du pouce, il ouvrit le capuchon et une flamme en jaillit. Il fit quelques pas en arrière, se rapprocha de la porte d'entrée et lança le briquet sur le cadavre de Durand. Les vêtements imbibés d'essence s'embrasèrent en une fraction de seconde. Le feu se propagea ensuite aux dépouilles des enfants. La maisonnette, prise dans l'incendie, brûlait entièrement, emportant ses secrets avec elle.

Sébastian s'accroupit près du marais. L'eau dégageait une odeur putride de vase. Il y plongea les mains, frottant frénétiquement pour chasser le dépôt rougeâtre qui collait à sa peau. Victor s'était réfugié dans la voiture. Sébastian ouvrit la portière et déclara :

— C'est fini.

Mais, avant que le stagiaire puisse prononcer le moindre mot, le policier posa un doigt sur ses lèvres et désigna d'un regard le tableau de bord.

Pas ici !

Ils s'éloignèrent, hors de portée des capteurs de l'IA. Victor tremblait.

— J'ai tiré… J'ai…

Sébastian mit ses mains de part et d'autre des épaules de Victor.

— Stop ! Écoute-moi. Ce qui vient de se passer… on n'a pas eu d'autre choix que de le faire. Mais, maintenant, il va falloir qu'on ajuste nos versions. C'est la seule façon de nous en sortir. Tu comprends ?

Victor déglutit, la gorge sèche. Ils parlèrent à voix basse, les flammes derrière eux dessinant leurs ombres. Sébastian répétait le plan à suivre, méthodique, comme s'il dictait un rapport. Rien ne devait éveiller le moindre soupçon. Après quelques minutes, Sébastian retourna à la voiture. Il s'installa derrière le volant, jetant un dernier coup d'œil aux flammes qui achevaient de réduire la maison en cendres. Il savait qu'une part de lui-même brûlait avec ces gosses et leur père. Il se tourna vers le tableau de bord et s'adressa à l'IA.

— Active la communication d'urgence.

— Vous êtes en ligne.

— Incendie dans une ferme abandonnée, dit-il d'un ton neutre. Deux enfants et un adulte à l'intérieur…

Une pause.

— … aucun survivant.

Chapitre 11

Montpellier, 26 juin

Le jour déclinait sur la place de la Comédie, étirant des ombres pourpres entre les façades. Quelques silhouettes traînaient près de la fontaine des Trois Grâces, captant les derniers moments de tiédeur. Près du carrousel, une voiture était garée sur l'aire réservée aux livreurs, moteur éteint. Sébastian s'approcha discrètement. Il jeta un coup d'œil autour de lui, vérifiant que personne ne lui prêtait attention. Il ouvrit la portière et s'installa sur le siège passager.

Lavoisier était plongé dans la lecture d'un rapport de la police technique et scientifique. Les feuillets étaient éparpillés sur ses genoux et son regard scrutait les photographies : elles montraient les corps entièrement calcinés du père et de ses enfants, leurs silhouettes à peine reconnaissables au milieu des débris. Sébastian ne pouvait détacher son attention des images.

— La température du feu a presque tout effacé.

Le commissaire hocha la tête, ses doigts tapotant les pages du rapport.

— Bon Dieu, quelle merde ! Les gamins étaient morts avant l'incendie ?

— Il y avait des résidus de tubes de médicaments fondus un peu partout et les gosses étaient inanimés, répondit Sébastian.

— Redis-moi ce qui s'est passé, ordonna Lavoisier. Juste les faits.

— On est arrivés trop tard. La maison avait déjà commencé à brûler et l'air était imprégné d'une odeur d'essence. Je n'ai eu le temps que de voir Durand s'allonger au milieu de ses enfants, comme s'il les rejoignait dans la mort. Il serrait la carabine contre lui, et avant que je ne puisse faire quoi que ce soit, il s'est tiré une balle dans la tête.

Lavoisier semblait peser chaque parole qui sortait de la bouche de Sébastian.

— Le feu était déjà trop fort, ajouta-t-il. J'ai essayé de m'approcher, mais… On n'a rien pu faire.

— Les trois rapports d'autopsie concluent à l'absence de suie dans les poumons, fit le commissaire en parcourant les conclusions. Preuves que les deux gamins et leur père étaient morts avant la crémation.

« Pourvu que les rapports n'en disent rien », pria Sébastian en silence. Rien sur la balle disparue qu'il avait retirée lui-même à mains nues. Il savait ce que des experts trop zélés pouvaient déterrer s'ils cherchaient trop loin : des micro-fractures sur les côtes, là où la balle avait effleuré ou entamé l'os, peut-être même des traces infimes de plomb ou de cuivre encore incrustées dans les tissus. Un scanner un peu trop pointu, une radio trop nette et tout volerait en éclats.

Il hésita avant de demander :

— Et Victor, comment va-t-il ?

— Il est secoué, dit Lavoisier, mais il tient le coup pour l'instant. Son témoignage sur procès-verbal coïncide parfaitement avec le tien.

Lavoisier reprit sans quitter Sébastian du regard :

— J'ai eu le préfet au téléphone ce matin. Son neveu a « apprécié » son stage. Lui qui voulait une expérience de terrain, il a été servi. Et comme il ne tarit pas d'éloges à ton sujet, l'image de la boîte n'en souffrira pas, bien au contraire.

— Tout va pour le mieux, alors, termina Sébastian d'une voix égale, s'efforçant de ne pas trahir le fond de sa pensée.

Lavoisier frotta ses tempes.

— Tu avais raison, je n'aurais pas dû le laisser t'accompagner.

Un euphémisme, s'il savait… Mais Sébastian préféra rester concentré. Quelque chose accrocha son attention.

— Il y a ce truc qui me revient à l'esprit.

Le policier pointa un détail sur l'une des images : le bras calciné du père, réduit à une masse noirâtre et craquelée, à peine reconnaissable. Mais on devinait les restes d'une bande d'aluminium, à demi fondue et enroulée comme une compresse.

— C'est une combine utilisée par les éclairés pour neutraliser leur puce GPS, en attendant de trouver un moyen de la retirer, fit Lavoisier. Une feuille d'aluminium plaquée contre la peau, doublée par un pansement, bloque partiellement les impulsions. Comme une cage de Faraday ou l'enceinte métallique d'un micro-ondes.

— Et comment fait-on pour s'enlever une puce GPS sans se charcuter le bras ?

Le commissaire secoua la tête.

— Ce n'est pas si simple, mais, surtout, c'est illégal. Il y a des types, des « chirurgiens », qui s'en chargent pour ceux qui veulent disparaître complètement. En ce moment, l'un d'eux est particulièrement recherché. On le surnomme le « Syrien ».

— On sait où il se trouve ?

— Personne ne connaît l'endroit où il effectue ses opérations, admit Lavoisier. Il est insaisissable.

Sébastian réfléchit vite. Il sentait un besoin viscéral de regagner un terrain familier, loin de cette cabane en flammes et de ses secrets enfouis sous les cendres.

— Laissez-moi le retrouver, j'ai longtemps travaillé aux Stups. Arpenter les bas-fonds, je sais faire !

Le commissaire s'apprêtait à refuser, mais Sébastian le coupa net :

— Vous me devez bien ça, après ce que je viens de traverser…

L'argument fit mouche.

— Très bien, céda Lavoisier, vous avez mon feu vert. Mais je veux que vous agissiez avec prudence. Vous serez en contact permanent avec moi, et au moindre faux pas, je vous retire la mission.

— Entendu, monsieur.

Tout était dit. Sébastian sortit de la voiture.

Chapitre 12

Clip publicitaire

Une femme d'âge mûr est assise seule dans un salon. Dans ses mains, elle tient une réponse de l'Oracle.
Un homme en costume surgit dans le cadre et s'adresse directement à la caméra avec un sourire énigmatique.
« Voici Sophie. Elle a 60 ans et l'Oracle vient de lui révéler qu'il lui reste seulement huit années à vivre. »
Sophie jette une valise dans le coffre d'une voiture. Un homme désemparé court après elle. En voix off sur l'image : « Quand chaque seconde devient précieuse… »
[Crescendo musical]
Plan rapproché : Sophie déchire un contrat de travail.
Toujours en voix off : « ... on cesse de vivre pour les autres. »
Séquence ultra-rythmée : Sophie signe des documents dans une banque. FLASH. Sophie plonge dans l'océan turquoise. FLASH. Sophie danse sous les étoiles, entourée d'étrangers souriants.
L'homme apparaît maintenant en chemise hawaïenne éclatante, lunettes de soleil,

cocktail à la main. Il déclare (ton complice) : « L'incertitude est votre prison. La vérité est votre liberté. »

Plan final : silhouette de Sophie face à un coucher de soleil spectaculaire, bras écartés. L'homme se matérialise à ses côtés et conclut (ton solennel) : « Ne laissez pas le hasard dicter votre existence. »

[La musique s'arrête brutalement.] Écran noir. Apparition progressive d'un cercle parfait, traversé d'une fissure lumineuse en forme d'éclair. La voix off murmure : « L'Oracle. Votre avenir, votre choix. »

27 juin
Montpellier

L'appartement de Sébastian était niché dans un quartier résidentiel de Celleneuve, dans le nord-ouest de la ville. Avec ses rues bordées d'arbres et ses petits commerces, le lieu respirait la tranquillité. Mais, à la nuit tombée, le secteur dévoilait un tout autre visage, où dealers et trafiquants d'implants cybernétiques prenaient le contrôle. Malgré cela, en pleine journée, Sébastian appréciait la vue sur la place de Renaudel, imprégnée d'une ambiance populaire.

Chez lui, les murs étaient ornés de photographies, témoins de ses voyages quand on pouvait encore prendre l'avion sans restriction. Un parquet en bois foncé s'étendait dans tout l'appartement, contrastant avec les murs aux tons clairs qui donnaient une sensation de fraîcheur.

Un canapé en cuir, signe des soirées passées devant la télévision, était jonché de magazines. Sur la table basse, on voyait les vestiges d'un dîner aux chandelles : coquilles de fruits de mer séchées et verres tachés de vin. L'évier de la cuisine était encombré de plats graisseux et l'îlot central, parsemé de divers ustensiles de cuisine, dévoilait les restes d'un risotto qui n'avait pas tenu ses promesses. Il envisageait de faire la vaisselle quand un appel holographique retentit : une IA prenant l'apparence de sa dernière conquête flottait au-dessus du comptoir de la cuisine.

— Trois jours sans nouvelles… J'ai cru qu'il s'était passé quelque chose entre nous, murmura le reflet de Magalie, la voix blessée.

Sébastian fixa l'hologramme, mais, avant qu'il ne puisse la rappeler, un autre message s'annonça : Mathias.

— Alors, Sébastian, tu vas laisser un vieux copain fêter son départ tout seul ? Ça se passe à l'hôtel de police, dans la salle du réfectoire. À lundi prochain, et essaie d'être à l'heure cette fois. On commence à 19 heures.

Tandis que l'hologramme de Mathias s'évanouissait, Sébastian resta un instant silencieux, absorbé par ses pensées. La proposition, en apparence légère, laissait planer quelques non-dits. Il fit couler de l'eau chaude pour la vaisselle. L'idée de se retrouver au milieu de ces policiers de la vieille garde, connus pour leur animosité envers la Chrono-Police, ne l'enchantait guère.

— « Télévision », dit-il, et le téléviseur qui se trouvait dans la pièce s'alluma.

D'une finesse remarquable, il semblait se fondre dans le mur. Les détails des images étaient si nets qu'ils lui conféraient une profondeur tridimensionnelle sans nécessiter de lunettes en 3D. À l'écran apparut le visage de la présidente, Aurélie Fontaine, interviewée dans son bureau à l'Élysée. Plan serré et derrière elle les symboles de la République savamment disposés : le drapeau tricolore à sa gauche, le drapeau européen à sa droite. La lumière tamisée caressait les boiseries anciennes et une discrète horloge en bronze marquait l'heure. Aurélie Fontaine décrivait avec assurance les résultats de sa politique audacieuse, lancée au début de son mandat.

— Grâce aux avancées révolutionnaires d'Arcana Technologies, soutenues par l'engagement ferme de l'État, chaque Français adulte peut connaître l'année, hors accident, de sa fin de vie. C'est un progrès sans précédent au service de tous.

— Mais quel est le but au fond ? relança le journaliste.

— Il y a deux objectifs très simples. Le premier, c'est d'amener chacun à réfléchir à sa propre finitude. Ce n'est pas pour faire peur, mais parce que, prendre conscience qu'on n'est pas éternel, c'est souvent le déclencheur de choix de vie plus sains, plus responsables. Le second, c'est d'encourager des comportements qui soient bons, à la fois pour notre santé… et pour la planète. Pourquoi c'est important ? Parce qu'aujourd'hui le système de santé est à bout de souffle. Le déficit de la Sécurité sociale atteint un niveau critique, et une grande partie de ce fardeau vient directement des effets de la pollution et du dérèglement climatique. Ce n'est qu'ensemble qu'on pourra changer les choses.

— Quels moyens ont été mis en œuvre ?

— Nous avons choisi d'agir de manière concrète. Les citoyens qu'on appelle les « éclairés », ceux qui acceptent de faire évoluer leurs habitudes de vie, bénéficient d'un accompagnement réel : bonus santé, aides pour les mobilités douces, incitations à l'alimentation durable. L'idée, c'est de créer une culture de responsabilité partagée, pas de forcer quoi que ce soit.

— Et cette puce que de plus en plus d'éclairés portent sous la peau ? demanda le journaliste.

— Oui, un capteur a été proposé, mais il n'est imposé à personne. Il s'intègre dans une démarche de prévention, de suivi personnalisé. Et je le répète : aucune obligation.

— Pourtant, le remboursement intégral des frais médicaux est conditionné à l'adoption de cette puce. N'est-ce pas une forme de contrainte déguisée ?

— Pas du tout. La compensation totale des soins n'est pas un droit universel, c'est une contrepartie. Accepter cette puce, c'est s'engager dans un contrat clair : l'État optimise ses dépenses de santé et les citoyens vivent plus longtemps et en meilleure santé. C'est une relation gagnant-gagnant, rien de plus.

— Et pour ceux qui refusent la puce ?

La présidente sourit.

— Le système récompense les comportements favorables à l'ensemble de la communauté.

— Donc, en somme, c'est santé ET surveillance ?

— Vous pouvez voir cela sous cet angle, mais je préfère parler de prévention et d'efficacité. La puce n'est pas seulement un outil de suivi, elle permet de détecter en temps réel des anomalies dans l'organisme, voire des signes précoces de maladie. En un mot, elle sauve des vies.

— Mais à quel prix ? Est-il possible de concilier liberté individuelle et surveillance permanente ?

La présidente croisa les mains devant elle.

— Ceux qui refusent la puce peuvent toujours accéder aux soins, mais ils n'auront pas les mêmes avantages. Nous croyons que la majorité comprendra l'importance de ce compromis pour construire un avenir supportable.

Le journaliste se pencha légèrement en avant. Sa voix se fit plus posée.

— Et vous, madame la présidente, portez-vous cette puce ?

Un bref silence. Calculé. Elle regarda la caméra droit dans l'objectif :

— Bien sûr. Je ne demanderais jamais à mes concitoyens de faire ce que je ne ferais pas moi-même.

Un léger sourire apparut sur ses lèvres avant qu'elle n'ajoute :

— Il me reste trente ans à vivre.

Sébastian prit une bière dans le réfrigérateur, puis éteignit le téléviseur.

Chapitre 13

28 juin
Montpellier, appartement de Sébastian

— Sébastian ! Sébastian !

La voix l'appelait, douce et pressante à la fois. Celle de Catheline. Les mots flottaient dans l'air et il lui fallut un moment pour réaliser qu'elle n'était pas dans la pièce. Seule son image ondoyait au milieu de la chambre : une fonction holographique avancée de son téléphone pour le seul appel entrant laissé activé.

Il se redressa lentement, passa une main sur son front. Il ne savait plus s'il dormait encore. Il ne savait plus depuis combien de temps il ne dormait plus vraiment.

— J'ai découvert quelque chose que tu dois voir immédiatement !

Sébastian s'assit brusquement, le cœur battant.

— Quoi donc ?

— Je t'ai envoyé un fichier vidéo dans tes lunettes de réalité virtuelle.

Il désactiva l'option « conférence holographique » sur son téléphone et la silhouette de Catheline disparut. Il resta un instant assis, le regard dans le vide, encore engourdi. Ensuite il se leva et se dirigea vers l'armoire de sa chambre. Il fouilla brièvement, sortit une boîte à chaussures et en retira une paire de lunettes connectées, utilisées lors de sa randonnée dans le cirque de Navacelles. Il les plaça sur son nez, activant l'appareil d'une pression sur le cadre. L'écran s'illumina, révélant un tableau de bord avec plusieurs notifications en attente. Une vidéo clignotait avec insistance à côté d'une demande de communication. Il l'accepta et la voix de sa sœur résonna à travers les os de son crâne.

— J'ai pu récupérer toutes les vidéos de la boîte noire. Ça m'a pris un bon moment pour tout rassembler, mais j'ai réussi à reconstituer les dernières minutes avant l'accident, dit-elle. On revoit la scène du début à la fin.

Sébastian hésita, l'angoisse serrait sa poitrine.

— Tu as regardé toute la séquence ?

— Oui, fit-elle d'une petite voix.

Sébastian su qu'il n'oublierait jamais les images à venir. Il aurait pu ôter ses lunettes et se contenter du récit de sa sœur, mais c'était impossible. Pas après tout ce chemin. Il s'assit sur le lit et activa le fichier. Une barre de chargement défila. Peu à peu, les icônes et le menu en réalité augmentée s'estompèrent, laissant place à un écran noir qui s'illumina soudainement.

Sébastian se retrouva à l'intérieur de l'Aurionix. La caméra, placée sous le rétroviseur, montre Étienne Mercier. Cinquantaine fatiguée, costume bon marché, embonpoint, crâne dégarni reflétant les lueurs du tableau de bord. Sébastian entend le murmure du moteur électrique qui accompagne celui des pneus roulant sur le bitume. Les rues familières de la ville, avec leurs trottoirs bordés d'arbres et leurs bâtiments historiques, passent comme dans un rêve derrière les vitres des portières.

La mère et la fille avaient choisi pour déjeuner une brasserie au cœur de la ville, elles s'étaient installées en terrasse pour profiter du soleil doux de l'été. Au menu ce jour-là : une salade fraîche aux accents du Sud, une tourte sétoise tiède et relevée ce qu'il fallait et un verre de vermentino : ce blanc sec et fruité qu'elles aimaient partager lors des déjeuners d'été. Elles avaient parlé de l'avenir, des projets de Sébastian et de la promotion qu'espérait Catheline. Le reste de l'après-midi était prévu pour flâner dans les rues de l'Écusson.

Au début, la conduite semble normale, Mercier laisse la voiture en mode autonome. Puis des signes inquiétants apparaissent. Le conducteur regarde nerveusement le tableau de bord. Maintenant, il a les mains sur le volant et tente d'en prendre le contrôle. Ses yeux s'élargissent à mesure que la vitesse de la voiture augmente malgré lui. C'est la panique. Il actionne frénétiquement les commandes, appuie sur des boutons et frappe l'écran tactile, mais rien ne se passe. L'Aurionix est comme folle. Elle danse sur la chaussée, zigzaguant entre les voies. Mercier est impuissant. La voiture quitte la route et ses pneus crissent avant l'impact contre un abribus.

Un hurlement déchire l'air, le cri de sa mère, brutalement interrompu. Sébastian ferme les yeux. Le bruit de l'impact laisse place à un bourdonnement sourd. Quand il les ouvre, il découvre le chaos à l'intérieur de l'Aurionix. L'airbag déployé forme un coussin blanc entre le chauffeur et le tableau de bord déformé. Tout est figé.

Les mains tremblantes de Mercier cherchent la boucle de la ceinture de sécurité. Il se libère en poussant un gémissement de douleur et quitte la voiture. Ce qui se déroule au-dehors, Sébastian ne le voit pas, mais il peut l'imaginer. Étienne Mercier jette un dernier regard désorienté autour de lui avant d'abandonner derrière lui son véhicule ravagé.

Les minutes qui suivent n'offrent qu'une image fixe et les cris lointains des passants, témoins horrifiés de la scène. Les sirènes des pompiers. Sébastian resta immobile, abasourdi, puis coupa la séquence.

Un moment passa, lourd. La voix de sa sœur, douce mais inquiète, vint à son secours.

— Comment te sens-tu ?

Sébastian avait la gorge serrée par l'émotion.

— Le chauffeur n'y était pour rien, conclut-elle. Il n'avait pas bu d'alcool ni consommé de drogue, ce type de véhicule possède des capteurs qui bloquent le démarrage en cas de détection.

Sébastian digérait l'information.

— Que veux-tu dire ?

Il l'entendit qui prenait une profonde inspiration avant d'annoncer :

— On a piraté sa voiture. C'est lui qu'on voulait tuer.

Chapitre 14

29 juin
Direction de la police judiciaire de Montpellier

Les anciens collègues de Sébastian s'étaient rassemblés pour le pot de départ de Mathias, un pilier de la brigade criminelle. L'ambiance était détendue : rires francs, verres qui s'entrechoquent et anecdotes de terrain lancées à voix haute. Mathias était le héros du jour. Pourtant, lorsque Sébastian franchit le seuil de la salle, il lui sembla que c'était lui qui se trouvait au centre de l'attention.

Sa silhouette découpée dans la lumière tamisée se frayait un chemin à travers la foule et, comme souvent, il captait les regards dès son apparition. D'abord ceux des femmes, séduites par son charisme naturel, puis ceux des hommes, qui, interrompant brièvement leurs conversations, observaient avec un mélange de jalousie et d'incrédulité les réactions de leurs collègues féminines.

Aujourd'hui, il ne venait pas pour les festivités ni pour se mêler aux autres convives. Son objectif était tout autre. Il atteignit le bar, commanda un verre de vin et se tourna lentement vers l'assemblée. Depuis son départ de la brigade criminelle, il était devenu un déserteur. Celui qui avait abandonné le vrai travail de terrain pour rejoindre une entité flottant en zone grise, peuplée de théories bizarres et de technologies inconnues.

Pour ses collègues, habitués à arborer insigne et flingue comme symboles d'autorité, l'absence d'armement était perçue comme une aberration, voire une reprise en main par le nouveau pouvoir d'extrême gauche. Ce gouvernement préconisait le désarmement des forces de l'ordre, vu comme un mal nécessaire. Néanmoins, si les flics de la judiciaire les plus durs vilipendaient la Chrono-Police, avec ses armes à impulsion électrique qu'ils appelaient des « pistolets à bouchons », la jalousie couvait : Sébastian et son unité disposaient d'équipements de pointe qui éveillaient aussi l'admiration. Que ce soient leurs outils d'analyse comportementale, leur IA détectrice de mensonges ou l'accès au fichier CHRONOS.

Gardant son verre à demi rempli pour se donner un peu de contenance, Sébastian chercha Mathias. Il percevait le poids des regards fixés sur lui, notamment celui de Claire. Ses intentions étaient limpides. Cette gradée de la brigade de protection de la famille avait un faible pour lui. Sébastian lui offrit un sourire poli. Elle murmura quelques mots, auxquels il répondit machinalement et, au bout du compte, elle s'éloigna, désappointée. Sébastian ne réalisait pas toujours la chance qu'il avait avec les femmes. Souvent exigeant sans le vouloir, il était difficile à satisfaire. Cela lui jouait parfois des tours, laissant derrière lui une traînée de vexations.

Sébastian découvrit Mathias en pleine discussion avec deux autres invités. Il avait ce sourire facile, cette manière de se tenir qui disait qu'il était exactement là où il voulait être. Sébastian attendit que la conversation s'essouffle avant de l'approcher pour un tête-à-tête.

— Ah, voilà mon enquêteur du futur ! Comment vas-tu, mon vieux ?

— Ça pourrait aller mieux, admit Sébastian.

— Allons donc ! Tu as rejoint l'unité la plus médiatique du moment et tu te plains ?

Il leva son verre comme pour porter un toast.

— Les gens ont peur de ce qu'ils ne comprennent pas, répondit sobrement Sébastian.

— Ou peut-être saisissent-ils trop bien la situation, rétorqua Mathias. Enfin... tu dois voir des choses fascinantes. Sur quoi travaille le grand détective ces jours-ci ?

Sébastian hésita un instant.

— En fait, je m'intéresse à un certain... profil. Quelqu'un surnommé l'Araignée. Ça te dit quelque chose ?

— L'Araignée ? répéta Mathias. Pourquoi la Chrono se soucie-t-elle d'un trafiquant de données ? Je croyais que vous étiez au-dessus de ce genre d'affaires ?

— Pas quand les données en question proviennent de l'Oracle, dit Sébastian.

— Peut-être sont-elles simplement fabriquées ? Ce serait l'arnaque du siècle : vendre des prédictions bidon à des gens désespérés.

— Nous avons vérifié, répliqua Sébastian. Les projections correspondent à celles de l'Oracle à l'année près.

Mathias hocha la tête. Son ami ajouta :

— Tu n'aurais pas des pistes sur son identité, à tout hasard ?

— Si je le savais, je serais soit très riche, soit très mort. Mais j'ai entendu des choses... Des rumeurs selon lesquelles l'Araignée ne serait pas étrangère à Oracle.

— Un *insider* ? Un employé ?

— Peut-être plus haut. Beaucoup plus haut.

Sébastian sentit son pouls s'accélérer.

— Tu parles d'un dirigeant ?

Il observait Mathias avec attention, cherchant à déterminer s'il spéculait ou s'il détenait réellement une information. Mathias posa son verre vide sur le plateau d'un serveur, puis fit signe à un homme qui se trouvait à proximité. Il détonnait légèrement par son style décontracté, mais chic. Ses cheveux étaient blancs et coupés court, comme ceux des militaires, son regard d'un bleu arctique.

— Sébastian, je te présente Thierry Le Goff, fondateur du groupe Varenne. C'est mon nouveau patron.

Avec un sourire engageant, le gérant lui tendit une carte de visite. Il était en chasse.

— Ravi de vous rencontrer. J'ai beaucoup entendu parler de vos débuts prometteurs au sein de la Chrono-Police. Comment gérez-vous les défis technologiques liés à votre travail ? Les systèmes que vous utilisez doivent être très avancés, non ?

Sébastian se méfiait des curieux. Il resta dans le vague. Le Goff insista et Mathias sentit que Sébastian allait s'agacer. Il tenta de détendre l'atmosphère.

— Sébastian a ce qu'on pourrait appeler une « belle gueule ». Son charme aide souvent à gagner la confiance des suspects.

Il rit doucement.

— C'est vrai, admit Sébastian, mais parfois un visage amical ne suffit pas à déterrer la vérité. D'ailleurs, Mathias, nous devrions parler de notre affaire.

Le Goff s'éclipsa.

— De quoi s'agit-il ?

— À ton avis ?

Mathias soupira.

— Ce n'est ni le lieu ni le moment.

Sébastian jeta un regard circulaire sur la salle animée et inclina la tête vers un petit couloir à l'écart.

— Allons là-bas.

Les deux hommes se frayèrent un chemin à travers la foule avant de se retrouver seuls. Les échos de la réception bourdonnaient au loin.

— Tu savais pour la voiture autonome, n'est-ce pas ?

— De quoi tu parles ? répondit Mathias.

— Qu'elle avait été piratée.

— Qu'est-ce que tu racontes ? Tu sais bien que tout pointe vers un accident.

— En apparence.

— Le chauffeur a pris la fuite, il est coupable.

— Coupable de quoi, Mathias ? De panique ? La fuite ne prouve rien excepté la peur.

Mathias passa une main dans ses cheveux, embarrassé.

— Écoute, je ne sais pas ce que tu essaies d'insinuer, mais… ce n'est pas à toi de continuer cette enquête. Pourquoi ne laisses-tu pas ton avocat s'en charger ?

— Je n'insinue rien. Je dis que tu as négligé une piste essentielle, coupa Sébastian.

Il marqua une pause avant d'ajouter :

— Catheline a découvert des anomalies dans le système de la voiture. Ce n'était pas juste un accident.

Mathias blêmit.

— Depuis quand prends-tu ses trouvailles au sérieux ?

— On a une vidéo de l'habitacle. On y voit Étienne Mercier qui hurle comme un dément, mais ce n'est pas une crise de folie, il sentait qu'on s'en prenait à sa bagnole.

— C'est un accident, insista Mathias.

Sébastian secoua la tête.

— D'ordinaire, le chauffeur peut toujours reprendre la main, mais, là, ça n'a pas fonctionné.

— Bon sang, mais tu dérailles !

— Ignorer la possibilité d'un crime parce qu'on a peur des conséquences, c'est ça, être un bon policier ? Où est ta conscience, Mathias ?

Les visages des deux hommes étaient si proches qu'ils pouvaient sentir le souffle de l'autre. À ce moment, deux camarades de Mathias, alertés par le ton montant de la discussion, intervinrent.

— Tout va bien ici ? demanda l'un d'eux, jetant un regard perçant à Sébastian.

— Mon vieux collègue et néanmoins ami allait justement s'en aller, conclut Mathias. Merci de le raccompagner.

Sans attendre d'explications, ils l'attrapèrent, un à chaque bras.

— Ôtez vos sales pattes ! s'exclama Sébastian.

— Calme-toi, ça ne sert à rien de s'énerver comme ça, répliqua l'un d'eux.

Mathias recula d'un pas.

— Il est temps que tu partes. C'est mieux pour tout le monde.

Les deux collègues entreprirent d'éloigner Sébastian, qui résistait faiblement, lançant un dernier regard furieux en arrière. Alors qu'il passait non loin de Claire, elle lâcha d'une voix suffisamment forte pour être entendue :

— C'est ça, fuis, comme toujours.

Chapitre 15

Légende urbaine : l'application Oracle prédit 2042 pour tous les éclairés.

PARIS. Depuis quelques semaines, une rumeur inquiétante circule sur les réseaux sociaux, en particulier sur Synapse : tous les Français ayant récemment demandé à consulter Oracle recevraient la même année de fin de vie : 2042. « C'est clairement un compte à rebours collectif, l'application nous avertit », affirme un influenceur, dont le message a été partagé plus de 50 000 fois. Face à l'ampleur du phénomène, diverses théories conspirationnistes ont rapidement émergé. Certaines suggèrent que les créateurs de l'application détiendraient des informations confidentielles concernant une menace mondiale imminente : pandémie dévastatrice, conflit nucléaire ou impact d'astéroïde !

Face à l'ampleur de la rumeur, les concepteurs d'Oracle ont publié un communiqué laconique : « L'algorithme repose sur une combinaison de données biologiques, comportementales et environnementales. L'occurrence répétée d'une même date peut relever d'un phénomène statistique temporaire. »

30 juin
Quartier Lemasson

Sébastian avait obtenu l'accès à la fiche nominative d'Étienne Mercier dans le fichier CHRONOS, ce qui lui avait permis de consulter la copie numérique de sa clé d'appartement; ce type d'information figurait dans chaque dossier individuel. Grâce à l'imprimante 3D high-tech du service, il avait reproduit le pass en un temps record.

La peinture et les volets du petit immeuble se souvenaient de jours meilleurs. Arrivé devant la porte de l'appartement d'Étienne Mercier, il aperçut une bande de scellé de la police judiciaire, indiquant qu'une enquête était en cours. Il s'assura que le palier était désert, puis inséra la clé imprimée dans la serrure et la tourna doucement. Un clic discret. La porte était déverrouillée. Il la poussa et le bruit du ruban qui se déchire rompit le silence. À peine le seuil franchi, un mur de chaleur épais le saisit. La climatisation ne fonctionnait pas et tout l'appartement ressemblait à une serre : les fenêtres fermées piégeaient l'air chaud, qui se mélangeait aux odeurs de renfermé. Sébastian avança lentement, ses yeux s'adaptant à la pénombre.

Un salon, agencé en enfilade, débouchait sur une cuisine laissée à l'abandon. Des moutons de poussière s'accumulaient dans les coins et une pile de vaisselle sale débordait de l'évier. Le temps s'était figé au moment où Étienne avait pris la fuite.

Accrochée au mur, près du plan de travail, une photographie le montrait à côté d'une femme souriante, probablement son épouse.

Il s'approcha et examina le cliché de plus près. La femme, rousse aux yeux clairs, souriait avec chaleur.

Derrière le couple, on distinguait un paysage de montagne et un chalet en bois. Des vacances, peut-être. Une vie d'avant.

Poursuivant ses recherches, il découvrit une porte entrebâillée. Derrière : la chambre d'une jeune femme. Il se souvint de la fiche CHRONOS d'Étienne.

Ce doit être celle de Lucie, sa fille unique. Et sur la photo dans la cuisine, c'est son épouse, décédée d'une insuffisance cardiaque, comme son dossier le précise.

Il se demanda si cette femme, quelques mois avant sa mort, avait envisagé de passer le test de clarté. Le dossier ne mentionnait pas ce point. Et si elle l'avait fait, aurait-elle accepté la puce ? Il imaginait la scène, une notification anodine sur son assistant virtuel : « Risque accru d'insuffisance cardiaque congestive. Recommandation : rendez-vous cardiologique dans les soixante-douze heures. » Un simple message. Trois lignes de texte qui auraient pu tout changer.

Elle aurait consulté. On aurait posé un diagnostic. Et peut-être aurait-elle continué à vivre. Mais l'Oracle n'avait rien prédit. La mère de Lucie était tombée un matin, le cœur vidé de force.

Dans la chambre, le lit défait accueillait encore un ours en peluche, dont les yeux fixaient l'entrée, comme pour questionner les intrus. Des vêtements étaient éparpillés sur le sol, abandonnés à la hâte : jeans, tee-shirt, pulls.

Du bon marché.

Un désordre familier : il lui rappelait son appartement dans les mois qui avaient suivi le décès de sa mère. Chaque jour, il naviguait entre le chevet de sa sœur à l'hôpital et son domicile, laissant le chaos s'installer chez lui.

Il se dirigea vers la commode, fouillant dans les tiroirs. Les vestiges d'une fille à peine sortie de l'adolescence : des magazines, du maquillage et des bijoux. Il songea à Catheline au même âge. Solitaire et introvertie, mais déjà futée et pressée d'impressionner les autres.

Au bout de plusieurs minutes, il renonça. Cette fille n'habitait plus là depuis un moment et celui qu'il cherchait non plus. Des gouttes de sueur perlaient sur son front et glissaient le long de son dos. Il s'assit sur le bord du lit, fixant le nounours qui le regardait de ses yeux vitreux.

Il songea à son père, qui attendait sa fin, quelque part en Espagne, après les avoir tous abandonnés ; à cet autre père de famille qui s'enfonçait dans les marais, abattu d'un coup de fusil après avoir empoisonné ses enfants, et à la vie qui lui semblait plus que jamais absurde et cruelle.

Il leva la tête et vit une photo dans un cadre, accrochée au mur en face de lui. La fille du chauffeur, probablement. En se rapprochant, il en détailla les traits : de longs cheveux blonds encadraient son visage et tombaient sur ses épaules, des yeux brillants et des pommettes légèrement rosées, petite touche de douceur juvénile. Il se demanda ce qu'elle pouvait avoir vu ou entendu. Où pouvait se cacher son père et avec quelles ressources ? Un fuyard a besoin d'argent et de complicités. Sébastian tendit la main, effleurant la surface du cadre. Cette figure était une énigme à résoudre.

Il sortit son téléphone et lança un programme qui scanna le visage avec une lumière bleutée. Il activa ensuite la fonction de recherche inversée de photos. L'application qu'il utilisait n'était pas sans rappeler

« PimEyes », un outil de reconnaissance faciale populaire au début des années 2020, largement améliorée depuis. La technologie actuelle était équipée d'algorithmes biométriques de pointe, capables de fouiller une myriade de sources en un instant. Qu'il s'agisse d'articles de presse, de portraits de mariages, de blogs personnels ou de sites pornos, rien ne lui échappait.

Il posa son portable sur le lit et activa une fonction holographique qui lui offrit une vision plus immersive. Des informations en réalité augmentée se superposaient aux photos : des dates, des lieux, des événements clés. C'était comme si le passé s'animait devant lui ; il voyait les étapes de la vie de cette femme se reconstituer en un tableau mouvant.

— Sélectionne les photos des derniers mois seulement, dit Sébastian en s'adressant à l'assistant personnel de son smartphone.

C'était le même modèle que les bracelets-téléphones grand public, mais, en prime, celui-ci pouvait accéder aux fichiers de police. La photo la plus récente datait de mai 2037, publiée sur un réseau social. On y voyait la jeune femme devant un mur couvert de tags vaguement ésotériques. L'endroit pouvait être une cave, un bar underground, peut-être une friche urbaine. L'image était différente de celle qui figurait dans le cadre, du temps avait passé. Il zooma, essayant de capter un indice, un détail qui lui aurait échappé. Les yeux de Lucie étaient cernés, les joues plus creusées.

Droguée ?

Sébastian resta un moment perdu dans ses pensées avant de quitter l'appartement. Il referma la porte derrière lui sans faire de bruit.

Chapitre 16

Spot TV pour le recrutement au sein de la Chrono-Police : 30 secondes.

Plan serré : une ruelle sombre, des sirènes hurlent, l'adrénaline monte. Des agents de la Chrono-Police surgissent, neutralisant un homme au regard dément, une arme à la main.
Voix off grave, intense : « 2029. La loi Morot a tout changé. La science révèle l'année où tout s'arrête. Pour certains, une chance de se réinventer. Pour d'autres… un billet direct pour l'enfer. »
Changement de scène : un immeuble en ruine, des otages en danger. Les agents interviennent et désamorcent la crise sans un seul coup de feu.
Voix off rythmée, captivante : « Là où l'avenir se dévoile, nous sommes la frontière entre l'espoir et la chute. Nous sommes la Chrono-Police. »
Écran final : le logo de la Chrono-Police claque à l'image, suivi du slogan : « Chrono-Police. Garder le présent. Protéger l'avenir. »
Dernière phrase, ton défiant : « Vous avez le cran de nous rejoindre ? Votre destin commence ici. »
Visitez www.chronopolice2037.com pour postuler.

30 juin
Ancien aquarium de Montpellier

Peu après le coucher du soleil, le ciel se voila au-dessus de Montpellier et les premières gouttes tombèrent, grosses et lourdes, éclatant sur le sol surchauffé. Sébastian s'était garé dans une ruelle déserte en périphérie de la ville et marchait en direction de l'ancien aquarium. Au moment où il approchait du bâtiment désaffecté, un premier éclair zébra le ciel, suivi du tonnerre.

Devant l'entrée principale, des blocs de parpaings empilés et du fil de fer barbelé enroulé autour de la porte formaient une barrière. Il contourna l'édifice par la droite et atteignit une porte dérobée, cachée par des broussailles.

En la poussant, une odeur de moisi et de sel s'échappa. Sébastian entra dans le noir, sortit une lampe torche de son blouson et balaya des panneaux décolorés où figuraient des cartes des anciens circuits électriques. Devant lui, un couloir s'enfonçait dans une obscurité ponctuée par le goutte-à-goutte de l'eau s'infiltrant à travers le plafond.

Il arriva au bord de ce qui était autrefois le grand bassin. Désormais, c'était une cuve jonchée de débris et de feuilles mortes. Tout autour, des gradins désertés où des familles s'étaient autrefois pressées pour admirer les spectacles aquatiques. Un mouvement au sommet des rangées capta son attention. Le faisceau de sa lampe révéla une silhouette, assise et immobile, une cigarette à la main. La fumée s'enroulait dans l'air humide. Calvitie brillante, lunettes épaisses.

Dave.

Le gars pouvait refourguer à peu près n'importe quoi d'illicite, avec une préférence pour les drogues synthétiques et, depuis peu, les nécro-datas.

Dave leva la tête, son crâne dégarni luisant sous les rais de lumière qui filtraient par les fentes du plafond.

— Tiens, tiens. Le flic prévisionniste qui nous fait l'honneur de sa visite, lança-t-il en écrasant sa cigarette dans un cendrier débordant. Qu'est-ce qui t'amène ? Oracle t'a prédit que tu me trouverais ici ?

« Toujours aussi bien renseigné, c'est bon signe », songea Sébastian.

Il n'était pas loin de croire que, en vingt ans de trafic, Dave avait mémorisé plus de visages dans le Montpellier underground que la base de données faciales de la police municipale. Il s'approcha et sortit son téléphone de la poche de son manteau.

— Tu connais cette fille ? demanda Sébastian en tendant la photo.

Dave ajusta ses lunettes épaisses et examina l'image.

— Jamais vu… mais attends.

Il inclina la photo pour mieux voir le détail à l'arrière-plan.

— Alors ?

Les doigts de Dave jouaient nerveusement avec la chaîne de ses besicles.

— Écoute, mon vieux, cet endroit, c'est le Bayou. Les gens qui vont là cherchent le grand frisson parce qu'ils n'ont rien à perdre.

Il fit une pause, scrutant la réaction de Sébastian avant de continuer.

— Quand t'es marqué par Oracle et que tu sais que ton ticket est presque poinçonné, tu vois les choses différemment. Bayou, c'est leur terrain de jeu final.

Combat à mort, bordel total, drogues qui te défoncent la tête… tout pour oublier que, demain, tout va s'arrêter.

— Et les flics, ils ne mettent jamais les pieds là-bas ?

Dave ricana.

— Les flics ? À Bayou ? Ils préféreraient plonger la tête la première dans une fosse de serpents. Ce coin perdu, c'est chacun pour soi et Dieu pour tous.

— J'ai besoin de retrouver cette fille, insista Sébastian.

Il se méfiait des légendes urbaines. Dave secoua la tête.

— Mauvais endroit, les gens y vont pour disparaître pour de vrai.

— Où se trouve-t-il ?

— Dans une ancienne exploitation agricole, tout au bout du Grand Marécage. C'est le far-west là-bas. Pas de règles.

Sébastian visualisait la scène comme un carnaval postapocalyptique, version cercles de l'Enfer, à la Dante.

— Tu sais ce qu'ils disent ? murmura Dave en contemplant la fumée de sa cigarette. À Bayou, tu brûles la vie qui te reste à toute allure. C'est plus excitant que de se tirer une balle dans le crâne.

Sébastian regarda à nouveau la photo.

— Comment me faire accepter ?

— Il y a une façon, mais elle est risquée. Tu pourrais te faire passer pour un pourvoyeur. Je connais un type, Milo, qui y va régulièrement pour livrer des produits. Je peux arranger un rendez-vous, mais, après ça, tu seras seul.

— Il pourrait me fournir de la marchandise, suffisamment pour appâter ?

— Tu as de quoi payer ? demanda Dave.

— Mon versement, c'est la protection que je t'accorde : je garde les yeux fermés sur tes nécro-trafics.

Dave hocha la tête.

— C'est comme ça que tu le prends, alors.

— Fais-le, conclut Sébastian.

Chapitre 17

4 juillet

Ce matin, Sébastian s'habilla rapidement, choisissant de ne pas prendre de douche pour économiser l'eau, et se versa une tasse du café tiède de la veille. Il se posta à la fenêtre de son appartement et contempla la façade de l'immeuble d'en face, décolorée et craquelée sous l'effet du soleil. Il se demanda si l'hiver les soulagerait tous de la canicule. Montpellier n'avait pas connu de vraie fraîcheur depuis des années et les hivers étaient étonnamment doux et cléments. Il espérait que le violent orage de l'autre jour n'annonçait pas un nouveau cycle pluvieux. La dernière tempête avait laissé derrière elle des rues jonchées de débris et plusieurs quartiers sans électricité pendant des jours.

Il finit son café et resta la tasse vide à la main, pensif. L'air frais qui entrait par la fenêtre ouverte portait encore l'odeur de la pluie. En observant les rues qui s'animaient en bas de son appartement, il se rendit compte que le temps passait inexorablement et l'idée de vieillir seul dans un monde de plus en plus imprévisible le mettait mal à l'aise.

« Il faudrait que je rappelle Magalie », songeait-il.

Ses pensées dérivaient vers son père, prisonnier de sa propre existence. Une vie auprès d'une femme mélancolique. Un quotidien tissé de compromis, lourd comme une chape de plomb. Il avait trouvé du répit en Espagne, mais à quel prix ? Et pour combien de temps ?

Ces souvenirs ravivaient en lui une peur latente : celle de reproduire les erreurs de son père. Et dans ses yeux, il devinait parfois son reflet, avec les mêmes hésitations et la même lassitude. Cette crainte l'avait poussé à prendre une décision mûrement réfléchie : il n'aurait pas d'enfants. Il ne voulait pas transmettre ce fardeau. Pourtant, certains soirs d'été, lorsque la chaleur du jour cédait la place à une brise légère, Sébastian se surprenait à douter. Depuis son balcon, il les écoutait jouer et leurs éclats de rire éveillaient en lui une émotion qu'il s'efforçait d'étouffer.

Mais le monde se défaisait et Sébastian, à 45 ans, se retrouvait seul pour s'occuper de sa sœur, clouée dans un fauteuil. C'était la réalité.

Pour l'heure, Sébastian avait conscience que le Bayou était sa seule piste. Tout au long de la journée suivante, il économisa ses forces en vue de son expédition nocturne, se cantonnant à explorer le fichier CHRONOS pour tenter de localiser le « Syrien », comme il l'avait promis au commissaire. Les algorithmes passaient au crible des milliers d'auditions, dessinant un portrait contradictoire du bonhomme : tantôt sauveur, tantôt escroc. Des fragments de son existence surnageaient dans des forums clandestins ou des e-mails mal protégés, mais l'emplacement de sa planque restait insaisissable. Rien de concret n'émergeait. Restait le Bayou…

La fille du chauffard était son seul atout : elle pourrait le conduire à son père en cavale, qui, avec un peu de chance, le rapprocherait du mystérieux Syrien. N'était-ce pas l'unique recours pour les distordus pressés de se débarrasser de leur puce ? Et ce mystérieux Bayou n'était-il pas l'endroit rêvé pour disparaître, loin des regards ?

Un rapport en provenance du renseignement territorial lui donna de premières indications à propos de ce lieu curieux.

RAPPORT D'ANALYSE OPÉRATIONNELLE

Origine : Renseignement territorial (Copie CHRONOS).
Section : sectes et groupes extrémistes.
Objet : présentation générale de « Ascendia ».
Classification : confidentiel.
Référence : dossier #ECD-045/Bayou.

Le Bayou est connu du service pour ses activités sectaires et criminelles (trafic de drogue). En 2032, le GIGN y a mené une opération contre un groupe nommé « Ascendia », dirigé par Ézéchiel Lumis, une star de rock chrétien reconvertie en gourou apocalyptique. Mais l'intervention fut marquée par des erreurs tactiques et une résistance inattendue. L'échec de cette opération, largement médiatisé, dissuada toute intervention ultérieure dans cette zone, désormais considérée comme trop risquée.

Ézéchiel Lumis, chanteur du groupe Destined Requiem, a converti sa popularité musicale en influence spirituelle, affirmant avoir découvert comment « annuler » les prédictions de l'Oracle. Prêchant une théorie dite des « vibrations cosmiques », Ézéchiel prétend que l'IA ne mesure qu'une infime partie de la réalité. Selon lui, la vie humaine est aussi (et surtout) gouvernée par des pulsations invisibles et immatérielles que la machine ne peut ni percevoir ni évaluer. Ses notifications seraient donc toutes fausses.

Ézéchiel Lumis a rassemblé une communauté autarcique dans le Bayou, promettant à ses adeptes, des éclairés pour la grande majorité, de « recalibrer leurs fréquences énergétiques » pour échapper à une mort annoncée.

DESTINED REQUIEM : UN GROUPE DE MUSIQUE QUI RESTE AU SERVICE DU PROSÉLYTISME DE LA SECTE D'ÉZÉCHIEL LUMIS.

Selon certaines rumeurs, Ézéchiel Lumis poursuivrait sa carrière musicale avec le groupe Destined Requiem. Ses spectacles (clandestins et dans des lieux isolés) seraient désormais conçus pour créer une atmosphère mystique à base de jeux de lumière, de fumées symbolisant une montée vers un « destin supérieur » ou de vidéos.

À la fin des concerts, les participants les plus réceptifs seraient invités à rallier la communauté du Bayou, où ils entameraient une initiation au programme de « réalignement vibratoire » concocté par Ézéchiel.

PROFIL DES ADEPTES DU MOUVEMENT ASCENDIA :

Les membres d'Ascendia présentent presque tous le même profil : des malades en phase terminale, persuadés que les méthodes d'Ézéchiel peuvent prolonger leur vie, ou des proches sceptiques, intégrés malgré eux dans l'espoir de maintenir un lien avec un être cher récemment converti.

Sébastian éteignit sa session de travail.

Quelques heures plus tard, il gara sa voiture de fonction sur le bas-côté, à un kilomètre du « Bayou », localisé grâce à une adresse GPS fournie par Dave. Il coupa le moteur et récupéra un petit sac à dos dans le coffre. La nuit camarguaise était épaisse.

Il suivit une étendue marécageuse. La lueur des feux de camp et le bourdonnement de la musique guidaient son chemin. Le faisceau de sa lampe illumina brièvement une barque abandonnée avant de continuer vers la zone du Grand Marécage, où une fête battait son plein.

En s'approchant de l'ancienne exploitation, il aperçut plusieurs motards rassemblés près de leurs véhicules. Un rapide coup d'œil lui suffit pour identifier des membres des Hyènes, facilement reconnaissables à leur veste ornée de motifs félins. Ils formaient un gang redouté dans toute la région, extorquant des droits de passage aux personnes traversant en camion le Grand Marécage. Ils n'hésitaient pas à provoquer les voyageurs insolvables en les défiant dans des courses à mort, où les plus suicidaires d'entre eux mettaient leur vie en jeu pour prouver leur bravoure ou pour simplement se distraire de la monotonie de leur existence. À vrai dire, Sébastian ne savait pas qui des loups errants dans les marais ou des Hyènes étaient les plus dangereux pour les voyageurs imprudents.

De grandes enceintes vomissaient des rythmes frénétiques. L'entrée du Bayou se dessinait enfin devant lui, gardée par deux hommes aux visages burinés, leurs fusils brillant sous des projecteurs. Sébastian rangea sa lampe dans son sac et s'avança.

— Je travaille pour Milo, déclara-t-il en montrant le sac qu'il portait sur l'épaule.

Les gars échangèrent un regard et Sébastian se retrouva plaqué contre le mur d'un baraquement, pendant que les mains d'un des motards fouillaient méthodiquement chaque poche, chaque repli de son blouson en cuir. Le second ouvrit et inspecta minutieusement le contenu de son sac à dos. À l'intérieur, des pilules bleues conditionnées en sachets et sa lampe tactique à ultrasons qui faisait également office de torche électrique afin de dissimuler sa vraie nature.

— Tu connais la règle, dit le biker d'une voix rauque.

Il criait presque pour couvrir le bruit de la musique.

— Ici, on partage tout, surtout la drogue.

Ils vidèrent les sachets dans un seau posé au sol.

Alors une lourde porte rouillée grinça et il put entrer dans le ventre du monstre.

Illuminés par des feux de camp, des caravanes et des camions transformés en habitations de fortune formaient un cercle autour de la place centrale, véritable bastion improvisé. Les murs métalliques des véhicules renvoyaient la lueur des flammes et projetaient des ombres dansantes sur le sol boueux. Sébastian serra instinctivement la courroie de son sac.

Des silhouettes vacillaient dans la pénombre et autour des foyers, d'autres partageaient alcool et seringues. Les rires et les cris se mêlaient aux basses vibrantes de la musique. Des types, parés de coiffures extravagantes, déambulaient sans but. Sébastian restait sur le qui-vive et cherchait des indices. Il remarqua plusieurs figures masquées de foulards à tête de squelette, les yeux brillants de folie ; elles se déplaçaient par groupes de trois ou quatre.

Sébastian s'arrêta un instant, captivé par une scène. Un homme corpulent se penchait sur une table de billard, queue à la main. Les autres autour de lui buvaient et hurlaient des encouragements ou des moqueries. La fumée des cigarettes recouvrait les teufeurs d'un voile presque opaque. Près d'un bar improvisé, un homme aux cheveux longs et gras, tirés en arrière par une queue-de-cheval, vendait des doses de coke Vertige à des acheteurs impatients.

Dans un autre coin, une jeune femme vêtue d'une cape et du même foulard à tête de squelette se balançait doucement sur un tabouret. Peut-être avait-elle croisé Lucie ou entendu parler d'elle ? Il sortit la photo de Lucie de sa poche et la montra à la jeune femme.

— Tu connais cette fille ? demanda-t-il, espérant une réaction.

La jeune femme fixa la photo, tentant de se rappeler quelque chose. Elle hocha la tête.

— Lucie..., murmura-t-elle d'une voix rauque. Ouais, je l'ai vue. Elle traînait ici y a quelques jours. Maintenant, elle est sur l'île.

— L'île ?

— Il y a un vieux ponton en bois derrière les hangars.

— Où mène-t-il ?

— En enfer.

Sébastian ralentit en apercevant le ponton à quelques mètres. Plusieurs bikers en barraient l'accès, chacun une bouteille de whisky à la main, entourant une table où une assiette en carton débordait de pastilles de coke Vertige. Les types le regardèrent avec des yeux méfiants.

— Je dois rejoindre des amis sur l'île, dit-il en essayant de paraître confiant.

Un colosse aux cheveux longs et gras éclata de rire.

— Pour passer, faut participer, mec, déclara-t-il en pointant l'assiette. Prends-en une.

Ce n'était pas une proposition, mais un ordre. Les bikers firent cercle autour de lui. S'il voulait atteindre Lucie, il n'avait pas beaucoup le choix. Il tendit la main vers l'assiette et prit une des pastilles. Sous les regards appuyés des bikers, il avala un comprimé couleur lagon. Le goût amer lui brûla la gorge et il sentit presque immédiatement un vertige l'envahir. Le colosse acquiesça, satisfait.

— Monte dans le bateau. Je vais te conduire à l'île.

Chapitre 18

23 mai 2012

Pourquoi ce besoin soudain de revenir à ce journal ? De raviver des souvenirs que j'ai essayé de laisser derrière moi ? Peut-être parce que c'est la seule façon de ne pas me perdre complètement, de retrouver ce qui m'animait avant que tout ne devienne routine et que mes ambitions ne se noient dans la paperasse et les réunions interminables. Ou peut-être que j'écris pour Lucas, pour ne pas oublier la couleur de ses yeux, le son de sa voix. Pour lui dire que je suis toujours là. Que je tiens encore debout, même si c'est de travers.

Je n'ai rien écrit depuis une éternité. Pas une ligne. Trop de boulot, trop de fatigue, trop de tout. Ça fait six ans que je bosse à la fac de Montpellier, au département informatique. Directeur de travaux, ça sonne bien, mais, en vrai, je cours après les réunions, les devis, les galères de câblage, les problèmes de clim dans les salles serveurs. Je gère, comme on dit. Je fais tourner la machine. Au fond, ce qui me fait tenir, c'est ce projet que je traîne depuis des années : un algorithme prédictif pour la médecine prénatale. Aider à repérer les maladies rares avant la naissance, c'est mon idée pour sauver des vies, à ma façon. Rendre le monde un peu moins cruel. Hélas, mon nom n'apparaît dans aucune publication. On ne m'a jamais proposé de codiriger des projets de recherche d'envergure ; je ne suis toujours pas professeur, encore moins directeur de laboratoire. Je reste dans l'ombre, à regarder d'autres réaliser les rêves que j'avais jadis.

Aujourd'hui, j'ai reçu un mail. Rien d'extraordinaire, juste une invitation à la soirée de fin d'année. La fameuse soirée de promotion avec petits fours, discours et champagne tiède. Sauf que, cette année, le parrain, c'est Philippe Brennan.

Et là… j'ai eu un creux dans le ventre. Philippe. Le petit voisin. Le copain de Lucas. Ils ne se quittaient jamais. Deux mômes pieds nus en été, à construire des cabanes. Je revois Philippe courir après son ballon, sa mèche folle dans les yeux et son rire clair. Un gamin lumineux.

Il a bien grandi. Maintenant il travaille à Cambridge, dans un centre prestigieux, sur l'intelligence artificielle médicale. Il finance des projets. Philippe réussit. Philippe est devenu ce que, moi, j'aurais aimé devenir. Un genre de double… en mieux.

J'ai besoin de réfléchir, de décider si je peux affronter mon passé et revoir le visage de quelqu'un qui a connu Lucas, quelqu'un qui a accompli ce que je n'ai pas su faire.

Chapitre 19

Nuit du 4 au 5 juillet
Bayou

Pendant que le bateau voguait au milieu du marécage, Sébastian luttait pour garder l'esprit clair. Son estomac se tordait en nœuds serrés et, chaque fois qu'il levait les yeux vers le ciel, les étoiles tourbillonnaient.

Ne pas tomber du bateau, ne pas vomir.

L'île émergea de la brume et l'ambiance changea brutalement. Des ombres furtives glissaient le long de la rive, disparaissant dans l'obscurité tels des spectres. Le bateau accosta avec un léger choc. Le biker lui fit signe de descendre. Sébastian tenta de quitter la berge. Le monde ondulait autour de lui et l'air devenait presque liquide. Il flottait au-dessus du sol.

Pourquoi as-tu pris cette merde !

Il savait pourtant que le Vertige était la dernière drogue à faire fureur à Montpellier. Un dérivé des amphétamines qui provoquait la sensation d'une vague de feu, consumant angoisses et peurs. Mais la descente était vertigineuse.

Sébastian emprunta un sentier qui menait au cœur de l'île. Une centaine d'individus s'activaient autour de lui, vêtus de haillons. Ils arboraient des tatouages et des piercings. Leur campement, mélange de tentes et de cabanes bancales, s'étendait sous les arbres. Des braseros, allumés un peu partout, étaient destinés à chasser les moustiques qui infestaient les marais. Les yeux de Sébastian cherchaient désespérément Lucie.

Une aiguille dans une botte de foin.

Il déboucha dans une clairière où une table ployait sous un amas de bouteilles d'alcool. Des corps ivres gisaient çà et là sur le sol. Certains s'accouplaient sans retenue, tandis que d'autres contemplaient le ciel, le regard perdu dans le vide. Sébastian s'affala sur une chaise et plongea ses mains dans un seau d'eau froide pour s'asperger le visage, tentant d'estomper les effets du Vertige. Le répit fut sommaire.

Ses pupilles s'habituaient peu à peu à son environnement : des canapés déchirés formaient un cercle autour d'une table en bois pourrie et, à deux pas, une clairière recueillait une chapelle romane. Au-dessus de l'entrée, un symbole géant avait été peint à la main, une spirale noire encerclée de lignes fractales. C'était probablement ce glyphe que Sébastian avait vu dans les documents de la secte sur CHRONOS.

Non loin, un écran géant était allumé et diffusait l'image d'un homme d'âge mûr drapé dans une cape noire, probablement Ézéchiel Lumis. Sa voix résonnait à travers des haut-parleurs.

— Mes frères et sœurs, ce que l'Oracle vous dit n'est qu'un mensonge, une trahison ! Il ne voit qu'un aspect de ce que nous sommes vraiment.

Il marqua une pause, les bras vers le ciel.

— La vérité, c'est que vous êtes plus que des données. Vos vies ne sont pas réductibles à des algorithmes. Vous aimez, vous doutez, vous tremblez. Et ça, aucun algorithme ne peut le contenir. Et quand la peur s'installe, quand elle vous écrase, quand elle vous rétrécit, c'est là que tout se détraque. C'est là que l'Oracle se plante. Ou plutôt… qu'il croit avoir raison. Mais ce qu'il appelle « destin », ce n'est pas une fin. C'est juste une trajectoire qu'on peut encore infléchir.

D'un geste théâtral, il posa la main sur sa poitrine.

— Ensemble, nous corrigerons vos cheminements et l'illusion de l'Oracle s'effondrera !

Les éclairés éclatèrent en acclamations frénétiques, certains tombant à genoux, leurs bras tendus vers leur prophète. Sébastian toussa. La clameur autour de lui était insupportable. Il cherchait toujours Lucie, cette fille qu'il ne connaissait qu'en photo. Il avança vers la chapelle et remarqua deux silhouettes à capuche sombre qui montaient la garde. Elles lui rappelaient ces pénitents de la Semaine sainte à Séville.

Que gardent-ils ? Une cérémonie ?

Sébastian suivit l'une des ombres. Elle s'éloignait, peut-être pour assouvir un besoin naturel. Une idée lui vint. Risquée.

Assommer un homme, même par-derrière, est loin d'être une tâche facile. Que ferait-il si l'autre hurlait et donnait l'alerte ? En examinant le sol, il aperçut une branche qui lui sembla solide. La prenant en main, il sentit le poids rassurant du bois brut. Il se rapprocha silencieusement de la silhouette et, en une fraction de seconde, la frappa à la base du crâne. Le pénitent s'effondra sans un bruit, inconscient.

— Désolé, murmura Sébastian.

Il lui retira sa tenue, l'enfila et ajusta la capuche sombre pour dissimuler son visage. Son regard fut attiré par un médaillon à moitié enfoui dans la terre : l'Œil du Renouveau, semblable à celui des documents d'Ascendia. Il le passa autour de son cou. C'est alors qu'un cri perça l'air, aigu, presque inhumain. Il se figea, cherchant la source du bruit.

Un oiseau nocturne ?

Impossible de dire ce que c'était. Sébastian pressa le pas ; l'orée des bois se dessinait devant lui. Il atteignit une plage grisâtre jonchée de détritus. Des vêtements formaient des monticules, comme abandonnés lors d'une étrange mue collective. Sébastian imagina les silhouettes se dénudant lentement au son d'une chanson de Destined Requiem. Il avait écouté *Winds of the Last Hour* quelques heures plus tôt :

Le vent souffle, il emporte tout.
Les ombres grandissent et la lumière faiblit,
C'est l'heure… la dernière heure…

Sur un monticule se dressait une croix de quatre mètres, faite de bois brut et de cordes. Des cadavres d'animaux y pendaient comme des fruits avariés. L'odeur était si forte que Sébastian dut couvrir sa bouche.

Cette croix n'est qu'un avant-goût. Ce qu'elle annonce est pire encore.

Il retourna vers la chapelle et se faufila à l'intérieur. Les murs étaient couverts d'inscriptions ésotériques tracées avec ce qui ressemblait à du sang. Des participants se livraient à des danses frénétiques, leurs corps se contorsionnant sous l'effet de drogues.

Enfin, il la trouva, prostrée parmi un groupe de vieillards. Elle était comme sur les photos, mais plus frêle. Menottée, une chaîne la reliait aux autres prisonniers. Son visage transpirait l'effroi. Sébastian savait qu'il devait agir vite. La drogue qui circulait dans ses veines lui donnait un surcroît d'énergie, mais cela ne durerait pas. Il s'approcha d'elle, se glissant entre les corps étendus. Il avait peur de trébucher et de déclencher une alerte. Lorsqu'elle le vit, elle eut un mouvement de recul.

— Lucie ? Je suis ici pour vous aider, dit-il en tentant de paraître rassurant.

Au fond de la salle, à quelques mètres, un pan de mur s'était effondré, dévoilant une cavité béante. Elle semblait naturelle et l'ouverture était assez grande pour laisser passer au moins un homme. Un souffle tiède s'en échappait, chargé d'une odeur de pierre humide et de quelque chose de plus rance, comme un animal mort oublié dans une cave. Lucie tourna lentement son visage vers le trou noir. Elle le fixait avec une intensité étrange, comme s'il l'appelait. Puis son regard effrayé croisa celui de Sébastian.

— C'est bientôt mon tour, murmura-t-elle.

Sébastian voulut parler, mais Lucie poursuivit :

— Ils jettent des gens là-dedans pour les « purifier », assurent-ils.

Sa voix s'étrangla et elle détourna les yeux vers le sol.

— Pourquoi ?

— Parce que j'ai refusé de m'offrir à lui… à Ézéchiel. Alors, c'est le trou. C'est leur justice.

Sébastian songea aux récits des puits sacrés du Yucatán, où les anciens Mayas jetaient des offrandes pour apaiser leurs dieux, parfois des vies humaines. L'orifice réclamait quelque chose, comme si cette île avait faim. Était-ce là que finissaient les adeptes déçus par les promesses délirantes du gourou ? Ou bien cet abîme était-il le dernier refuge de tous ceux qui avaient échoué à sauver un proche emporté par cette folie ?

— Tu ne finiras pas là-dedans. Je te le promets.

Il examina les bracelets. Il aurait besoin d'un outil pour couper le câble électrique qui les retenait.

— La cabane du prophète, souffla Lucie. Il y a des instruments là-bas.

— Je reviens vite, affirma-t-il avant de quitter la chapelle.

Il titubait. La drogue embrouillait ses sens, ses jambes étaient lourdes et chaque pas lui demandait un effort titanesque.

Après ce qui lui parut une éternité, il distingua la forme d'une cabane.

La demeure du prophète ?

Un groupe électrogène ronronnait à l'extérieur. Sébastian se tapit derrière un buisson, scrutant les mouvements à l'intérieur. Des voix étouffées par le bruit de la machine. Il fit glisser son sac à dos de son épaule et en sortit sa lampe, qui ressemblait à un banal accessoire de randonnée : un cylindre de métal noir, d'environ dix centimètres de long pour quatre de diamètre. Il contenait un générateur à ultrasons, conçu pour désorienter ou neutraliser sans laisser de traces. À son extrémité, sous un capuchon vissé, un petit écran tactile permettait de régler précisément la fréquence et l'intensité des ondes. L'appareil possédait aussi une batterie à haute capacité et un système de focalisation directionnelle.

Sébastian pointa le cylindre en direction de la façade en bois. Puis, d'un geste fluide, il enclencha l'appareil et ajusta le balayage. Le générateur émit une impulsion brève, inaudible à l'extérieur, mais calibrée pour frapper ceux qui se trouvaient à l'intérieur. Le chaos fut immédiat. Par une fenêtre entrouverte, il distingua des silhouettes se tordre, chanceler. Certains vomissaient, d'autres tombaient à genoux, les mains plaquées sur les oreilles, comme si le son venait de leur crâne.

Il attendit encore deux bonnes minutes avant de stopper l'émission. Ensuite, il rangea le cylindre dans sa poche et, après avoir ouvert la porte de la cabane, il découvrit le champ de bataille. Des adeptes gisaient au sol, inconscients ou secoués de spasmes. Il profita de la confusion pour fouiller rapidement les lieux. Il trouva vite la trousse à outils et en sortit une pince tranchante et un cutter, ses alliés pour libérer Lucie. Il jeta un dernier coup d'œil autour de lui, s'assurant qu'il n'avait pas été repéré, puis quitta la cabane.

En revenant à la chapelle, Sébastian ralentit, les outils cachés sous sa toge et serrés dans sa main. Il avait abandonné son sac, trop encombrant, ne gardant avec lui que la lampe. Son esprit s'embrouillait.

Pas déjà, pas déjà !

Il s'appuya un instant contre un arbre, fermant les yeux pour reprendre son souffle. Les hurlements et le vacarme de la cabane résonnaient encore dans ses oreilles. Et cette putain de fatigue… Une vague qui monte. Il inspira profondément, puis rouvrit les yeux. Des bruits s'élevèrent soudain depuis une colline proche : des chants liturgiques entrecoupés de cris déchirants. Sébastian se figea dans une vision : Lucie, traînée de force vers le trou béant par des silhouettes encapuchonnées !

Il se mit à courir comme il pouvait, le souffle rauque. Les ombres des arbres autour de lui se resserraient, comme si la forêt voulait l'empêcher d'avancer.

Il atteignit enfin son but. À l'intérieur de l'ancienne église, les énergumènes à capuche déambulaient encore, mais Lucie était là, toujours enchaînée. Il commença à travailler sur le câble avec la pince, tandis qu'autour d'eux les prières lugubres des vieillards masquaient le bruit qu'il faisait.

Nous marchons vers l'abîme,
Âmes entravées par le temps.
Cœurs lourds, esprits errant dans le néant.

Le jour de la fin est acté.
Libérez-nous de cette peine,
Avant que l'aube ne nous emporte.

Le lien se rompit enfin. Sébastian aida Lucie à se lever.

— Reste près de moi, murmura-t-il.

Il pivota juste à temps pour voir deux hommes bondir vers lui. La lame du premier frôla son épaule. Le second brandissait une hachette.

— Cours ! lança-t-il en poussant Lucie vers la sortie.

Le premier assaillant chargea une seconde fois. Les yeux de Sébastian avaient du mal à faire le point. Sa gorge était sèche.

Putain de drogue.

Il n'eut que le temps de saisir sa pince, la brandissant comme une arme de fortune. Il cogna à l'aveugle de toutes ses forces. Un craquement sec, suivi d'un hurlement rauque, presque animal. Des doigts brisés. Sébastian pivota, la pince toujours en main. Son cœur cognait trop fort.

Le second fanatique attaqua, hachette levée. Sébastian s'élança alors en avant et heurta la poitrine de l'homme de son épaule. Sous le choc, il lâcha sa hache. Sébastian voulut en profiter pour l'achever avec son arme de fortune, mais une poigne d'acier lui broya le poignet en retour et, d'un geste sec, le type le repoussa. Sébastian recula de trois pas en arrière. Il était au bord de l'orifice. Dans un ultime réflexe, il attrapa la robe de carnaval de l'homme et tira de toutes ses forces, comme il aurait arraché une racine d'un sol pourri. Ce dernier vacilla et s'agrippa au policier pour ne pas tomber.

Trop tard. Ils basculèrent ensemble, happés par l'ombre.

Chapitre 20

Sébastian tenta de se retenir en s'agrippant à la paroi, tantôt lisse comme du verre, tantôt rêche et grumeleuse. En vain. La pente l'entraînait dans une glissade incontrôlable et, autour de lui, l'obscurité lui faisait l'effet d'un tube digestif monstrueux qui l'avalait tout entier. Si rapide que fût sa chute, elle lui sembla interminable, pareille à ces montagnes russes qu'il avait découvertes pour la première fois, adolescent, aux fêtes foraines de Palavas-les-Flots.

Et soudainement, la pente s'interrompit, remplacée par du vide : Sébastian plongea à pic avant de heurter violemment le fond, quelques mètres en contrebas. L'impact lui coupa le souffle. Une douleur jaillit de son épaule et il roula avant de s'immobiliser au sol, recroquevillé, la joue droite contre la pierre froide. Alors, dans un sursaut de conscience, ses doigts glissèrent jusqu'à la poche latérale de son pantalon. Le cylindre était intact. Sébastian voulut ouvrir les yeux, mais l'obscurité restait totale. Il se redressa. Un râle s'éleva derrière lui. L'homme en robe de carnaval était là aussi et gisait à terre.

Une torche s'embrasa en hauteur, suivie d'une deuxième, puis d'une troisième, jusqu'à ce qu'un cercle de flammes éclaire les contours de la fosse. Perchées sur un rebord taillé dans la pierre, des silhouettes dans le même accoutrement les observaient en silence, leurs visages noyés dans l'ombre des capuchons. Sébastian se tenait au centre et, désormais, le sol se dévoila. Des ossements brisés s'entassaient par endroits et plusieurs crânes humains avaient roulé dans la poussière comme dans un jeu de quilles. Face à lui, un boyau sombre s'enfonçait dans la roche, encadré de stalactites semblables à des crocs, et un souffle frais en émanait. Sous la lumière fauve des torches, il pouvait mieux discerner les parois ; des marques les parcouraient et il réalisa que ce n'étaient pas de simples aspérités naturelles, mais des entailles. Il avança précautionneusement et posa une main sur la pierre. Sous ses doigts, les griffures étaient nettes.

Des mains nues…

Par endroits, des taches évoquaient du sang. Les traces s'intensifiaient à certaines hauteurs, comme si ceux qui les avaient laissées s'étaient acharnés à grimper, épuisant leurs forces à mesure qu'ils essayaient de s'échapper.

Cette fosse n'était pas une prison, mais une scène, et il en était l'acteur.

Des minutes passèrent pendant lesquelles Sébastian évalua son état et fouilla les environs. La peur montait en lui et elle culmina lorsqu'un grattement s'éleva depuis l'entrée de la grotte. Il tourna la tête.

Ça se rapprochait.

Un souffle profond. Dans un mouvement lent, la tête de l'animal sortit de l'ombre. Deux yeux jaunes perçant l'obscurité telles des lanternes. Ce n'était pas une bête ordinaire.

Un putain de loup géant…

Le museau du loup frémissait, captant l'odeur du sang et de la peur. L'homme à la capuche gisait toujours au sol. Il tenta de se relever et, à ce moment, la bête redressa la tête. Elle s'approcha. Sa proie poussa un cri strident qui ricocha contre les parois de la grotte. La créature semblait goûter ce désespoir. Puis, sans prévenir, elle bondit. Sa gueule s'ouvrit en grand, dévoilant des crocs luisants de salive, et se referma d'un coup sec. Le crâne céda presque aussitôt dans un craquement humide, aspergeant le sol de fragments d'os et de sang. L'animal secoua sa prise, le corps tressauta et ses membres mous battirent l'air. Enfin, sans effort, elle tira son repas vers le fond de la grotte, disparaissant dans les ténèbres.

Le spectacle était fini, mais Sébastian, cloué par l'horreur, savait que le jeu ne faisait que commencer.

Il demeura figé, les yeux fixés sur l'obscurité où le loup avait disparu. Le bruit qu'avait fait le crâne de l'homme, se disloquant sous les dents de la bête, hantait son esprit. Mais, très vite, une certitude s'imposa : elle allait revenir. Une créature de cette taille ne se contenterait pas d'un seul repas. Et, dans cette fosse, il était piégé. Alors, une idée surgit, désespérée. Il devait utiliser le peu de temps qu'il lui restait pour préparer une embuscade. Il se baissa pour fouiller parmi les débris et ses doigts attrapèrent un os long, peut-être un fémur. Si le loup s'approchait trop près, il tenterait de le surprendre en visant ses yeux perçants ou son museau vif, espérant ainsi détourner son attention et prendre l'avantage…

Des murmures diffus s'élevèrent de la passerelle qui surplombait la fosse. Les adeptes, immobiles au début, commençaient à bouger : certains se penchaient légèrement, observant Sébastian avec attention. L'un d'entre eux brandit une torche et la leva haut, projetant une lumière qui accentua les ombres sur les murs de la fosse. Un autre, plus agité, frappa la rambarde de bois avec le pommeau d'un bâton, produisant un bruit cinglant. Alors, un chant bas émergea de la masse, rythmant leurs gestes : mains en l'air et têtes qui oscillaient de manière hypnotique. Sébastian comprit qu'ils attendaient le monstre.

En le voyant jaillir de l'ombre, Sébastian sentit une vague de pure terreur l'envahir. Sa taille colossale, ses muscles roulant sous son pelage sombre et ses yeux jaunes l'obligèrent à baisser les yeux vers le bout d'os qu'il tenait dans sa main.

Dérisoire.

La bête s'avança. Sébastian lâcha son bout d'os et, d'une main tremblante, plongea dans sa poche pour en ressortir la lampe à ultrasons.

Est-ce qu'un loup peut craindre ce genre d'arme ?

Une image surgit du passé : son instructeur à l'école de la Chrono-Police, un homme massif à la voix grave, debout devant une rangée de recrues. Le cours portait sur les effets des ondes sur les chiens d'attaque.

— Les chiens, comme la plupart des canidés, possèdent une ouïe extrêmement sensible, bien au-delà des capacités humaines, avait dit le moniteur en faisant glisser un pointeur sur un schéma holographique. Une exposition aux ultrasons peut provoquer des nausées, des troubles de l'équilibre… Mais, attention… cela ne signifie pas qu'ils fuiront systématiquement. Une bête stressée ou acculée peut devenir encore plus dangereuse.

Il avait ensuite saisi une lampe identique à celle que tenait Sébastian aujourd'hui.

— Avant de poursuivre, équipez-vous.

Tous les policiers présents mirent sur leurs oreilles un casque qui ressemblait à ceux utilisés sur les stands de tir. L'instructeur montra le sien.

— Sans ça, vous finiriez à genoux. En théorie, il suffit de rester en dehors du faisceau pour éviter les effets, mais, par confort, je préfère que tout le monde soit protégé.

Le policier marqua une pause, puis brandit la lampe vers la cage où attendait le malinois, déjà nerveux. Il appuya sur le déclencheur et, presque aussitôt, le chien parut frappé par une force invisible. Il se figea, les muscles tendus, l'échine hérissée, avant de reculer d'un bond, les pattes écartées. Ses yeux roulaient dans leurs orbites, affolés, comme si la douleur venait de l'intérieur. Haletant, il s'élança contre la paroi, heurtant les barreaux avec une violence qui fit sursauter plusieurs recrues. Il repartit dans l'autre sens, contre l'angle de la cage, et se releva aussitôt, dément. L'instructeur coupa l'impulsion et l'animal roula sur le flanc, secoué de tremblements.

Coincé dans la fosse, Sébastian repensait à cette leçon. Il ne portait pas de casque, le loup non plus. Ce serait une épreuve de vitesse, de nerfs ou de chance.

— On va vite le savoir, murmura-t-il en appuyant sur le bouton.

Le loup s'arrêta net, sa tête s'inclinant légèrement sur le côté. Un grognement rauque s'échappa de sa gorge et Sébastian braqua le faisceau directement sur la bête. La réaction fut immédiate : le canidé recula en secouant violemment son museau, comme si une douleur inconnue lui martelait le crâne. Il bondissait de tous côtés, tentant d'échapper à la pression invisible.

— Ça marche ! souffla Sébastian.

Mais le loup, bien que déstabilisé, restait combatif. Il se jeta en avant et Sébastian esquiva de justesse, se laissant tomber sur le côté dans un roulé maladroit. Il se redressa sur un genou et remit son arme en joue face au monstre. Ce dernier, rendu fou par la souffrance, se cabrait en griffant le sol, et dans ces moments, ses prunelles jaunes brillaient d'une lueur presque surnaturelle. Puis la bête s'élança à nouveau, ses mâchoires s'ouvrant si près que Sébastian sentit le souffle fétide de son haleine. Combien de temps encore pourrait-il tenir face à cette furie ?

Un bip strident retentit, provenant de la lampe. Sébastian jeta un coup d'œil paniqué à l'appareil. La batterie était presque épuisée.

Pas maintenant !

Avait-il senti que la chance de sa proie était en train de tourner ? Le loup redoubla d'efforts.

Sébastian comprit qu'il n'avait plus qu'une seule option : fuir par l'ouverture d'où la bête était apparue. Il se rua vers la grotte sombre et, à peine avait-il pénétré dans le passage, qu'il faillit buter contre une masse ensanglantée. L'instant d'après, son esprit associa cette vision au corps de l'adepte que l'animal avait taillé en pièces. La nausée le saisit. Derrière lui, les grognements du loup se rapprochaient, résonnant sinistrement dans le tunnel. Sébastian lança un regard affolé par-dessus son épaule et tenta de ralentir l'animal avec l'énergie qui restait dans sa lampe.

Soudain, il aperçut une étroite brèche dans le mur, à peine visible dans la pénombre. Sans plus réfléchir, il s'y engouffra, se contorsionnant pour entrer, et les pierres rugueuses écorchèrent sa peau. Le loup était sur ses talons. Ses griffes raclèrent brutalement la roche, mais sa taille l'empêchait de progresser plus en avant. Sébastian était hors de portée. Il s'autorisa à respirer.

Une brise légère effleurait son visage, apportant avec elle un parfum d'humidité et de pin. Encouragé, il avança plus loin dans l'étroit passage, ses mains palpant à l'aveugle la pierre suintante.

Après quelques mètres, une lueur grise commença à apparaître devant lui et, enfin, il émergea de la caverne. Un ciel étoilé. Le contraste avec la grotte était saisissant. L'air frais emplit ses poumons, mais il ne pouvait baisser sa garde.

Derrière lui, un hurlement de rage et d'impuissance retentit : celui du loup resté prisonnier de la caverne. Sébastian jeta un dernier regard vers l'ouverture, puis s'enfonça dans la forêt.

Chapitre 21

Sébastian avait laissé derrière lui sa toge, déchirée et tachée de sang. Il devinait loin derrière lui les rumeurs du camp et se demandait à tout instant si une flopée d'adeptes fanatiques allait se lancer à sa poursuite. Les premières lueurs du jour s'infiltraient entre les arbres, teintant la brume d'une lumière incertaine. Il savait que si Lucie avait réussi à s'échapper, le totem qui se trouvait à l'écart était l'endroit le plus logique pour se cacher. Sébastian pressa le pas. La plage de sable gris n'était qu'à quelques mètres. L'étrange idole l'attendait. Au moment où il s'approchait, une silhouette jaillit des ombres. Lucie. Ses yeux grands ouverts exprimaient le soulagement.

— Tu es vivant ! Que s'est-il passé dans le trou ?

— Une mauvaise surprise, mais je t'expliquerai. On doit partir d'ici au plus vite.

Lucie hocha la tête.

— Je ne sais pas qui tu es ni pourquoi tu es venu me chercher, mais…

— Nous en parlerons une fois en sécurité, coupa-t-il. Pour l'instant, nous allons utiliser cette barque.

Il désigna celle qui était tirée sur la plage. Elle ressemblait à une grosse coquille de noix. Sébastian scruta la zone autour de lui, nerveux.

— Aide-moi, le marais est notre seule chance de fuir.

Lucie s'agenouilla pour saisir une rame et Sébastian fit de même. Ensuite, ils tirèrent la barque vers l'eau. La vase sous leurs pieds leur compliquait la tâche, mais ils réussirent à la mettre à flot. Ils montèrent tous deux à bord et se retrouvèrent assis côte à côte. Ils commencèrent à ramer. Le marais s'étendait devant eux, lugubre. Sébastian se forçait à ne pas regarder derrière, pas tant que le marécage ne les aurait pas recrachés plus loin.

Soudain, des vociférations à l'arrière. Sébastian se retourna et vit trois silhouettes qui jaillissaient des ténèbres, l'une d'elles en caleçon, les deux autres en robe de carnaval. Il reconnut celui qu'il avait assommé.

— Lucie, prends ma rame et pousse ferme !

Sébastian sortit la lampe de sa poche. Ses doigts tremblaient et il lui fallut un moment pour affiner les réglages. D'un geste précis, il dirigea le faisceau vers ses poursuivants. L'effet fut instantané : fauchés en pleine course, les hommes s'effondrèrent dans la boue, le corps secoué de convulsions.

Ils avaient traversé le marais en silence. La fatigue les alourdissait à chaque coup de rame, mais ils étaient parvenus au bout du trajet. La voiture de Sébastian était là où il l'avait laissée. Il mit le contact et le moteur gronda. Ils fuirent les abords de l'île et ses cauchemars. La chaleur de l'habitacle les saisit peu à peu. Sébastian jeta un coup d'œil à Lucie. Elle était juste à côté, affaissée contre la portière, le visage tourné vers la vitre. Elle paraissait si frêle, dans un abandon presque enfantin.

Dans l'esprit de Sébastian, les pensées s'entrechoquaient. Il n'avait jamais voulu ça : ni la croiser ni s'en mêler, encore moins jouer les héros. Mais maintenant qu'elle était là, maintenant qu'il l'avait tirée de là-bas… il n'était plus question de faire marche arrière.

Alors que la voiture s'enfonçait dans la brume du matin, ce fut pour lui une certitude : il ne s'arrêterait pas avant d'avoir arraché à ce monde toutes les réponses qu'il cherchait.

Chapitre 22

Un médecin abandonne ses patients pour vivre ses « derniers jours » (*Midi libre*).

MONTPELLIER. Le Dr Laurent Mernier, pneumologue reconnu, exerçant depuis quinze ans dans le quartier d'Antigone, a fermé définitivement son cabinet médical la semaine dernière, sans préavis. Selon un confrère, cette décision soudaine ferait suite à une consultation de l'Oracle. « Il m'a juste envoyé un message disant qu'il partait faire le tour du monde et qu'il ne reviendrait pas », a confié sa secrétaire médicale.

5 juillet

— J'ai vraiment besoin de manger quelque chose, avait déclaré Lucie.

À cette heure de la matinée, rue du Mas-Saint-Gènes, ils durent se contenter d'un boui-boui qui vendait des kebabs. Le genre d'endroit où l'on ne pose pas de questions, où l'on paie cash et où l'on évite de croiser le regard du patron. Assis à une table isolée, Sébastian observait Lucie engloutir son repas avec une voracité qui témoignait de ses jours de privation. Elle était jeune, plus jeune qu'il ne l'avait imaginé. Pendant un instant, il se surprit à penser qu'il aurait pu avoir une fille de cet âge s'il avait fait d'autres choix dans sa vie. Elle avait du cran, cette gamine. Il en fallait pour s'aventurer seule au milieu d'un groupe de bikers et risquer sa vie pour retrouver un père disparu. Il remarqua des ecchymoses sur son visage, une preuve de ce qu'elle avait déjà traversé.

Une fois le repas terminé, ils continuèrent leur marche vers l'immeuble de Lucie. Le bâtiment, situé au fond d'une ruelle, était flanqué de deux grandes poubelles débordant de détritus. En sortant de l'ascenseur, au dernier étage, Sébastian sentit que l'air était déjà lourd.

— C'est ici, fit-elle en fermant doucement la porte derrière eux.

L'intérieur était modeste, presque austère. Sous les combles, l'appartement ne comptait qu'un lit simple, une table en plastique et des étagères remplies de livres.

— Tu n'habites plus chez ton père ?

— Non, ça fait deux ans que je suis partie, répondit-elle en sortant une bouteille d'eau du réfrigérateur.

Elle en versa dans deux verres, tendant l'un d'eux à Sébastian.

— Pourquoi ?

Lucie prit une gorgée d'eau.

— C'est compliqué. Mon père a toujours été… distant. Après la mort de ma mère, il s'est renfermé sur lui-même. L'alcool est devenu son refuge. Chaque soir, je le trouvais affalé dans le vieux fauteuil du salon, une bouteille à la main. L'appartement puait le whisky et je me demandais comment il arrivait encore à conduire son taxi sans finir au poste. Ça me brisait le cœur de le voir se détruire comme ça, de réaliser que, sa seule consolation, c'était de se mettre minable tous les soirs.

Lucie s'arrêta, une étincelle de nervosité brillait dans ses yeux.

— Et puis, un jour, sans prévenir, il a fait ce foutu test de clarté. Il est venu me l'annoncer un soir où il pleuvait des cordes. J'ai entendu frapper à ma porte et, quand j'ai ouvert, il était là, trempé jusqu'aux os. Il avait marché pendant une heure sous le déluge. Je l'ai fait entrer et c'est là qu'il me l'a confié : « J'ai cinq ans, pas un jour de plus. » J'ai remarqué ses mains qui n'arrêtaient pas de trembler. Ce n'était pas à cause de l'alcool ni même du froid. Non, pour la première fois de ma vie, j'ai vu mon père complètement terrorisé.

— Qu'as-tu fait ensuite ?

— C'était quand même mon père, alors je l'ai laissé revenir dans ma vie. On a commencé à vraiment discuter, à exprimer des regrets aussi. C'était comme si on essayait de recoller les morceaux d'un puzzle géant. Je me disais que ces cinq années pouvaient être notre chance de nous retrouver, de vraiment se reconnecter avant qu'il ne soit trop tard.

— Et concernant ce test ?

— Il avait fini par accepter cette puce de l'Oracle, avec l'assistant personnel qui te dit quoi faire de ta vie, expliqua Lucie en repoussant une mèche de cheveux. Au fil des mois, il a jeté ses cigarettes et s'est mis en tête de tout changer. Je ne l'avais jamais vu comme ça depuis la mort de maman. Déterminé, désireux de vivre. J'y croyais vraiment, à son nouveau départ. Puis, un matin, plus rien. Disparu, comme ça, sans un message. Quand je suis allée chez lui, son appart était sens dessus dessous. On aurait dit qu'une tornade était passée, ou pire… que quelqu'un était venu chercher quelque chose.

Sébastian prit une gorgée d'eau.

— Quelques semaines avant qu'il ne disparaisse, j'avais commencé à remarquer des changements bizarres. Il s'était mis à me parler de théories ésotériques, de conspirations, de signes cachés. J'essayais de comprendre, mais c'était comme s'il glissait peu à peu dans un monde parallèle où je ne pouvais pas le suivre.

— C'est pour ça que tu es allée au Bayou, comprit Sébastian. Tu voulais le retrouver, tenter de le sauver de cette folie.

— Oui, dit Lucie, les larmes aux yeux. Mais il n'était pas là.

Une ombre passa sur son visage.

— Au début, ils étaient super accueillants, chaleureux même. Ils ne parlaient que de paix intérieure, de reconnexion avec la nature, ce genre de trucs. Ça semblait… inoffensif. Pendant ce temps, je cherchais discrètement mon père, posant des questions par-ci par-là. Mais les choses se sont gâtées. Certains membres ont commencé à me surveiller. Alors, après quelques jours dans leur soi-disant communauté de rêve, j'ai tenté de me casser en douce, mais ils m'ont chopée…

Sébastian l'écoutait sans un mot.

— Ils m'ont balancée dans une espèce de placard crade et humide, où je pouvais pas me tenir debout. Ils me filaient juste assez de bouffe pour pas que je crève, en essayant de me forcer à leur dire ce que je faisais là. Pour eux, j'étais une informatrice de la Chrono-Police. J'avais la trouille, mais impossible de parler de mon père. Et puis… il y a eu cette nuit où ils sont arrivés encapuchonnés, chaînes à la main. Ils m'ont traînée vers un tunnel souterrain.

Une cérémonie, un rituel... un truc ultra-glauque se préparait. Je l'ai senti avant même de capter le délire avec le loup. J'ai cru ma dernière heure arrivée. Puis tu as surgi de nulle part. Jamais je n'ai été aussi soulagée de voir quelqu'un que je ne connais pas.

Sébastian sentit que c'était à son tour de se confier.

— Lucie, il y a quelque chose que tu dois savoir. Je cherche ton père pour une raison très personnelle. Il y a plus d'un an, sa voiture a renversé et tué ma mère; elle a aussi gravement blessé ma sœur. Je l'ai haï de tout mon être.

Lucie le regarda stupéfaite.

— Je suis désolée, murmura-t-elle.

Sébastian hocha la tête avant de continuer.

— Mais, ensuite, j'ai découvert quelque chose qui a tout changé : sa voiture avait été piratée. Il n'était peut-être pas responsable de tout ce qui est arrivé...

Il soupira. Un reste de drogue et une fatigue infinie l'engourdissaient.

— J'ai besoin de savoir ce qui s'est réellement passé ce jour-là.

— Je comprends mieux maintenant. Toi aussi, tu cherches des réponses.

Ils se regardèrent, conscients de leur quête commune.

— Est-ce qu'il t'a déjà parlé d'un homme qui se fait appeler le Syrien ?

Lucie réfléchit un instant.

— Non.

— Et au Bayou, est-ce que quelqu'un l'a mentionné ? insista Sébastian.

— Désolée.

Ils continuèrent de parler, puis, épuisés, firent une longue sieste. Et quand Lucie se leva, les ombres s'allongeaient déjà contre les murs de l'appartement. Elle entraîna Sébastian vers une petite porte au fond de la pièce, menant à une échelle vers le toit-terrasse. Là-haut, une obscurité soyeuse les enveloppa. Lucie l'invita à s'asseoir sur des nattes étalées au sol, et ensemble, ils contemplèrent les étoiles.

— Mon père m'a envoyé un dernier message par SMS, il y a quelques mois, dit Lucie. Il précisait qu'il allait bien, mais qu'il devait s'éloigner de Montpellier.

Sébastian se redressa. L'espoir.

— Il a envoyé ce SMS avec son propre téléphone ?

— Non, le numéro m'était inconnu.

— As-tu essayé de le rappeler ?

— Oui, mais je n'ai jamais réussi à le joindre.

— Peux-tu me donner ce numéro ?

Lucie se leva et revint quelques instants plus tard avec un morceau de papier. Elle le tendit à Sébastian.

— Tu penses que ça va aider ?

Sébastian rangea soigneusement le papier dans une poche de son pantalon.

— Chaque trace numérique laisse une empreinte, même éphémère. Ce numéro pourrait révéler l'emplacement d'où est parti le message, ou au moins nous indiquer par quel relais il est passé.

Autrement dit, une nouvelle piste.

Chapitre 23

6 juillet

Le paysage s'étendait sous leurs yeux. Les teintes chaudes des tuiles brillaient sous la lumière de l'aube, contrastant avec l'air frais, chargé de l'humidité de la nuit ; un court répit avant que la chaleur de juillet ne revienne à l'assaut. Sébastian avait passé la nuit dans un sac de couchage, Lucie à son côté, et tous deux avaient dormi comme des brutes, épuisés par les événements des derniers jours.

La nostalgie se mêlait à l'incertitude du présent et le murmure de la ville qui s'éveillait lui rappelait Marrakech. Là-bas, il avait aussi dormi sur des toits, témoin du soleil se levant au-dessus de la médina. Seuls manquaient les appels à la prière, l'odeur du pain sortant des fours à bois et celle du jasmin, embaumant les jardins cachés derrière les murs des riads.

Sébastian se souvenait de tout et surtout de sa rencontre avec Emily, une Anglaise, dans un café de la vieille ville. Elle lisait *Un thé au Sahara*, de Paul Bowles. Leur conversation avait débuté naturellement, comme s'ils s'étaient connus depuis toujours. Ils avaient exploré ensemble les ruelles labyrinthiques de la médina, partageant des histoires. Il adorait sa philosophie.

— Marcher dans le désert, disait-elle, c'est comme traverser la vie. On ne peut pas s'attarder sur chaque détail. On se dit toujours plus tard… mais on sait bien que chaque jour file comme le sable entre les doigts et qu'il ne reviendra jamais.

Il se souvenait de sa voix, ce matin-là, rocailleuse à cause des cigarettes et du manque de sommeil. Elle était assise au bord du lit, nue, les cheveux en bataille, et elle regardait par la fenêtre comme si elle cherchait quelque chose au loin. Des mots prémonitoires, car, comme tant d'autres, cette relation s'était évanouie dans le temps. Il n'avait pas su la retenir ni compris que, quand une femme vous parle du désert, c'est qu'elle s'apprête déjà à partir.

Le bruit léger des pas de Lucie le sortit de ses rêveries. Elle s'approchait de lui, une tasse à la main.

— Bonjour, j'ai fait du café.

— Merci. Tu as bien dormi ?

— Aussi bien que possible, répondit-elle avec un petit sourire pas très convaincu. Et toi, ça va ?

— Pas trop mal. L'air frais a aidé, déclara-t-il avant de savourer une première gorgée de café.

Lucie le dévisagea, son regard sérieux.

— Tu crois qu'il est arrivé un truc grave à mon père ?

Sébastian choisit ses mots.

— Je l'ignore, Lucie. Mais, tant qu'on n'a pas retrouvé son corps, il n'y a pas de raison de croire au pire.

Il voulait afficher une détermination tranquille. Il n'était pas très bon comédien.

— Je deviens dingue à l'idée qu'il soit peut-être en danger pendant que je ne fais rien.

— Tu as déjà pris d'énormes risques et je préfère opérer seul.

Voyant qu'elle allait insister, il ajouta :

— Je vais le chercher, je te le promets. Ton père détient une clé pour comprendre les circonstances qui ont entouré la mort de ma mère. C'était un hasard affreux, elle était au mauvais endroit au mauvais moment, mais j'ai besoin de savoir.

Tandis qu'elle retournait à l'intérieur pour se préparer, Sébastian regarda une dernière fois les toits de la ville. Elle le rejoignit.

— Lucie, qu'est-ce que tu comptes faire maintenant ? demanda-t-il, l'inquiétude perçant dans sa voix.

Elle haussa les épaules, un sourire triste effleurant ses lèvres.

— Franchement, Seb, j'ai besoin de fric. Je vais bosser comme serveuse au Requiem.

Le Requiem... un bar mythique niché dans les entrailles de Montpellier, connu des flics pour son atmosphère lugubre et ses clients douteux. Anciennement un funérarium, il avait été transformé en bar en 2020.

— Tu sais que ce n'est pas l'endroit le plus sûr, surtout en ce moment, répliqua Sébastian.

— Ouais, je sais. Mais les pourboires sont bons.

Sébastian n'était pas entièrement convaincu.

— On reste en contact, OK ?

— Promis.

*

Sébastian poussa la porte des locaux de la Chrono-Police avec une sensation de gueule de bois qui n'avait rien à voir avec l'alcool. Les événements de la veille tournaient encore dans sa tête comme un disque rayé. Il n'eut même pas le temps de s'installer à son bureau qu'un collègue l'interpella, l'air embarrassé.

— Le commissaire veut te voir. Tout de suite.

Le ton disait tout. Lavoisier l'attendait, figé derrière son bureau.

— Assieds-toi, Sébastian, dit-il d'une voix dépourvue de chaleur.

Sur la table, une enveloppe déjà ouverte trônait comme une accusation. Le commissaire en sortit une photo et Sébastian n'eut pas besoin de la regarder longtemps : c'était lui, net comme le jour, au milieu des carcasses de voitures. Un putain d'amateur, voilà ce qu'il était.

— Cette photo, commença Lavoisier, la voix lourde de déception, nous a été transmise par la société Techno Primat. Ils surveillent la plus grande casse de la ville. Il y a eu une intrusion tout récemment et un de leurs robots a été endommagé.

Le commissaire fit une pause, scrutant le visage de Sébastian à la recherche d'une explication ou, à défaut, d'une justification.

Sébastian prit une grande inspiration. À quoi bon mentir ? La photo parlait d'elle-même.

— C'est bien moi.

— Pourquoi ?

Sébastian réfléchit à toute vitesse. Après avoir retrouvé son robot aspergé de mousse, Techno Primat avait dû reconstituer tous ses mouvements et rassembler des enregistrements de surveillance. La reconnaissance faciale avait fait le reste. Combien de personnes pouvaient être au courant ?

— Je pense qu'il y a un lien entre le chauffeur et le Syrien. La voiture du premier se trouvait sur place.

— Continue.

— Étienne Mercier n'a plus de puce sous-cutanée. Je suis sûr que le Syrien s'est occupé de lui.

Lavoisier se leva brusquement. Ses yeux lançaient des éclairs de colère.

— C'était trop compliqué de prendre la voie légale ?

On n'entendait que le léger grondement de la climatisation. Sébastian laissa ses pensées dériver malgré lui. Les manifestations de l'année dernière, les unes des journaux qui crachaient leur venin, les politiques de tout bord qui réclamaient leur peau à tous. « Dissolution de la Chrono-Police ! » hurlaient-ils sur les plateaux télé. « Violation des libertés ! Espionnage d'État ! »

Il sentait les regards de ses collègues, tout proches. Ils devaient faire semblant de travailler, tendant l'oreille. Dans une demi-heure, tout le service saurait qu'il s'était fait pincer comme un bleu.

Lavoisier ne décolérait pas.

— On a reçu des rapports récents, continua-t-il, des éclairés qui parlent de se « payer un flic de la Chrono ». Ils pensent que nous sommes responsables de leur malheur, que c'est à cause de nous qu'ils ont perdu tout espoir. Ils cherchent à se venger.

Que dire ? Sébastian regardait son patron en silence.

— Je t'avais confié cette enquête parce que je croyais en tes capacités, reprit Lavoisier, les mâchoires serrées. Mais tu as dépassé les bornes. Ton obsession à retrouver celui qui a renversé ta mère t'aveugle et ça te met en danger ainsi que toute l'équipe.

Il marqua une pause.

— Je suis déçu, Sébastian. Tu t'étais bien occupé de Victor et maintenant… ça, lâcha-t-il d'un ton plus amer.

Sébastian releva les yeux, voyant dans ceux de Lavoisier non seulement de la colère, mais également une inquiétude sincère.

— Je voulais juste… trouver des réponses.

Lavoisier soupira, la tension de ses épaules se relâchant légèrement. Il retourna à son bureau, s'appuyant contre le bord.

— Ce service est jeune et tellement fragile. Il a assez d'ennemis comme ça sans qu'un de ses meilleurs éléments joue les solitaires. Dans cette boutique, on marche tous sur un fil.

Lavoisier observa Sébastian avec intensité.

— Je suis le seul à avoir vu cette photo. Personne d'autre n'est au courant. Alors… je vais te sauver la mise, mais ce sera la dernière fois.

— Merci, commissaire.

— File maintenant. Et par pitié, plus d'initiative aventureuse !

Sébastian se leva et quitta le bureau. En dépit de la scène qui venait de se dérouler, ou plutôt à cause de celle-ci, il savait que Lavoisier l'appréciait plus qu'il ne le montrait. De retour à son poste, Sébastian s'affala sur sa chaise, le regard perdu sur l'écran éteint. La tension accumulée pendant la confrontation restait présente, mais il la sentit peu à peu se dissiper. Il inspira comme pour reprendre le contrôle, puis se décida à lancer une session de travail.

Il ouvrit l'application CHRONOS et fixa un instant la barre de recherche sous le logo du ministère de l'Intérieur. Jetant un regard alentour pour s'assurer que personne ne lui prêtait attention, Sébastian entra le numéro de téléphone que Lucie lui avait confié. Rapidement, il fit défiler une série de menus. Grâce aux outils à sa disposition, il pouvait géolocaliser un numéro en utilisant la triangulation des signaux entre plusieurs tours cellulaires. La localisation du bracelet-téléphone s'afficha à l'écran en quelques instants. Sébastian sentit son cœur battre plus fort en voyant un point clignoter sur la carte.

Étienne Mercier pouvait-il se trouver là ? C'était, et de loin, l'endroit le plus dangereux de Montpellier.

Chapitre 24

7 juillet

En dépit de l'heure tardive, la touffeur persistait. Mais le pire s'annonçait déjà : l'application météo de son téléphone intelligent prédisait un pic de chaleur pour le jour suivant avec près de 48 °C. C'était cette nuit ou jamais.

À l'ouest de Montpellier, Sébastian empruntait un chemin de terre labouré par les traces de véhicules tout-terrain. Les murs d'Esperanza se dressaient devant lui, hérissés de fils barbelés. Cet immense bidonville, point de chute pour des milliers de réfugiés climatiques venus de toute l'Afrique, était sous la garde de Silverstone Security, une société militaire privée. Les patrouilles régulières et les drones survolant la zone rendaient toute tentative d'intrusion condamnée d'avance, mais Sébastian n'avait pas le choix. Faute d'antennes-relais à l'intérieur du bidonville, il devait entrer dans le taudis pour espérer localiser le père de Lucie; celui par qui le malheur s'était abattu sur sa famille.

Contournant le mur par l'est et prenant soin de rester à bonne distance des clôtures, Sébastian marcha deux kilomètres au milieu de la garrigue avant d'atteindre une voie de chemin de fer en provenance de la petite gare de Saint-Gély-du-Fesc, au nord de la métropole. Il se guida aux sons et aux lumières.

Un hangar, éclairé par des projecteurs portatifs, était le théâtre d'une forte activité. En s'approchant, Sébastian aperçut des personnes vêtues de chasubles blanches marquées du logo de SOS Esperanza, qui s'affairaient autour d'un unique wagon, rattaché à une petite locomotive. Elles étaient chargées de cartons de nourriture et de médicaments.

Un jeune homme, le front luisant de sueur, hissa un lourd carton sur son épaule avant de le déposer dans le wagon. Une femme d'une quarantaine d'années, les cheveux attachés en un chignon serré, semblait diriger toutes les opérations avec une efficacité militaire. Sébastian scrutait la scène, cherchant un visage familier. Mais c'est elle qui l'aperçut.

— Qui êtes-vous ? demanda-t-elle.

Le ton était sec.

— Je suis journaliste à *Midi libre*, je cherche Maria.

Elle le fixa un instant, jaugeant ses intentions.

— Maria ? reprit-elle, un sourcil arqué. Elle est occupée. Pourquoi voulez-vous la voir ?

— Je prépare un article sur le dévouement dont font preuve les membres de votre ONG, répondit Sébastian.

Il espérait que son mensonge tiendrait. La femme parut hésiter.

— Très bien. Suivez-moi.

Il la suivit à travers le hangar, zigzaguant entre les piles de cartons et les employés. Maria était penchée sur une table, vérifiant des listes de fournitures. En la revoyant, Sébastian ne put s'empêcher de se rappeler à quel point il avait été attiré par elle. Elle n'avait pas besoin de maquillage et n'en portait pas. Juste cette peau mate, un peu brûlée par le soleil, et des traits comme taillés à la main. Et ces yeux...

Elle levait à peine la tête, mais il sentait déjà ce qu'il avait ressenti la première fois : un fragment de paix dans ce monde chaotique.

Pourvu qu'elle l'ait trouvé, elle le mérite vraiment.

— Maria, un journaliste pour toi, annonça la femme avant de s'éloigner.

Elle releva la tête et ses yeux s'élargirent. La surprise et la méfiance s'y disputaient.

— Qu'est-ce que tu fais ici ?

— J'ai besoin de ton aide, Maria. Je dois entrer dans Esperanza. C'est une question de vie ou de mort.

Elle lui fit signe de la suivre à l'écart, dans un coin sombre du hangar où le bruit des activités de chargement était plus étouffé.

— Encore une enquête, dit-il. Mais cette fois... c'est pas comme d'habitude.

Il marqua une pause.

— C'est ma famille. Ma mère...

Maria se figea.

— Ta mère ? Elle va bien ?

Il secoua doucement la tête.

— Elle est morte.

Elle posa une main sur son bras.

— Oh, Sébastian... je suis désolée. Elle a toujours été gentille avec moi.

Un silence.

— Qu'est-ce qui s'est passé ?

Il résuma sans s'attarder. L'accident, ses doutes et ce qu'il cherchait ici.

— Il y a quelqu'un dans Esperanza qui sait des choses. Je dois le trouver.

Elle le scrutait, cherchant la vérité derrière ses mots.

— Tu dois savoir que la zone est une cocotte-minute en ce moment. L'eau est rationnée et les gens se battent pour la moindre goutte. Des émeutes éclatent sans prévenir et Silverstone est débordé. Sans parler de la drogue…

— La Nexaline ?

— Oui, entre autres.

Sébastian se rappela son goût amer, la brûlure dans sa gorge, puis la montée vertigineuse de l'euphorie, suivie d'une descente brutale. Il se souvenait aussi des visages des junkies dans le Bayou, de leurs yeux vides…

— Une amphétamine puissante et destructrice, dit-il, dont les consommateurs sont souvent des éclairés.

— Cette drogue déclenche des accès de rage incontrôlables, précisa Maria. La violence a explosé dans le ghetto.

— Je comprends les risques, mais je n'ai pas d'autre alternative.

L'ampoule au-dessus d'eux clignota, fatiguée. Maria ne disait rien. Elle le fixait, les yeux calmes. Puis elle hocha doucement la tête.

— Je vais t'aider.

Elle guida Sébastian vers le wagon, profitant qu'un employé de l'ONG s'éloigne après avoir déposé un carton. C'était une vieille carcasse de métal usée par les intempéries. L'obscurité jouait en leur faveur. Elle le fit discrètement entrer. L'employé revint et Maria s'adressa à lui avec assurance.

— Pour ce voyage, c'est moi qui vais convoyer les cartons. Il n'y en a pas beaucoup à décharger et j'en ai assez de la comptabilité.

Bien qu'étonné, il ne posa pas de questions.

— Très bien, Maria. Bon courage.

— Bon café.

Maria pénétra dans le wagon au moment où la locomotive se mettait en marche. À l'intérieur, les cartons de fournitures étaient empilés de manière désordonnée. Le train s'enfonça dans les ténèbres. Les rails crissaient sous le poids des wagons. Maria était à côté de lui dans le noir ; il pouvait presque entendre le battement de son cœur et sentir la chaleur de son corps ; et chaque fois que la remorque tressautait, leurs épaules se frôlaient. Il s'efforçait de ne pas bouger.

Le train devait se trouver aux portes du bidonville d'Esperanza et Maria lui confirma que, contrairement à la sortie, où les wagons étaient minutieusement fouillés par les miliciens, les contrôles à l'entrée étaient plutôt laxistes.

— Ce qui compte, c'est d'empêcher les évasions, fit Maria. La contrebande est un mal nécessaire, car elle permet d'éviter l'explosion sociale. Les réseaux clandestins apportent l'eau, la nourriture et les médicaments, qui manquent cruellement.

Les chiens de garde aboyèrent lorsque le convoi s'arrêta brutalement. Des bruits de pas résonnaient à l'extérieur, accompagnés de voix autoritaires. Le craquement d'une radio portable, des instructions inaudibles. Les sentinelles circulaient autour du train, inspectant les alentours.

À l'intérieur du wagon, la chaleur moite ajoutait à l'inconfort. Sébastian jeta un coup d'œil à Maria, cherchant à s'assurer qu'elle allait bien, si elle ne regrettait pas d'être montée avec lui dans cette galère. Lui, il n'était plus très sûr. Il aurait voulu lui dire quelque chose, mais il ne trouvait pas les mots. Alors il se tut.

Bientôt, les bruits de pas s'éloignèrent et les voix se fondirent dans la nuit. Le silence retomba et les minutes s'étirèrent. Le train redémarra lentement.

— Nous y sommes presque, dit Maria.

Il perçut qu'elle s'asseyait sur un carton pour lui faire face.

— Sébastian, il y a quelque chose que je garde pour moi depuis trop longtemps.

La tension dans sa voix…

— Je t'écoute, murmura-t-il.

— Cinq ans sans une explication… Tu as disparu comme si notre histoire n'avait jamais existé.

Il sentit sa gorge se nouer.

— Ce n'était pas contre toi, Maria. J'étais incapable de…

— De quoi ? De me dire en face que tu ne voulais plus de moi ? De m'accorder un adieu dans les formes ?

— J'étais terrifié. Pas par toi, mais par ce que je ressentais. De ce que ça signifiait.

Maria laissa échapper un rire amer.

— Quelle ironie ! L'homme qui traque les fugitifs est celui qui s'évapore quand les choses deviennent réelles.

La locomotive ralentissait encore.

— Je sais que rien ne justifie ce que j'ai fait.

Elle resta silencieuse si longtemps qu'il crut qu'elle ne répondrait plus.

— Le pire, reprit-elle finalement, c'est que je t'aurais attendu si tu me l'avais demandé.

Ces mots… il aurait préféré une gifle.

— Maria…

— Non, écoute-moi. Ce n'est pas ton départ qui m'a blessée le plus. C'est de comprendre que tu repousses systématiquement toute personne capable de percer ta carapace. Tu sabotes chaque relation qui pourrait t'apporter un véritable équilibre.

Elle serra ses mains dans les siennes.

— Tu cours après des fantômes, Sébastian. Les morts sont plus rassurants, pas vrai ? Ils ne te décevront jamais.

Elle planta son regard dans le sien.

— Mais les vivants... ça, ça demande du cran.

Le convoi s'immobilisa dans un grincement final. Maria s'écarta de lui avec réticence. Elle fit glisser la porte du wagon et un rayon de lumière s'infiltra dans leur refuge. D'un mouvement vif, elle lui indiqua une pile de cartons pour qu'il se cache derrière.

— Pas un bruit, articula-t-elle silencieusement.

Il perçut une voix masculine, le ton était autoritaire. Des aboiements nerveux retentirent, puis s'estompèrent progressivement, remplacés par le bruit sourd de cartons qu'on décharge.

— C'est bon, chuchota-t-elle enfin. Ils sont partis.

Son premier contact avec Esperanza fut l'odeur : âcre et puissante, un mélange de déchets en décomposition, d'eau croupie et de fumée de bois. Il plissa le nez, essayant de s'habituer à cette puanteur. Maria le regardait intensément.

— Où vas-tu aller maintenant ?

— Je cherche un homme qui se fait appeler le Syrien. Une espèce de chirurgien.

Elle réfléchit une seconde.

— Dans ces cartons, y a des médocs. Suis-les. S'il existe, ils pourraient te mener à lui.

Il hocha la tête.

— Merci.

Un sifflement annonça le départ imminent du train. Elle grimpa sur le marchepied.

— Prends soin de toi, Sébastian, lança-t-elle depuis la porte entrouverte.

Elle agita une dernière fois la main et il vit le wagon emporter ses souvenirs.

Chapitre 25

Clip publicitaire : « La révolution de l'Oracle. »

Jardins du château de Flaugergues. Des enfants jouent gaiement sur l'herbe pendant qu'un couple, main dans la main, les observe avec tendresse.
À proximité, Richard Morot, le fondateur de l'Oracle, est assis à une élégante table en fer forgé. Il porte une chemise en lin blanche et ses lunettes en métal doré lui donnent un air sage. Face à lui, une journaliste, carnet de notes à la main.
— Docteur Morot, pourquoi choisir Oracle aujourd'hui ?
Il désigne d'un geste le tableau vivant qui les entoure.
— Ce jardin, planifié il y a des siècles, nous rappelle que prévoir, c'est cultiver son avenir.
La caméra glisse vers le couple qui s'avance dans l'allée, confiant.
— Ces personnes ont harmonisé leur existence avec nos prédictions. En adaptant leur hygiène de vie, leur alimentation et leur activité physique, elles ont déjà gagné cinq années supplémentaires !

Les enfants traversent l'écran dans un éclat de joie. Le scientifique ajoute :
— Oracle ne dévoile pas simplement votre destin : il vous offre le pouvoir de le façonner !
Morot se lève, sa silhouette se découpe sur la façade du château.
— Votre vie est précieuse. Ne laissez pas le futur décider à votre place.
Fondu au noir. Le logo lumineux d'Oracle apparaît, suivi du slogan : « Oracle : votre avenir, votre choix. »

Même nuit

Sébastian essuya la sueur de son front avec le revers de sa main. Il était seul, enveloppé par l'obscurité. Le contraste avec les environs du grand mur d'enceinte était frappant. Les puissants projecteurs brillaient comme des phares.

Bientôt, deux Africains s'approchèrent pour prendre possession des cartons. Ils les chargèrent chacun dans une brouette, puis s'éloignèrent rapidement. Sébastian les suivit à distance. Il passait devant des abris de fortune où des familles tentaient de trouver du repos. Des enfants aux yeux écarquillés l'observaient derrière des trous percés dans de la tôle. Plus loin, de petits drones glissaient dans le ciel comme de gros insectes.

Au détour d'une ruelle, évitant les eaux croupies qui formaient un mince ruisseau vite avalé par la terre, il vit plusieurs lanternes à huile suspendues à des fils tendus entre les bâtiments. Après une progression à travers d'autres venelles, toutes plus étroites et sinueuses les unes que les autres, Sébastian atteignit une zone plus dégagée. Les vestiges d'un golf, oasis déchue. Le club-house tenait encore debout. Ses murs fissurés et les fragments de moulures à l'intérieur rappelaient sans éclat son élégance d'antan. Tout près, un petit lac, à moitié asséché, ressemblait davantage à une mare malodorante. Sébastian se cacha derrière un buisson. Les deux types déchargèrent les cartons devant l'entrée avant de s'éloigner.

Puis, sortant de l'ombre, un homme s'avança d'un pas décidé. Sa blouse et ses cheveux grisonnants lui donnaient une autorité naturelle. Il inspecta les cartons avec l'aide d'un jeune assistant. Sébastian marcha dans leur direction. L'assistant le remarqua en premier.

— Qu'est-ce que vous faites là ? demanda-t-il, méfiant.

Le « médecin » se retourna aussi. Sa blouse puait.

— Je suis journaliste pour *Midi libre*, répondit Sébastian avec assurance. Je viens faire un article sur le bidonville et sur les ravages d'une drogue qui s'y répand : la Nexaline.

— En pleine nuit ?

La voix du plus âgé était teintée d'un accent que Sébastian ne parvint pas à situer tout de suite ; un léger roulis sur les consonnes, peut-être méditerranéen.

— Les dealers n'accordent pas d'interview en plein jour, répliqua Sébastian en sortant un carnet de sa poche. Et vous, qui êtes-vous exactement ? Un médecin officiel ou…

— Et comment êtes-vous entré ?

— J'ai mes sources, dit Sébastian évasivement. Parfois, il suffit de connaître les bonnes personnes…

L'homme à la blouse hésita, puis échangea un regard avec son assistant.

— Suivez-nous et ne touchez à rien.

Sébastian prit le pas des deux hommes à travers le club-house transformé en hôpital de campagne, mais l'endroit ressemblait plus à un entrepôt abandonné : des étagères branlantes croulaient sous des médicaments entassés sans ordre apparent.

— Vous dites être journaliste, reprit le médecin tout en marchant d'un pas rapide, presque nerveux. Que savez-vous de la Nexaline ?

— C'est une drogue de synthèse qui se répand dans les quartiers pauvres et ses effets sont… dévastateurs.

Ils arrivèrent dans une pièce plus grande où l'air empestait le désinfectant. Plusieurs personnes étaient allongées sur des matelas, certaines gémissant de douleur. Les autres lits de camp, installés à la va-vite, formaient des rangées irrégulières. Certains portaient encore les traces des précédents occupants.

L'assistant, que le médecin appelait Emmanuel, s'approcha d'un des patients, une jeune femme visiblement en proie à une crise de manque. Il lui murmura des mots apaisants tandis que le médecin préparait une injection.

— On fait ce qu'on peut, dit le médecin en piquant doucement le bras du patient.

Il parlait sans lever les yeux, concentré sur son geste.

— Mais, chaque jour, ça devient plus dur.

Il rangea la seringue, posa la main une seconde sur l'épaule de la femme, puis se tourna vers Sébastian.

— Si votre article peut faire bouger un peu les choses, alors d'accord. On vous aidera.

Sébastian se lança :

— On raconte que des éclairés se cachent ici pour se faire arracher leur puce. C'est vous, le Syrien, pas vrai ?

Le médecin se figea. Une lueur de peur passa dans ses yeux, vite remplacée par un froncement de sourcils.

— *Ya Ilahi Al-'Azim !* chuchota-t-il comme une prière étouffée.

Il releva la tête, fixant Sébastian. Le ton devint sec :

— Qui vous a parlé de ça ? Qui êtes-vous vraiment ?

Sébastian soutint son regard, impassible, continuant de jouer son rôle.

— Je suis quelqu'un qui écoute. Les gens parlent. Des rumeurs sur un médecin qui aide les désespérés... ou qui les exploite, selon les versions. Avec un peu de déduction, j'ai trouvé la piste qui mène ici.

Le médecin se retourna brusquement.

— Suivez-moi.

Il n'attendit pas de réponse. Sébastian lui emboîta le pas sans rien dire.

Dehors, la chaleur leur sauta à la gorge. Le médecin s'arrêta près d'un tonneau et s'y appuya, croisant les bras.

— Vous ne comprenez pas ce que vous avez fait.

Sa voix était basse, presque tremblante.

— En venant ici, vous mettez tout le monde en danger.

Sébastian sortit un carnet de sa poche et fit mine de griffonner quelque chose, tout en gardant l'homme dans son champ de vision.

— Je n'ai que quelques questions à vous poser, après je partirai, dit Sébastian. Que faites-vous dans cet endroit ?

Le médecin détourna les yeux vers l'obscurité au loin.

— Écoutez, ajouta Sébastian. J'ai vu ce qui se passe là-dedans. Ces gens... ils souffrent. Vous essayez de les aider, ça se voit. Si vous me parlez, je peux écrire quelque chose qui attire l'attention. Mais, pour ça, il faut que je sache qui vous êtes.

— Je m'appelle Mahmoud Al-Hakim.

Ses épaules s'affaissèrent sous un poids invisible.

— J'ai vu l'horreur de la guerre à Alep, puis à Idleb, en Syrie. Les bombes, les cris… Ma famille et moi, on a fui vers la Turquie. J'ai travaillé dans un camp de réfugiés là-bas, soigné des gens avec presque rien. Ensuite, l'Europe. Esperanza, ça fait plus de dix ans que c'est mon abri… ou ma prison, je ne sais plus.

Sébastian hocha la tête, prenant des notes rapides.

— Et ici ? demanda-t-il en poussant un peu plus loin. Ces éclairés, la Nexaline… c'est quoi votre rôle dans tout ça ?

— Fournir des soins médicaux à ceux qui en ont besoin, sans poser de questions.

— Ce sont les « puces » qui m'intéressent, avoua Sébastian. Comment les gens parviennent-ils à pénétrer dans Esperanza ?

Le médecin esquissa un sourire.

— Vous avez pu vous en rendre compte, si vous êtes là à me parler. Il y a beaucoup de trafic, ça va et ça vient. Les miliciens qui gardent le mur sont tous corrompus. Comment croyez-vous que la drogue entre ici ?

— Et vous, enchérit Sébastian, pourquoi vous restez ? Pourquoi vous aidez les gens ?

— Parce qu'ils n'ont nulle part où aller. Ils n'ont pas de papiers. Pas d'argent. Parfois même pas de nom. Alors je leur offre ça : une table, un peu de calme et une seringue propre.

Un silence.

— Mais pour d'autres… c'est différent.

Il redressa la tête. D'un coup, ses yeux étaient plus durs.

— Retirer ces capteurs, ce n'est pas seulement médical. C'est politique. C'est une façon de leur rendre un morceau d'eux-mêmes.

Il fixa Sébastian.

— Les éclairés... Ils croient à une promesse qu'on leur a soufflée trop tôt. Ils pensent vivre mieux, mais, en vérité, ils obéissent mieux.

Sébastian acquiesça.

— Il y a un prix, oui, vivre plus longtemps, ce n'est pas rien.

Mahmoud laissa échapper un rire sec.

— *Wallahi*, ce que ces micropuces font réellement, c'est les enfermer dans une peur constante. En les libérant de ces mouchards, je leur redonne leur dignité : celle d'affronter leur mort sans être manipulés par ceux qui les surveillent.

Une pause. Mahmoud ajouta :

— Ce sont les hommes de main d'Oracle qui vous envoient ?

— Pourquoi dites-vous ça ?

— Oracle a des moyens pour traquer ceux qui essaient de disparaître. Moi, je les aide à se cacher, à se reconstruire une identité. Mais retirer une puce, c'est dangereux, très dangereux. Et puis, vous ne ressemblez pas à un journaliste, plutôt à un flic. La Syrie était pleine d'espions à la solde d'El-Assad, je sais reconnaître les fouineurs.

— Je cherche un homme que vous avez pu « opérer ». Il s'appelle Étienne Mercier.

— Les gens qui viennent à moi n'ont plus de nom. Ils n'ont que leurs blessures et leurs prières. Seul Allah connaît leur véritable identité.

— Sa fille veut le retrouver, lâcha Sébastian d'un ton plus direct. Elle ne veut rien d'autre que savoir qu'il est en vie. S'il est ici, dites-le-moi. J'ai besoin de lui parler.

Pour souligner ses paroles, Sébastian tendit le papier sur lequel Lucie avait écrit le numéro de téléphone de son père. Le médecin le déplia et ses yeux se plissèrent. Sébastian se tourna et chercha un point de repère dans la nuit. Il désigna un château d'eau, dont la silhouette sombre se détachait du ciel étoilé.

— Je serai là-bas.

Tel un totem surgissant de l'immense taudis, le château d'eau d'Esperanza se dressait au cœur du bidonville. Ses quatre piliers de béton soutenaient un colossal réservoir cylindrique, tandis que des vannes métalliques régulaient le précieux liquide qui s'échappait de ses entrailles. Des cabanes de fortune et des caravanes formaient un cercle désordonné, comme si tout gravitait autour de cette source de survie.

Des enfants insouciants jouaient pieds nus, leurs rires résonnant à travers le camp. À un moment, un drone plana au-dessus d'eux ; ses capteurs observaient leur ballet avec une froideur mécanique. Habitués à sa présence, les gamins ne s'en souciaient guère. La machine poursuivit sa route, glissant vers le nord du bidonville.

Dès 9 heures, la chaleur s'abattit comme un couvercle. Les gens marchaient vite, les bras tendus sous le poids des jerricanes, des bouteilles vides. Tous prenaient la même direction, les yeux fixés sur les points d'eau. Quelques hommes s'efforçaient de gérer la foule, ouvrant et fermant les robinets. La tension fut vite à son comble. Une dispute éclata entre deux réfugiés, chacun revendiquant sa place dans la file d'attente, et presque aussitôt, une bagarre s'ensuivit. Certains brandissaient des armes improvisées : gourdins, tessons de bouteille ou morceaux de ferraille. D'autres n'avaient que leurs mains pour tenter d'arracher quelques gouttes d'eau au réservoir ; c'était d'une sauvagerie effroyable. Le bruit sourd des impacts se mêlait aux cris de douleur de ceux qui tombaient dans la boue.

Alors que la bagarre culminait, on referma les vannes. Prise de panique, la foule se transforma en marée humaine déchaînée. Les préposés furent rapidement pris à partie et frappés, puis jetés au sol avant d'être piétinés. Les femmes, comprimées contre les piliers du réservoir, étaient piégées, leurs corps écrasés sous la pression de la masse. Leurs hurlements s'ajoutaient à ceux qui s'empoignaient pour atteindre les robinets en premier. La cuve elle-même semblait vaciller sous la multitude.

C'est alors que Sébastian le vit. Mercier. L'homme était là, effacé dans la foule. Une apparence ordinaire, mais, pour Sébastian, il était l'incarnation vivante de l'injustice, de la souffrance, de tout ce qui lui avait été arraché. Une chaleur sourde envahit sa poitrine.

Je veux des réponses et tu vas me les donner !

Sébastian agrippa le bras de Mercier, ses doigts fermes comme un étau. Mercier sursauta, pris de court, mais, avant qu'il puisse réagir, Sébastian se pencha vers lui, murmurant d'une voix sèche :

— Ta fille Lucie te cherche, Étienne, et moi aussi. On doit parler. Ça ne peut pas attendre. Trouve-nous un endroit tranquille.

Mercier voulut fuir, mais il n'y avait pas d'échappatoire.

— Attends…, balbutia-t-il, l'air hagard. Tu as rencontré ma fille ?

Sébastian serra plus fort.

— Avance, si tu veux en savoir plus.

Mercier le guida à travers les ruelles poussiéreuses du bidonville. Les abris de fortune se succédaient, formant un labyrinthe de tôle ondulée et de bâches. Ils arrivèrent devant une cabane un peu à l'écart.

— C'est ici.

À l'intérieur, l'air était encore plus lourd. Un vieil Africain, aveugle, était assis sur une natte en tissu, ses yeux opaques tournés vers le vide. Il tendit une main tremblante vers Mercier en entendant la porte s'ouvrir.

— Étienne, es-tu là ? As-tu de l'eau ?

La voix du vieil homme était suppliante et Mercier déglutit, coupable.

— Je suis désolé, Kofi…

Mercier aida le vieillard à se relever avec douceur et le mena vers un coin de la pièce où se trouvait un vieux fauteuil.

— Reste là, mon ami. Je vais arranger tout ça, dit-il avec un calme forcé.

Puis il désigna une table entourée de deux chaises dépareillées. Sébastian s'y installa sans lâcher Mercier du regard.

— Maintenant, commençons par le début, lança-t-il. Il y a douze mois, tu as provoqué un accident de voiture dans le centre de Montpellier. Tu as renversé deux femmes avant de prendre la fuite.

Mercier baissa les yeux, comprenant où Sébastian voulait en venir.

— Cet accident a détruit ma famille, reprit-il d'une voix plus dure. Ma mère est morte sur le coup. Ma sœur, elle, est restée handicapée à vie.

Mercier pâlit.

— Je… je ne savais pas. Je n'ai jamais voulu ça…

Sébastian se pencha vers lui.

— Tu as essayé de disparaître, Étienne. Ta puce de géolocalisation a été retirée par Mahmoud, mais, maintenant, je suis là. Et tu vas me raconter exactement ce qu'il s'est passé ce jour-là.

Mercier hocha lentement la tête.

— Ça a commencé quelque temps avant l'accident. Je devais prendre un client. Quand il est monté dans ma voiture, j'ai tout de suite reconnu Richard Morot, le créateur d'Oracle. Ça n'était pas bien difficile, son visage était partout dans la clinique où j'ai fait mon test de clarté.

Il s'arrêta, jetant un coup d'œil à Kofi.

— Donc j'étais dans mon véhicule avec Morot, qui semblait stressé. Il parlait au téléphone avec ses écouteurs sans fil, complètement absorbé par sa conversation. Mais, quand il est monté, son mobile s'est automatiquement connecté au Bluetooth de la voiture. Vous savez comment ça marche : une petite notification est apparue sur le tableau de bord, mais il ne l'a pas vue. Le son a basculé vers les haut-parleurs de ma bagnole, et comme le micro de ses appareils fonctionnait toujours, il n'a rien remarqué. C'est ce… truc technique, là, ce double canal audio, qui a tout foutu en l'air. J'ai été pris au dépourvu quand sa voix a commencé à sortir des amplis. Je vous assure, je n'ai pas cherché à écouter ! C'est juste que c'était là, dans la voiture. Il discutait comme si personne d'autre ne pouvait l'entendre. Morot mentionnait l'Oracle et un danger imminent. « Il faut tout stopper, sinon on va à la catastrophe », a-t-il dit. La conversation a duré un bon moment. Je… Vous auriez fait quoi à ma place, hein ? Lui couper la parole pour lui dire : « Hé, on entend tout ! » Impossible !

Mercier essuya la sueur sur son visage.

— Je ne pouvais pas ignorer ce que j'apprenais. Je venais de me faire installer une puce. J'avais peur.

— Que s'est-il passé ensuite ?

— Après avoir raccroché, il m'a regardé bizarrement, comme s'il suspectait quelque chose. Je crois qu'il a fini par voir la notification sur l'écran de la voiture. Son visage s'est décomposé pendant une fraction de seconde et il est sorti précipitamment. Je l'ai vu à travers le pare-brise téléphoner à nouveau en s'éloignant à grands pas. Il jetait des regards par-dessus son épaule vers moi.

— Le Bluetooth ne fonctionnait plus à ce moment-là ?

— Non, il était trop loin. Depuis ce jour, j'ai senti que quelqu'un me surveillait. Puis, il y a eu l'accident...

Mercier observa ses mains et serra les poings pour chasser les tremblements.

— La voiture... Elle est devenue folle. J'étais en train de conduire et, la seconde d'après, les commandes ne répondaient plus. J'ai essayé de freiner, de tourner le volant, mais il refusait de m'obéir.

Sébastian revoyait le fichier vidéo que sa sœur lui avait envoyé. Il ferma les yeux sans parvenir à oublier l'horrible séquence.

— J'étais impuissant, poursuivit Mercier. Les arbres et les bâtiments défilaient à une vitesse terrifiante. Finalement, elle a quitté la route pour se fracasser contre une façade... C'est là que ta mère a été heurtée.

— Et après ? demanda Sébastian, la voix blanche.

Il imaginait sa mère étendue sur le sol. Il cherchait désespérément à l'atteindre. Faire quelque chose, n'importe quoi. Mais il était trop tard.

— J'ai complètement paniqué, avoua Mercier. Juste après l'impact, j'ai réussi à reprendre un instant le contrôle de la voiture et j'en ai profité pour m'enfuir. Je savais que, si je restais, je serais arrêté, et que je ne pouvais pas expliquer ce qui s'était passé.

Sébastian ouvrit les yeux, les fixant sur Mercier avec une intensité glaciale.

— As-tu d'autres souvenirs de l'entretien téléphonique ? Quelque chose qui pourrait m'aider ?

Les yeux de Mercier avaient fui ceux de Sébastian durant toute la conversation.

— Ma voiture..., commença-t-il, hésitant. Ce modèle est équipé d'un système d'enregistrement vidéo et audio. Un dispositif conçu pour prévenir les agressions.

— Tu veux dire que tu as une copie de la discussion ?

Mercier acquiesça lentement.

— Je n'ai pas osé en parler, j'avais peur que cela me mette encore plus en danger.

— Où est cette copie ?

Mercier soupira.

— Je l'ai cachée dans un nano.

Sébastian comprit qu'il faisait allusion à un nano-SSD, un disque dur de dernière génération dont la taille ne dépassait pas celle d'un ongle. Il pouvait héberger des téraoctets de données, l'équivalent de millions de photos ou de centaines de films en haute définition.

— Vous l'avez ici ?

— Il est dissimulé dans un ami-bot qui appartenait à ma fille.

— Un jouet connecté ?

— Oui, il était son confident quand elle était toute petite. Je savais qu'elle le garderait précieusement.

Sébastian se souvenait parfaitement l'avoir vu en fouillant la chambre de Lucie.

Quelle ironie…

Une partie de la solution était à portée de main et il n'avait rien remarqué. Alors qu'il réfléchissait à la meilleure façon de récupérer l'enregistrement, il vit Mercier qui se levait et gagnait l'ouverture qui faisait office de fenêtre. Dans le bidonville, plus de cris d'enfants, de bagarres ou d'aboiements de chiens. Juste le silence complet.

— Qu'est-ce qu'il se passe ? demanda Sébastian.

Mercier ne répondit pas immédiatement. Ses yeux fixaient un point au milieu des nuages.

— Tu ne les entends pas ? s'écria-t-il. Ils ne me laisseront jamais tranquille !

Sébastian tendit l'oreille. Un léger bourdonnement, à peine perceptible. Rejoignant la fenêtre, il vit à son tour des points sombres et menaçants qui se rapprochaient.

Chapitre 26

— C'est une attaque ! s'écria Mercier.

Sébastian réagit immédiatement. Ils n'avaient que quelques instants avant que les drones ne fondent sur eux. Il attrapa un vieux chiffon et une étoffe usée, traînant dans un coin de la pièce. La tendant à Mercier, il précisa :

— Utilise-la pour couvrir ton visage.

De son côté, Sébastian enroula le linge autour de sa tête, ne laissant que ses yeux visibles. Un keffieh de fortune. Il espérait que cela suffirait à déjouer les systèmes de reconnaissance faciale des drones.

Petits, rapides et mortels.

Leur bourdonnement se rapprochait et il pouvait distinguer les LED rouges qui clignotaient. Ils se précipitèrent vers la sortie arrière, mais, avant qu'ils ne puissent l'atteindre, les drones étaient là. À travers l'ouverture laissée par un volet cassé, un premier se faufila en louvoyant tel un serpent ; il n'était pas plus gros qu'une main et sa forme compacte était munie de caméras qui scintillaient dans la pénombre, les yeux d'une bête traquant sa proie. Un deuxième le suivait de façon synchrone.

Sébastian se tassa derrière un vieux meuble en bois, son cœur battant à tout rompre. Il avait déjà entendu parler de ces machines, utilisées par les unités d'intervention de la police pour éliminer les tueurs embusqués ou les terroristes menaçant de se faire sauter.

Cette fois, c'était leur tour. Elles se déplaçaient avec une précision chirurgicale, leurs capteurs balayant la pièce. Le moindre mouvement pouvait les alerter. Mercier s'était réfugié derrière une armoire. Alerté par le bruit, le vieil Africain se redressa en prenant appui sur sa canne.

— Qui est là ?

À peine les mots avaient-ils quitté ses lèvres qu'un des drones fonça sur lui avec une vitesse terrifiante. Kofi n'eut même pas le temps de réagir. Au moment de l'impact, l'appareil déclencha une charge explosive. Un bruit sourd et horriblement sec de chair et de bois pulvérisés secoua la cabane.

Choqué par la scène, Sébastian sentit l'adrénaline envahir ses veines. Il bondit hors de la cachette en hurlant et ramassa la canne de Kofi. Le drone glissa vers lui en silence, mais Sébastian utilisa le bâton, qui s'abattit sur la coque en métal, l'envoyant valdinguer. L'engin percuta un mur avant de tomber au sol. Sébastian saisit Mercier par le bras, incapable de bouger.

— On y va, maintenant !

Il le tira avec énergie. Ils s'engouffrèrent dans la première ruelle et, derrière eux, une explosion détruisit la mansarde. Le souffle les propulsa en avant et ils roulèrent dans la poussière.

Ils se lancèrent à nouveau dans une course cauchemardesque. Les drones planaient par dizaines. Soudain, un engin plongea vers eux et Sébastian poussa Mercier dans une ruelle latérale, juste à temps pour éviter une nouvelle déflagration. Sébastian sentit alors une brûlure sur sa joue, un éclat de métal venait de l'effleurer. Les oreilles sifflantes, il reprit sa course.

Au bout d'un moment, il semblait clair que les capteurs des machines peinaient à faire la distinction entre les habitants et leurs cibles. Leurs systèmes de verrouillage étaient submergés par le nombre de signaux et les mouvements désordonnés des humains. La moindre descente en piqué transformait le bidonville en un champ de bataille. Derrière eux, des flammes commencèrent à lécher les cabanons encore debout et une fumée épaisse s'éleva, couvrant le ciel d'un voile noir.

Ils se faufilaient comme ils pouvaient entre les autres fuyards, se servant de la foule comme d'un bouclier. Sébastian entraînait Mercier avec lui et, malgré le tumulte, il distinguait nettement le vrombissement des hélices.

Il repéra un immeuble délabré et décida de s'y réfugier, espérant que l'obscurité leur offrirait une meilleure protection. Le sol était jonché de morceaux de plastique et de planches de bois pourries.

Quelques secondes plus tard, une explosion retentit à l'extérieur de la tour. Un grondement sourd, suivi d'un souffle qui fit vibrer les murs. Aussitôt, les habitants se précipitèrent hors des logements, certains pieds nus, tirant leurs proches par la main. Le couloir où se trouvaient Mercier et Sébastian devint un piège. Trop étroit, saturé de corps qui se bousculaient, s'écrasaient et se piétinaient. Les hurlements, les pleurs, les appels se mêlaient aux détonations. Un vacarme absolu.

Et les drones entrèrent dans l'édifice par les fenêtres brisées. Ils réagissaient au moindre mouvement et à chaque impact : le carnage. Un cocktail de ferraille et de chair éparpillées. Un homme qui fuyait à tâtons fut fauché net. Une femme, un instant plus tôt debout, s'effondra, décapitée par un tir brûlant.

Les machines cernaient les survivants et bloquaient chaque issue.

De son côté, Sébastian sprintait, slalomant entre les humains et les gravats. Il repéra un trou béant dans une cloison et s'y jeta. Mercier, lui, avait été moins rapide. Il n'avait pas pu se dégager à temps. La foule l'avait encerclé, avalé. Il tenta de forcer le passage, d'atteindre Sébastian qu'il apercevait encore à travers le mur percé et le chaos. Mais c'était trop tard. Les épaules, les bras, les coudes... Il vacilla. Dans la cohue, son keffieh se dénoua. Il se baissa pour le ramasser, mais le tissu disparut sous les pas et les débris. Le visage découvert, Mercier releva la tête. Il n'avait plus de protection.

Le bourdonnement se fit plus proche, un son qu'il avait appris à craindre. Un drone s'immobilisa au-dessus de lui. Stable, avec son châssis noir et ses LED rouges. Les capteurs balayèrent son visage.

Mercier sentit une étrange clarté l'envahir. La panique se dissipait. Sébastian, quelques mètres plus loin, se retourna.

— Mercier ! hurla-t-il. Bouge !

Mais ce dernier, le visage livide, secoua la tête. Il posa une main contre le mur, comme pour s'ancrer une dernière fois dans le réel. Son regard croisa celui de Sébastian.

— Ils m'ont eu..., dit-il. C'est fini pour moi.

Il inspira profondément.

— Lucie... Dis-lui que je n'ai jamais cessé de l'aimer. Protège-la comme je n'ai pas su le faire. S'ils trouvent l'enregistrement avant toi, ils la trouveront aussi.

Le drone émit un bip strident. Sébastian s'époumona.

— Non !

Il tendit le bras, mais le drone plongea. L'explosion fut brève. Chirurgicale. Le corps de Mercier disparut dans un éclat de chair. L'onde de choc projeta Sébastian contre le mur. Puis plus rien. Quand il rouvrit les yeux, il n'y avait que du silence et des morts. Partout.

Le sang de Mercier, ou peut-être le sien, coulait le long de sa tempe, tiède et collant. Il voulait vomir, crier, frapper quelque chose. Seule une larme orpheline s'échappa et vient se perdre dans la misère ambiante.

Il se redressa. Jambes en coton. Tout tanguait.

Les murs éventrés laissaient entrer le vent, chargé de fumée. Déjà, au loin, le bourdonnement reprenait. Les drones ne s'arrêtaient jamais. Mais lui non plus. Pas encore. Sébastian essuya son visage d'un revers de manche, étalant sang et crasse. Il n'avait pas pu sauver Mercier, mais il pouvait encore protéger sa fille et venger sa famille.

Il tomba sur les restes d'un drone à moitié enfouis sous un tas de gravats. Ses hélices brisées pendaient mollement, mais le châssis noir luisait encore. Avec précaution, il détacha la charge de plastique du drone et l'enveloppa dans un morceau de tissu trouvé au milieu des débris.

Une quinte de toux le prit. Il se força à respirer plus lentement, à reprendre le contrôle. Puis il glissa la charge plastique sous sa chemise, à l'abri. Les drones continuaient d'envahir l'immeuble.

Combien sont-ils, bon sang !

Rester ici, c'était mourir. Il choisit le mouvement et une chance de rétablir la vérité et la justice. Le couloir était un champ de ruines. À un embranchement, il remarqua une porte de service qui tenait à peine sur ses gonds. Il la poussa de l'épaule et dévala l'escalier vers les sous-sols.

Sébastian arriva dans une pièce aux contours flous, baignée d'une lumière à peine perceptible. Il alluma son portable en mode torche et balaya de son faisceau tous les recoins. Il dérangea trois gros rats qui s'enfuirent vers une ouverture au ras du sol. Une pile de palettes en bois pourrissait à côté de sacs-poubelle et de vélos rouillés. Sébastian avança et tomba sur une trappe d'égout. Il l'ouvrit au prix d'un sérieux effort, manquant de s'arracher un ongle.

Dans quel bourbier t'es-tu encore fourré ?

Sébastian n'en avait aucune idée. C'était dans sa nature, rien ne pourrait plus le changer. Persévérant et surtout obstiné, sauf avec les femmes. Son téléphone illuminait un puits sombre ; il descendit à l'aide d'une échelle.

Sa torche révélait une rivière d'immondices, charriant les déchets de la ville. Après plusieurs centaines de mètres, il arriva au pied d'une nouvelle échelle. Grimpant avec peine, une main serrant de toutes ses forces le reste du drone et l'autre glissant sur les barreaux humides, il atteignit le sommet et souleva la trappe. La lumière du jour l'aveugla momentanément. Il se hissa hors de l'égout et se retrouva dans un hangar abandonné. L'air était plus respirable.

Cette bâtisse, aux entrées bouchées par des parpaings, offrait un abri provisoire, mais Sébastian savait que ce n'était qu'une question de temps avant que ces saletés volantes ne flairent sa piste. Du reste, les grilles d'aération au plafond laissaient deviner sa présence. Son keffieh de fortune avait fait son office, mais il préférait ne pas s'en remettre entièrement à lui. Des pensées tourbillonnaient dans sa tête : l'espoir fragile de sortir vivant luttait contre la terreur. Il leva les yeux et aperçut, à travers une ouverture située à plusieurs mètres au-dessus du sol, la silhouette d'un mirador. Le mur d'enceinte d'Esperanza était proche.

Mais de quel côté es-tu ?

En explorant les lieux, Sébastian tomba sur une porte en acier verrouillée. Un obstacle en apparence insurmontable. Il saisit l'explosif sous sa chemise, le dépliant avec précaution du chiffon qui l'enveloppait, et entreprit de le placer sur la serrure de la porte. Ses doigts tremblaient, il n'était pas un spécialiste. Quand il eut fini, il recula de quelques mètres, cherchant un moyen de déclencher le mécanisme à distance.

Ramassant une poignée de pierres, il prit une grande inspiration et lança la première. Elle ricocha sur le mur, manquant la charge. Ajustant son angle, il réitéra. La seconde atteignit sa cible, et au même instant, la porte en acier explosa. Le fracas fut assourdissant et un nuage de poussière et de débris s'éleva dans l'air. Le boucan avait rameuté du monde.

Un drone déboula par une brèche au plafond. Il tournait en cercles lents, la poussière devait brouiller ses systèmes.

C'est ma chance. Faut filer avant qu'il me repère !

Il arriva dans un petit couloir éclairé seulement par la lumière de son téléphone. Celui-ci débouchait sur une dépendance où des objets de toutes sortes étaient entassés pêle-mêle. Ses yeux remarquèrent une porte. Fermée. Heureusement, il trouva une barre de fer allongée contre un mur et s'en servit pour forcer le passage. Le verrou céda et, l'instant suivant, il était dehors. Un terrain vague aux portes de Montpellier. Il courut vers la ville.

Chapitre 27

Juillet 2014

Le temps a passé si vite. Il me semble que c'était hier que j'étais là à noircir ces pages, coincé entre mes rêves idiots et mes échecs bien réels. Comme tout a changé.

Je suis à la tête de Prénovision, une start-up sur le point d'entrer en bourse. Sans l'aide financière de Philippe, rencontré lors de cette soirée à l'université il y a deux ans, je n'aurais jamais eu les moyens de réaliser cette ambition : améliorer le diagnostic prénatal des maladies graves au moyen d'une l'intelligence artificielle.

Nous sommes capables de détecter des dizaines d'affections dès les premiers mois de grossesse, comme la cardiomyopathie hypertrophique qui a emporté Lucas à 7 ans. Nous pouvons également diagnostiquer la fibrose kystique, la dystrophie musculaire de Duchenne et la maladie de Tay-Sachs. Tous ces noms qui font peur aux parents dans les salles d'attente. Ces avancées sont le fruit de nombreuses années de travail et de sacrifices.

Je ne me suis jamais marié, je n'ai pas d'enfants. Ma vie, ce sont mes algorithmes. J'ai reçu une récompense universitaire pour mes travaux et l'État s'est intéressé à notre technologie. Pourtant, à chaque fois que je pense à Lucas, je sais que tout cela est pour lui. J'espère que, là où il est, il est fier de ce que nous avons accompli, Philippe et moi.

Aujourd'hui, en cet instant décisif, je sais qu'on touche à quelque chose de grand. J'ai absolument besoin de consigner ce moment qui va changer nos vies.

Hier soir, je me trouvais dans la luxueuse maison de Philippe à Saint-Clément-de-Rivière. Un endroit splendide avec une piscine à débordement offrant une vue sur les collines environnantes. Philippe vit là avec une jeune femme de vingt ans sa cadette, une conquête de plus dans sa collection.

Nous sommes différents à bien des égards. Moi, habité par mes théories et ma soif de découvertes, je rêve d'un monde où chaque enfant pourrait être sauvé grâce à la science. Philippe, c'est l'homme des finances et des négociations. Il a du bagout et de l'ambition pour deux. Il me montre les chiffres et les opportunités là où je ne vois que des données et des modèles. Quand il s'agit de convaincre des sceptiques, je lui laisse volontiers la main. Mais Philippe est plus qu'un partenaire efficace, il est celui qui a su combler le vide laissé par Lucas.

On était assis au bord de la piscine, nos pieds dans l'eau tiède, un Château Puech-Haut à la main. Philippe regardait l'horizon avec cette façon qu'il a de tout calculer, même les couchers de soleil, et soudain, il a dit :

— Richard, tu as fait un travail incroyable avec Prénovision. Mais je sais que tu veux aller plus loin.

Il avait raison. J'ai fini mon verre d'un trait. L'alcool m'a donné un coup de fouet et j'ai lâché :

— Il faut arracher le mal dès la racine.

Cela fait un moment que mon IA travaille sur la détection des maladies prénatales. Une avancée spectaculaire, certes. Les médecins ont parlé de révolution.

Mais, pour moi, c'est une rampe de lancement. Je veux une médecine totale, prédictive. Pas un diagnostic, mais une carte du futur. Je veux que mon IA puisse dire : « Cette femme aura un cancer du foie à 45 ans. » Qu'elle puisse réorienter une vie avant qu'elle ne déraille.

Philippe m'a écouté. Puis il a simplement dit :

— Ça coûtera très cher.

Je crois que je flottais un peu. Peut-être à cause du vin ou du moment. Pourtant, tout semblait limpide dans ma tête, comme un puzzle qu'on termine d'un coup, sans effort. Je me suis levé. J'ai longé la piscine à pas rapides, presque en riant. L'eau brillait doucement. Philippe était de l'autre côté. Je lui ai crié :

— Si nous réussissons, nous pourrons sauver encore plus de vies. Nous pourrons changer le cours de l'histoire médicale.

Il souriait, moitié moqueur, moitié curieux.

— Et tu y as pensé ? Aux défis techniques ? À la logistique ? Aux limites ?

La lumière dorée, le ciel qui virait lentement, ce goût fruité dans la bouche... Tout me paraissait possible. Je crois que c'est ce moment-là que je garderai toujours en tête.

— On a l'occasion de bâtir quelque chose d'incroyable. D'anticiper les tragédies avant qu'elles n'arrivent.

Ma voix résonnait, amplifiée par l'écho de l'eau. J'essayais de convaincre Philippe autant que de me convaincre moi-même.

— Nous allons créer une IA qui pourra prédire le moment où chacun d'entre nous mourra, de façon non accidentelle. Nous croiserons d'immenses bases de données :

les prédispositions génétiques, les facteurs géographiques et environnementaux, les modes de vie, les bilans médicaux présents dans les dossiers électroniques, les risques de cancer et de maladies cardiovasculaires, l'identification des gènes entraînant le vieillissement des cellules et l'action des radicaux libres toxiques…

Philippe m'écoutait toujours en silence. Mais je voyais cette lueur dans ses yeux. Pas du scepticisme. De la convoitise, peut-être. Ou simplement l'éveil d'une idée.

— On va le faire, ai-je déclaré enfin.

Philippe a rempli nos verres et m'a tendu le mien en prononçant une phrase que je n'oublierai jamais.

— Je ne sais pas si tu vas prédire notre mort, mais je peux t'assurer que nous allons gagner beaucoup d'argent.

Chapitre 28

8 juillet après-midi.

Montpellier, jadis perle du Midi, n'était plus qu'une ville sur le fil, à la merci de la prochaine catastrophe. La chaleur écrasante vidait les rues et les habitants n'y revenaient qu'à la nuit tombée, sous le halo des lampadaires à énergie solaire. Les volets des demeures étaient clos et les vitrines des boutiques protégées par des grilles, même lorsqu'il n'y avait plus rien à voler.

Sébastian s'introduisit pour la seconde fois dans l'immeuble de Mercier et rejoignit son appartement. Il fouilla les placards et finit par trouver une bouteille d'eau minérale oubliée sur une étagère. Le bouchon était intact. Il le dévissa et but à grandes gorgées le liquide tiède, qui suffit à apaiser sa gorge desséchée.

Il se dirigea ensuite vers la chambre de Lucie. Rien n'avait changé. Il fut soulagé de voir que l'amibot en forme de nounours trônait toujours sur le lit. Son sourire figé et ses yeux bleus avaient quelque chose de troublant. Sébastian l'inspecta minutieusement. Une chose dure affleurait sous la fourrure synthétique.

Il prit un couteau dans la cuisine et, sans hésitation, entailla le ventre de la peluche, révélant un disque dur dissimulé à l'intérieur. Il était vraiment petit, à peine plus grand qu'une pièce de monnaie. Il le contempla un instant, sentant le froid du métal dans sa paume. Sébastian le rangea dans sa poche et saisit un chiffon pour frotter soigneusement le manche et la lame du couteau, effaçant ses empreintes du mieux qu'il pouvait.

Son esprit tentait de démêler l'écheveau de questions qui le tourmentait. Qui avait piraté la voiture de Mercier ? Pourquoi ? Et cette attaque de drones au cœur d'Esperanza, risquant un chaos total : qui pouvait prendre une telle décision ? Qu'avait appris Mercier pour être ainsi traqué ? Les souvenirs de sa mère remontèrent à la surface. Une mort qu'on disait accidentelle…

Il ferma les yeux. Tout s'emmêlait : Mercier, Lucie, sa mère, les drones, la peur. Et, au milieu de tout ça, cette sensation étrange : il approchait du but.

Au bureau, CHRONOS pourrait lui fournir quelques réponses, mais chaque consultation de ce programme l'entraînait plus loin dans l'illégalité. Il avait déjà franchi de nombreuses lignes, commis trop d'indiscrétions.

Dans le salon, il aperçut un téléphone fixe sur la table basse.

Je vais devoir appeler Lucie.

L'idée le terrifiait. Que pouvait-il lui dire ? Comment expliquer l'inexplicable ? Il resta immobile un moment, puis se décida à quitter l'appartement où Mercier ne reviendrait jamais.

Il se rendit à l'arrêt de bus le plus proche, serrant le disque dur dans sa main comme un talisman. Il monta dans une navette et trouva un siège près de la fenêtre. Après quelques arrêts, il préféra continuer à pied. Craignant d'être suivi, il changeait fréquemment de trottoir, jetant des regards furtifs derrière lui.

Il repensa à l'attaque des drones dans le bidonville. Tant de moyens déployés pour se débarrasser d'un simple chauffeur… Une angoisse sourde l'étreignit : et si les drones étaient pour lui ?

Arrivé devant sa porte, Sébastian ouvrit une petite grille d'aération et y vida ses poches. Les vieilles habitudes : répartir les risques. Ne jamais tout concentrer au même endroit.

Une fois chez lui, il s'empressa de verrouiller l'entrée et se précipita sous la douche. Elle lui fit du bien, mais, alors, une intense fatigue le saisit. Il se prépara un café et appela sa sœur avant d'aller s'allonger. Catheline décrocha.

— Tout va bien ?

Il prit une grande inspiration.

— J'ai besoin d'un service.

Chapitre 29

Même jour
Appartement de Catheline

Catheline était devant son bureau, en pyjama, assise sur son fauteuil roulant. Elle travaillait.

— C'est toujours pour ton enquête ? répondit-elle en pianotant distraitement sur son clavier.

— Oui, dit Sébastian, mais cette fois, c'est à propos de l'Oracle. Quelque chose cloche. As-tu entendu des rumeurs à son sujet ?

— C'est-à-dire ?

— Sentinelle Assurances, pour qui tu bosses, est un de ses sous-traitants. Des informations ont pu fuiter.

Catheline réfléchit en mordillant sa lèvre inférieure.

— Je n'ai souvenir de rien, mais je peux fouiner.

Elle releva la tête, un léger sourire aux lèvres. Un homme, serviette autour de la taille, sortait de la salle de bains. Des gouttes d'eau perlaient sur sa peau bronzée. Il s'approcha et déposa un baiser dans son cou, avant de jeter un coup d'œil à l'écran. Catheline le repoussa gentiment, montrant qu'elle était en pleine conversation téléphonique.

— As-tu entendu parler d'un licenciement suspect ou d'autres détails ?

La voix de Sébastian trahissait sa tension. Pendant qu'elle tapotait sur le clavier, l'homme enfila une chemise froissée et se dirigea vers la cuisine pour préparer du thé. Le cliquetis des tasses et le sifflement de la bouilloire formaient une mélodie discrète. Catheline poussa un soupir.

— Depuis l'accident, je n'ai plus de contact direct avec mes collègues. Tout se passe en télétravail. Ce que je sais se limite à ce que je trouve en ligne ou pendant les réunions virtuelles.

— Je suis désolé, Catheline. J'oublie parfois à quel point tout cela a changé ta vie. Merci de m'aider malgré tout.

— Que veux-tu savoir précisément ?

— Arcana Technologies, le groupe public/privé qui finance l'Oracle : a-t-il des liens avec des sociétés d'enquête ou de sécurité ?

— Je regarde... Arcana est majoritaire dans plusieurs structures high-tech et de santé. L'État y détient une minorité de blocage.

L'homme revint avec deux tasses fumantes et en déposa une à côté d'elle avant de s'éclipser.

— Le PDG de Varenne siège au conseil de surveillance d'Arcana.

— Varenne ? Tu es sûre ?

— Gardiennage et cybersécurité, confirma Catheline. Ils ont racheté Techno Primat.

— Bon sang, fit Sébastian. Il y a donc une connexion entre l'Oracle et les drones ?

— Attends. J'ai trouvé quelque chose.

Elle lut rapidement.

— Il y a trois semaines, prise d'otages dans une maternelle. Le RAID neutralise le terroriste sans blesser les enfants.

— Et alors ?

— Les drones utilisés étaient fabriqués par Techno Primat. Reconnaissance faciale intégrée.

Le silence s'installa.

— Arcana ne se contente pas de la santé, Sébastian. Ils sont partout.

À cet instant, un déclic se produisit dans l'esprit de son frère. L'enregistrement vidéo de la casse automobile transmis à la Chrono-Police avec une rapidité déconcertante ; l'assaut des drones à Esperanza… Tout menait à un seul homme.

— Et si Mathias était derrière tout ça ? lança Sébastian.

Catheline se figea.

— Qu'est-ce que tu dis ?

— Mathias bosse pour Varenne maintenant. Cette boîte gère toute la sécurité d'Arcana. Donc de l'Oracle. Il ne t'a pas contactée, par hasard ?

Elle ne pouvait détacher ses yeux de l'homme devant elle. Les mots refusaient de sortir.

Mathias.

Chapitre 30

Même jour
Appartement de Sébastian

Sébastian entendait une conversation étouffée : une voix masculine basse échangeait quelques mots avec sa sœur. Puis, soudain, il reconnut un timbre familier. Le cœur battant, il attrapa son pistolet électrique et enfila une chemise ample pour dissimuler son étui. Il bondit dehors, ferma la porte à clé et descendit les marches quatre à quatre.

En arrivant dans la rue, Sébastian vit une portière s'ouvrir devant lui. Un collègue de la Chrono-Police, identifiable par le brassard de son unité, jaillit presque d'une berline garée sur le trottoir. C'était Fabien, un homme d'une trentaine d'années qu'il avait croisé une fois ou deux près de la machine à café. Ses cheveux étaient courts et sa carrure athlétique. Derrière lui émergea un quinquagénaire au profil de technocrate, serviette en main, puis une femme en tenue stricte, cheveux châtains tirés en chignon. Le commissaire Antoine Lavoisier apparut en dernier, visage fermé.

— Qu'est-ce qu'il se passe ? demanda Sébastian.

Lavoisier garda le silence. Le technocrate prit la parole.

— Monsieur Ortega, je représente la société Arcana Technologies. Conformément à l'article 9 de la loi Morot, je viens vous remettre en personne le résultat de votre test de clarté.

— Il y a méprise, répliqua Sébastian, je n'ai pas demandé de test !

L'employé transpirait déjà dans son costume en lin.

— Aucune confusion n'est possible, dit-il avec une froide assurance. Une fois réalisé, le test doit être communiqué, c'est la loi.

L'homme portait un pistolet en métal à la hanche : l'injecteur de puce.

C'est pas vrai, c'est quoi, ce délire ?

Le commissaire, visiblement dépassé et déçu, restait en retrait. Sébastian fixa l'enveloppe dans la main du technocrate. Le logo de l'Oracle se détachait nettement : une silhouette humaine formée par des lignes de code et des chiffres. Un point focal sur le cœur affichait une date. La légende en dessous semblait presque moqueuse :

« Votre avenir, aujourd'hui. »

Il prit l'enveloppe et la fixa un moment. Le vide se creusait en lui pendant que le technocrate débitait son discours, imperturbable. Pour lui, c'était la routine.

— Nous avons demandé à une psychologue d'être présente pour vous soutenir.

La femme s'avança, sourire professionnel plaqué sur le visage. Sébastian déglutit avec peine. Devait-il ouvrir cette enveloppe ? Elle incarnait tout ce qu'il détestait : le déterminisme froid, l'illusion de contrôler le destin. Il se souvenait des conversations passées avec sa sœur, quelques amis, des collègues. Le droit de savoir ou non. Sébastian pensait que la vie devait rester une aventure, imprévisible par nature. Mieux valait une série de surprises, bonnes ou mauvaises, plutôt qu'un compte à rebours féroce. L'enveloppe dans sa main pesait une tonne.

Finalement, la curiosité prit le dessus. Il la déchira et sortit le document. Le papier était épais, presque luxueux. L'année de sa mort s'étalait en lettres noires.

2042

Cinq ans.

Son cœur s'arrêta une seconde, puis repartit avec une violence qui lui coupa le souffle. Il songea à ces couloirs de la mort où chaque jour est une torture à mèche lente. Soudainement, Sébastian se sentait lié à ces hommes, partageant leur sort, mais sans le crime. L'image d'une chambre d'exécution, avec ses lourds rideaux et ses témoins silencieux, envahit son esprit. Tout lui parut irréel.

Il leva les yeux vers le technocrate. Mission accomplie, prêt à passer au suivant ! La psychologue lut la date par-dessus son épaule.

— Sébastian, je sais que c'est un choc immense, mais je suis ici pour vous aider à traverser cette épreuve, dit-elle d'une voix douce. Ce que vous venez d'apprendre… ça ne dit rien du reste, de ce que vous allez en faire.

Il avait l'impression que le sol se dérobait sous ses pieds. Cette enveloppe, ce simple bout de papier, venait de changer son existence à jamais. Le technocrate rajusta sa cravate.

— La précision du test est de 99,7 %. Les marges d'erreur sont toujours indiquées au verso.

Sébastian retourna le papier. Un paragraphe en petits caractères évoquait des « variations possibles de plus ou moins six mois selon les facteurs environnementaux imprévus ». Il serra la feuille jusqu'à la froisser. Il était devenu un chiffre. Une date.

— Vous savez que je n'ai jamais demandé ce test, rugit Sébastian. On veut me piéger.

Personne ne lui répondit.

— Pourquoi moi ? murmura-t-il, sa voix presque inaudible. Pourquoi maintenant ?

— Sébastian, il est normal de ressentir cela. Vous devez vous donner le temps de digérer cette information.

— Arrêtez ! Arrêtez de m'appeler par mon prénom comme si vous me connaissiez ! hurla-t-il. Et gardez vos phrases toutes faites !

Il voyait la main du paperassier appuyée sur la crosse de son pistolet à injection sous-cutanée.

— La loi Morot n'oblige pas au port d'une puce, balbutia Sébastian.

— Il y a une exception pour certaines professions sensibles, comme les policiers, dit le commissaire.

Il lui parlait pour la première fois.

Tu n'as guère le choix.

— En ce cas, que l'opération se fasse discrètement, requit-il.

La psychologue resta en retrait et les autres entrèrent dans le hall de l'immeuble. Fabien vint se placer derrière lui pour l'empêcher de se débattre. Sébastian cherchait une échappatoire.

— J'aurais préféré que tu t'abstiennes, ajouta son chef. Cette décision… Elle complique tout.

L'employé d'Arcadia fit un pas et sortit un petit livret de sa poche, qu'il commença à lire de sa voix monocorde.

— Monsieur Sébastian Ortega, vous êtes désormais un éclairé. Avant l'implantation de votre puce, la loi Morot exige que je vous transmette les recommandations officielles.

Sébastian serra les poings.

— Premièrement, vous devez consulter un conseiller psychologique agréé dans les quarante-huit heures suivant l'accueil des résultats. Un soutien émotionnel est crucial pour gérer l'impact de cette information. La validation de votre entretien se fera sans contact grâce à votre puce.

Il leva les yeux vers Sébastian, cherchant un signe de compréhension avant de continuer.

— Deuxièmement, il est conseillé de mettre à jour votre testament et de régler toutes vos affaires. Une assistance juridique est disponible pour vous accompagner dans ces démarches. Troisièmement, il est fortement recommandé de profiter du temps qu'il vous reste pour accomplir vos aspirations personnelles et vous réconcilier avec vos proches.

Le technocrate fit une pause.

— La puce qui va vous être implantée ne pourra être retirée en aucun cas, sous peine de poursuites immédiates. Elle vous permettra de télécharger une application spécifique sur votre bracelet. Cette dernière, gérée par des organismes de santé et soumise à des règles strictes pour garantir la confidentialité et la sécurité de vos données, vous fera des préconisations de santé et d'hygiène.

Le technicien continua d'un ton monotone :

— Les études réalisées ont montré qu'un suivi strict de celles-ci permet d'augmenter significativement la durée de vie, parfois de plusieurs années.

— Je connais tout ça par cœur, répliqua Sébastian d'une voix lasse. J'appartiens à la Chrono-Police.

Son chef, qui observait la scène d'un air grave, intervint alors.

— C'est le règlement, Sébastian. Ce sera bientôt fini.

Dehors, la vie continuait son cours, indifférente. Le brouhaha des voitures emplissait l'air, une mère poussait un landau et un couple riait en sortant d'un café. Le technocrate referma le livret et le rangea avec une précision méticuleuse.

— Monsieur Ortega, relevez votre manche, s'il vous plaît.

Sébastian, résigné, s'exécuta et dévoila son avant-bras.

— La procédure est brève et sans douleur.

— Je le sais aussi !

Impavide, l'employé approcha le tube de sa curieuse seringue. Sébastian fermait les yeux, essayant de se préparer à la sensation. Le léger bruit de l'injecteur, suivi d'une piqûre rapide.

T'es pas un poulet !

D'un mouvement brusque, il attrapa le poignet de l'employé qui tenait le diffuseur et, avec une force désespérée, le retourna contre lui. Pris par surprise, celui-ci pressa la détente au même moment. La puce fila comme une aiguille d'acier et s'enfonça dans l'épaule du technicien. Un bruit mat.

— Merde ! cria l'homme, reculant d'un bond.

Il porta la main à sa veste, l'œil écarquillé.

— Elle est partie ! Vous m'avez fait… vous m'avez… injecté le truc !

Sébastian se précipita vers l'escalier et son cerveau martelait : *Ils ne m'auront pas !* Derrière lui, la main sur son nez pissant le sang, Fabien tenta de le stopper avec son pistolet électrique, le modèle règlementaire capable de délivrer une décharge de vingt-cinq mille volts. Le commissaire Lavoisier l'en empêcha d'un mouvement de la main.

— Lâche ça, Fabien. Ça suffit.

— Qu'est-ce qui vous prend ? J'allais l'avoir !

— Assez de violence. Il est coincé dans son immeuble de toute façon. Il n'ira pas loin.

Sébastian gravit les marches jusqu'à l'étage où se trouvait son appartement. Il s'accroupit près de la petite grille d'aération située au ras du sol et saisit le canon à impulsion dissimulé dans une lampe torche.

Le son d'une porte qui claque au rez-de-chaussée, puis des pas précipités qui montaient l'escalier. C'était pour lui. Il vérifia rapidement le niveau de charge : suffisant pour une bonne utilisation. Quand Fabien apparut dans la cage d'escalier, son arme de service pointée devant lui et un mouchoir ensanglanté encore visible dans sa poche de poitrine, Sébastian n'hésita pas. Il lui lança une salve, visant la tête. Un coup de tonnerre dans le crâne. Des milliers d'aiguilles qui perforent les tympans.

— Arrête… Sébastian…, implora-t-il.

Ses entrailles se tordirent et un flot acide jaillit de sa bouche. Voyant que Fabien était hors d'état de nuire, Sébastian se précipita vers la fenêtre au bout du couloir. Il l'ouvrit d'un geste brusque et s'élança sur l'échelle de secours qui menait à un toit incliné.

Il se hissa sur les tuiles chaudes. La ville s'étendait autour avec ses bruits de klaxons, mais, à l'ouest, il apercevait la garrigue, ses collines couvertes de pins et de chênes verts, et plus loin, la ligne bleue de la mer Méditerranée. Sébastian courait de toit en toit et ses pieds dérapaient parfois sur des briques abîmées. La sueur trempait sa chemise.

Pas question de ralentir.

Une adrénaline féroce le poussait en avant. En atteignant le bord, Sébastian s'accroupit et jeta un coup d'œil à la rue en contrebas. Les passants semblaient minuscules, ignorant le drame qui se jouait au-dessus de leurs têtes. Il repéra un bâtiment en face, légèrement plus bas. Sans flancher, il prit son élan et sauta. Atterrissage lourd, mais sans perdre l'équilibre.

Il scruta les alentours à la recherche d'une issue. Sur le toit d'un vieil immeuble de bureaux, parsemé d'équipements de climatisation, il aperçut une trappe. Il s'approcha et l'ouvrit. Une échelle de secours s'enfonçait dans l'obscurité. Il glissa à l'intérieur. La descente était rapide et bruyante, chaque barreau résonnant sous son poids.

Il arriva dans un couloir faiblement éclairé et traversa plusieurs pièces vides. Au bout, une porte marquée « Sortie de secours ». Il s'y précipita et tomba sur une cage d'escalier.

Tout en bas, il déboucha sur une petite cour intérieure, envahie par les herbes folles et jonchée de détritus. Une porte en bois, entrebâillée, offrait un passage.

Dehors, les passants allaient et venaient, insouciants. Sébastian ajusta rapidement sa chemise, puis se fondit dans la foule. Il monta dans le premier bus qu'il trouva.

Chapitre 31

Juillet 2030

Je ne pensais pas que ça irait si loin. Pas comme ça. Pas aussi vite.

Quand la proposition de loi Morot de 2029 a été rendue publique, j'étais en train de finaliser une nouvelle version du module prédictif. Je relisais les courbes, les marges d'erreur. Je m'obstinais à croire que c'était encore une affaire de données. Mais non, c'était devenu politique et même religieux.

C'est là que j'ai compris. Le même mécanisme s'était déjà produit, quelques années plus tôt, avec la loi sur l'euthanasie. Là aussi, ça avait divisé le pays en deux. Ceux qui disaient : « C'est une avancée. » Et ceux qui répondaient : « C'est une pente. » On avait vu des prêtres pleurer devant l'Assemblée, des médecins quitter leur poste, des familles se déchirer. J'aurais dû m'en souvenir.

Jamais je n'aurais imaginé que la loi Morot soulèverait un tel vent de panique dans la société française. Utiliser une intelligence artificielle pour prédire la date d'un décès… Les premières semaines après la fuite dans la presse furent un véritable chaos. Je me rappelle ce titre dans un grand quotidien : « L'État veut-il jouer à Dieu ? »

Les manifestations éclatèrent presque immédiatement et le mouvement prit très vite de l'ampleur. Les réseaux sociaux se sont enflammés, et en quelques jours, des milliers de personnes se rassemblèrent dans les grandes villes. Paris, Nantes, Montpellier… Ce qui m'a le plus frappé, c'est cette alliance improbable : des associations de défense des droits civiques marchant aux côtés de représentants religieux de toutes confessions.

Les incidents ont été quasi quotidiens. À Rouen, des types ont foutu le feu à un centre de données. Des jeunes, sûrement. Ils croyaient qu'on y stockait les prédictions. En fait, c'était un serveur météo. À Paris, un homme s'est aspergé d'essence devant l'Assemblée. Il criait : « Ils veulent décider quand on doit mourir. » J'ai regardé les images. J'ai vu ses mains trembler. J'ai reconnu la terreur.

Je suis l'inventeur de cette technologie. Je la porte en moi comme on porte un enfant. Avec fierté. Avec peur aussi. Mais je ne suis pas Dieu.

Au début, bien sûr, la société s'est retrouvée profondément fracturée. Les débats faisaient rage, envahissant médias, foyers et assemblées. Des familles se déchiraient, des amis s'éloignaient et chacun défendait sa vision du monde.

Ces événements rappelaient étrangement ceux survenus pendant la pandémie de Covid-19, lorsque les pro et anti-vaccins s'invectivaient. Le même climat de suspicion, de peur irrationnelle, d'opposition viscérale se retrouvait ici, mais avec une intensité décuplée par l'angoisse existentielle qu'engendrait la loi Morot.

Face à cette division, le gouvernement a dû redoubler d'efforts pour apaiser les tensions et lancer un dialogue national. Mais, pendant longtemps, les auditions publiques ont été un champ de bataille et chacun de mes exposés une épreuve.

Était-ce le prix à payer pour une telle révolution ?

Pour que le changement soit complet, il ne fallait pas uniquement inscrire cette loi dans la Constitution française, mais directement dans la Déclaration des droits de l'homme. Je me souviens parfaitement de mon audition devant le Conseil des sages, nommé par la présidente de la République, sous les dorures de l'Institut de France. J'étais dans la salle des séances, sous le regard de Molière et des autres bustes : Visconti, Laplace, Lagrange… Les murs ornés de fresques racontaient des siècles de culture et de progrès. C'était un moment d'une telle solennité ! Mes derniers mots furent ceux-ci :

— La connaissance est un pouvoir, et ce pouvoir, entre les mains des citoyens, peut transformer notre société.

Chapitre 32

8 juillet
Appartement de Catheline

Catheline avait pressé discrètement le bouton de verrouillage sur le côté de son téléphone. L'écran s'était éteint instantanément, mais la communication restait active. Elle était sonnée par les derniers mots de son frère. Ils résonnaient dans son esprit comme un avertissement.

Depuis des semaines, elle attendait le moment idéal pour lui avouer sa liaison avec son ancien collègue. Et maintenant, tout s'écroulait ! Le visage de Mathias, si familier il y a encore quelques instants, lui paraissait soudainement étranger. Et son appartement, d'ordinaire son refuge, bien hostile. Chaque souvenir avec Mathias défilait dans sa tête, réinterprété à la lumière de cette nouvelle révélation. Avait-elle ignoré des signes ? Des questions insistantes sur son frère ? Catheline prit sa paire de grosses lunettes et, en l'absence de poches sur son léger pyjama, les glissa sur l'élastique du vêtement, contre sa hanche. Elle ajusta rapidement le tissu, s'assurant que la monture ne déformait pas trop les contours de sa silhouette.

Mathias, désormais vêtu, s'assit à côté d'elle.

— Qui c'était au téléphone ?

Elle se força à sourire.

— Juste un collègue de bureau.

— J'ai entendu parler d'Oracle.

Sa voix avait perdu un peu de sa chaleur. Catheline tentait de cacher sa nervosité.

— J'ai besoin d'aller aux toilettes, dit-elle.

Une fois dans la salle de bains, équipée pour accueillir son fauteuil roulant, elle ferma la porte. Avec une lenteur infinie, elle agrippa les accoudoirs du fauteuil et tenta de se lever. Mais ses muscles, affaiblis par des mois d'inactivité, la trahirent. Alors elle posa une main sur le rebord du lavabo, utilisant toute la force dont elle disposait pour maintenir son équilibre. Ses genoux fléchirent, mais elle se redressa.

Catheline tendit le bras pour saisir l'exosquelette suspendu à un crochet. Elle tira la housse vers elle, l'ouvrant avec des gestes maladroits, puis fixa l'armature autour de ses jambes en ajustant les sangles. Pendant toute l'opération, elle tournait fréquemment la tête vers la serrure, se maudissant de ne pas l'avoir dotée d'un verrou. Mathias pouvait surgir à tout instant. Ils venaient de faire l'amour, et maintenant, elle l'imaginait capable de la piéger.

Pendant ce temps, Mathias déambulait dans l'appartement, préoccupé. Son regard se posa sur l'ordinateur. Il s'approcha et vit le téléphone posé près du moniteur. En l'effleurant pour le réveiller, il aperçut une barre rouge discrète en haut de l'écran de verrouillage et la notification d'un appel en cours : « Seb ». Son visage se durcit. Il tenta de déverrouiller l'appareil, mais celui-ci était protégé par un code PIN. Frustré, Mathias sortit son propre portable et murmura en s'écartant :

— Envoyez-moi du renfort, s'il vous plaît.

Dans la salle de bains, Catheline finissait de se harnacher. Des questions la tourmentaient : que se passerait-il si Sébastian avait raison ? Comment avait-elle pu être si aveugle ? Elle se revoyait sourire à Mathias, rire à ses blagues, se confier à lui. Désormais, tout cela lui semblait teinté de duplicité et de danger. La peur s'était emparée d'elle.

Quand elle sortit, Mathias était là, ses yeux sombres rivés sur elle. Un regard qui, ce matin encore, la séduisait tant.

— Qui était vraiment au téléphone, Catheline ?

Elle inspira entre ses lèvres entrouvertes, tentant de garder son calme.

— Je t'ai dit, un collègue de bureau. Pourquoi tu me demandes ça ?

Mathias s'avança vers elle, sa voix devenait froide et menaçante :

— Tu mens. J'ai vu le nom sur ton téléphone. C'était ton frère.

Catheline recula instinctivement et son dos heurta le mur derrière elle.

— Qu'est-ce que ça change ? C'était juste une conversation entre frère et sœur, rien de plus.

Il réduisit encore la distance entre eux, son visage à quelques centimètres du sien.

— Tu me caches quelque chose, Catheline. Qu'est-ce que tu as appris sur Oracle ?

Elle commença à paniquer.

— Mathias… notre histoire, c'était juste ça, un stratagème pour te rapprocher de moi et obtenir des informations ?

Pour toute réponse, il agrippa une sangle de son exosquelette et l'attira brusquement contre lui ; elle sentit son souffle chaud contre son visage.

— La vérité est souvent plus complexe que tu ne l'imagines, Catheline. Mais ne crois pas une seule seconde que je vais te laisser filer si facilement !

La détermination dans son regard était glaçante. D'un mouvement saccadé, elle le saisit par les cheveux et ses doigts s'enfoncèrent dans ses mèches noires. L'exosquelette qui couvrait son bras droit lui donnait une puissance mécanique supérieure ; elle le secoua violemment de droite à gauche, envoyant son corps comme une poupée de chiffon contre le bureau. Piles de papiers et objets divers suivirent Mathias dans sa chute. Sur le coup, il poussa un cri animal et Catheline sentit une substance gluante sous ses doigts. En regardant sa main, elle y vit une touffe de cheveux ensanglantés.

Fuyant telle une bête traquée, elle se précipita hors de la pièce, franchissant le seuil de l'appartement. Elle chaussa ses lunettes connectées en pleine course, peinant à les ajuster correctement. L'affichage clignota brièvement, puis se synchronisa avec son exosquelette via Bluetooth. Une notification apparut dans son champ de vision : batterie 27 %.

— Merde, murmura-t-elle, le souffle court, pourquoi n'ai-je pas pensé à le recharger ?

Elle aperçut l'ascenseur au bout du couloir. Un panneau « Hors Service » était accroché sur les portes fermées et elle se rappela Mathias gravissant les étages pour lui apporter des courses la veille. Il avait souri, plaisantant sur la panne, et à ce moment-là, elle n'avait vu que de la gentillesse dans ses yeux.

24 %

Elle fonça vers l'escalier de secours. Sa respiration était lourde, elle descendait les marches deux par deux et les servomoteurs de son harnachement émettaient un bourdonnement à chaque pas. En haut, le bruit d'une porte qui claque, suivi d'un cri de rage. Mathias la poursuivait.

Au troisième étage, alors qu'elle dérapait légèrement sur une marche métallique, les lunettes glissèrent de son visage et tombèrent en contrebas dans un bruit sec. Elle se figea une fraction de seconde, le regard attiré vers l'ombre du palier, mais les pas précipités dans son dos la poussèrent à reprendre sa course. Lorsqu'elle atteignit le quatrième étage, elle s'y engouffra par une porte, se retrouvant dans un couloir étroit et faiblement éclairé. Tout au bout, une petite fenêtre.

Catheline découvrit un échafaudage juste à côté. Sans hésiter, elle s'introduisit prudemment à travers l'ouverture et se hissa sur la structure métallique. Arrivée au troisième étage, elle repéra un balcon fraîchement repeint à portée de main. Elle avait assez de force pour l'atteindre. Elle savait qu'un couple de retraités vivait là, rarement absent. Il lui suffirait de frapper à leur fenêtre pour demander de l'aide.

Alors qu'elle se préparait à franchir la rambarde du balcon, son prénom retentit. Instinctivement, elle leva les yeux. Mathias se tenait un niveau au-dessus, du sang coulant de son cuir chevelu. Il éclata de rire et la visa avec son arme.

— Tu ne vas nulle part !

Il appuya sur la détente. Le tir la manqua de justesse, mais la balle heurta l'échafaudage. Un morceau de métal se détacha et tomba, la frappant à l'épaule. Elle perdit l'équilibre et se rattrapa, in extremis, au balcon du dessous. Ses doigts glissaient sur le métal froid. Le bourdonnement de l'exosquelette s'affaiblit soudainement et un déclic sec retentit, suivi d'un à-coup dans le bras mécanique, telle une boîte de vitesses au point mort.

— Non, non, non..., gémit-elle, sentant le poids de la prothèse qui la tirait vers le bas.

Ses muscles épuisés se révoltèrent. Elle voulut se hisser, mais son corps refusa. Plus de forces. Ses doigts cédèrent un à un. Catheline revit la Méditerranée, un bleu profond s'étendant à l'infini, et les éclats de soleil sur l'eau scintillante. Les rires des enfants jouant dans le sable et cette sensation de liberté profonde sous le ciel azur.

Elle chuta dans le vide.

Chapitre 33

Même jour

Sébastian venait de parcourir l'appartement de sa sœur en long et en large. Il avait grimpé tous les étages à pied. Il avait dû reprendre son souffle un moment, appuyé contre le mur du couloir. Autour de lui, tout l'alarmait. La porte laissée entrouverte, le fauteuil roulant de Catheline, habituellement rangé près de son lit et qui traînait étrangement dans la salle de bains, comme abandonné à la hâte, et l'absence de son exosquelette.

Il retourna dans le couloir et nota que les portes des autres appartements étaient fermées. Il sonna et frappa, mais personne ne lui répondit. Sa sœur lui avait pourtant dévoilé la règle tacite de la tour : ne jamais se mêler des affaires des autres. Elle lui avait dit que des rumeurs circulaient dans les couloirs de l'immeuble. On racontait qu'un jour une femme du sixième étage avait crié à l'aide toute la nuit. Le lendemain, aucune porte ne s'était ouverte et personne n'avait osé mentionner l'incident. La peur de s'attirer des ennuis.

Sébastian emprunta l'escalier de service et, en descendant, remarqua un objet tombé au sol. Il se figea, les reconnaissant immédiatement : la paire de lunettes connectées de sa sœur. Aussitôt, son cœur s'emballa. Il s'accroupit pour les ramasser. Pourquoi les aurait-elle laissées ici ? Il les tourna dans ses mains, cherchant des indices.

Sébastian savait ce qu'elles représentaient pour sa sœur : une fenêtre ouverte sur le monde, si loin de son appartement étouffant. Elles lui permettaient de suivre son frère, de ressentir l'adrénaline des sentiers escarpés et la sérénité des plages ensoleillées.

Impossible qu'elle les oublie ou qu'elle les perde. La prunelle de ses yeux.

Il en était certain : quelque chose de grave était arrivé.

Où peut-elle être ?

Les lunettes serrées dans sa main, il scrutait toujours le sol pour tenter de comprendre ce qui avait pu se passer, quand un courant d'air lui fit lever la tête. Une porte d'évacuation d'incendie était entrebâillée. Sébastian s'approcha prudemment et poussa la porte.

Le passage était désert, plongé dans une lumière pâle. Au fond, une fenêtre entrouverte donnait sur un échafaudage. Il se rappela brusquement les travaux de rénovation entamés il y a quelques semaines, un projet ambitieux pour couvrir les façades de l'immeuble de verdure. Il passa la tête par la fenêtre. La structure s'étendait sur plusieurs étages, un enchevêtrement de métal et de bois.

Il examina chaque recoin, chaque ombre. Une partie de lui désespérait de trouver un signe de vie, un mouvement, quelque chose. Mais une autre, plus sombre, cherchait un corps : celui de sa sœur.

Rien. Dieu merci.

Sébastian revint dans l'appartement. Son regard se posa sur l'évier de la cuisine, rempli d'assiettes sales. Deux verres de vin vides posés sur le comptoir. Un tête-à-tête. Sébastian tenait la paire de lunettes comme un objet précieux. Il les chaussa et navigua dans les menus pour afficher le dernier enregistrement. Prenant une inspiration, il appuya sur « lecture ».

L'image vacilla un instant avant de se stabiliser. Il voyait maintenant à travers ses yeux. Catheline court, il l'entend qui halète. Il aperçoit l'ascenseur au bout du couloir avec le panneau « Hors Service ». Soudain, sa vision se met à osciller violemment. Sa sœur accélère, autant que son harnachement le lui permet. Les marches de l'escalier de secours défilent. Sa panique transparaît dans les écouteurs. Quelque part, le claquement d'une porte, suivi d'un cri. Les lunettes tombent au sol.

Noir.

Chapitre 34

9 juillet

Face à l'immensité bleue, Sébastian sentit la nostalgie l'envahir. Autour de lui, tout le ramenait aux étés de son enfance dans l'appartement des Soleillades, acheté par son grand-père à Palavas-les-Flots. Entre la mer et l'étang du Méjean, il retrouvait les effluves des beignets sur le port, les lumières de la fête foraine, la cathédrale de Maguelone et les promenades tous ensemble, quand les flamants roses se mêlaient à l'air salé des marais.

C'était une autre époque. Un autre Sébastian. Aujourd'hui, tout est différent, cassé.

Les eaux tièdes léchaient ses pieds alors qu'il progressait lentement dans la mer.

Une interrogation revenait, obsédante : « Où est-elle ? » Sa sœur. Sa seule famille désormais. Disparue. L'image de son fauteuil roulant vide dans l'appartement le hantait. Il avait fouillé chaque endroit, crié son nom jusqu'à ce que sa voix se brise. Elle n'était nulle part. Son unique indice restait cette voix capturée dans le téléphone de Catheline.

Mathias !

L'homme avait été son allié, son confident même, à une époque pas si lointaine. Celui qu'il avait admiré avant de découvrir sa trahison.

Ce n'était pas seulement l'angoisse de sa propre fin qui le taraudait, mais la question de ce qu'il adviendrait de Catheline après lui. Il inspira profondément, l'air lui manquait.

Comment vas-tu la retrouver ?

Les appels aux hôpitaux ou aux commissariats suffiraient à déclencher l'alerte, à ouvrir une brèche que ses anciens collègues de la Chrono-Police exploiteraient sans pitié. Pour eux, il était devenu la cible à abattre. Jamais ils ne le laisseraient en paix.

Sébastian leva les yeux vers l'horizon. Tout autour de lui, la mer semblait s'étirer sans fin, calme et indifférente, comme un signe cruel de sa propre insignifiance. Chaque battement de son cœur lui rappelait qu'il était encore vivant. Vivant, alors que Catheline…

Et si elle était déjà morte ?

Non. Impossible…

Des scènes du passé se succédaient : l'annonce brutale de la mort de sa mère, le départ de son père, lâche et silencieux. Sa sœur, Catheline, devenue prisonnière de son fauteuil et de ses angoisses, et maintenant sa disparition… Un gouffre s'ouvrait sous ses pieds.

Cinq ans.

Comment allait-il mourir ? Serait-ce douloureux ? Serait-il seul ? Les inconnues s'entassaient, pesantes. Il imaginait son dernier jour, sa dernière heure. Il voyait son corps affaibli, alité. Aucun visage familier à ses côtés, personne pour serrer sa main ou lui offrir un mot qui apaise. La solitude l'effrayait autant que la souffrance.

Qui pourrait comprendre ce qu'il traversait ? Il connaissait bien les traits des distordus, creusés par la peur. Ces regards hantés par une vérité qu'ils regrettaient d'avoir cherchée.

« C'est ton tour », susurra une petite voix. La même qui l'incitait à continuer d'avancer dans l'eau.

Dans son esprit émergeait l'image de sa sœur, non pas celle de la femme déterminée des derniers mois, mais celle de l'enfant qu'elle avait été. Catheline à 8 ans, ses tresses rebelles et son rire de petit lutin. Comment avaient-ils pu en arriver là ?

Tout s'était éteint autour de lui, et bientôt, il suivrait le même chemin. Il s'arrêta, l'eau à mi-cuisse. Le dernier à tenir encore debout.

« C'est toi. »

Il avait toujours cru que le temps était de son côté, que la fin n'était qu'une idée lointaine, presque irréelle. Mais, aujourd'hui, la mer s'étendait devant lui, prête à l'avaler.

Quelle ironie… Travailler pour la Chrono-Police l'avait pourtant habitué à côtoyer des existences brisées par les verdicts de l'Oracle. On le disait même doué pour apaiser les crises… Alors pourquoi cette peur le rongeait-elle ?

« Tu n'es pas différent des autres. »

Il ferma les yeux, comme pour échapper à cette voix qui n'était autre que la sienne. Elle persistait, basse et venimeuse.

« Tu les as vus pleurer, hurler, supplier. Tu croyais quoi ? Que tu étais au-dessus de ça ? »

Il serra les poings.

Ça suffit !

« L'angoisse est là, dans ta poitrine, et tu ne peux pas la faire disparaître ! »

Il voulait la chasser, mais la voix ne faiblissait pas.

« L'Oracle a parlé : cinq ans. Le tic-tac a commencé. Tu l'entends, n'est-ce pas ? Chaque seconde, elle s'approche. La fin. Ta fin. »

Les paroles de la fille rencontrée au Maroc lui revenaient : « Marcher dans le désert, c'est comme traverser la vie. » Il avait le choix : attendre ou mourir tout de suite. Effacer la douleur dans une étreinte salée.

Pourtant, quelque chose bouillonnait en lui, un feu intérieur qui refusait de s'éteindre. La colère et une soif de vengeance. Mourir sans avoir trouvé les réponses, sans avoir affronté Mathias et ceux qui se cachaient dans l'ombre, lui était inconcevable. Il avait encore au fond de la poche l'enregistrement que Mercier avait payé de sa vie. Tout en lui réclamait justice : démasquer ceux qui l'avaient trahi et manipulé.

Il ne tomberait pas sans avoir lutté.

Chapitre 35

10 juillet

La nuit était étouffante. Sébastian avait acheté plus tôt une casquette qu'il vissait bas sur son front pour dissimuler son visage. Il arriva devant le Requiem, un bar situé dans un ancien funérarium. La façade, mélange de gothique et de cyberpunk, ressemblait à l'entrée d'un donjon, renforcée par une porte massive en métal noir ornée de clous et de runes lumineuses. Il présenta sa carte de Chrono-Police au videur, un colosse bardé d'implants. Il le jaugea un instant.

— On doit craindre quelque chose ?

— Si c'était le cas, l'unité d'intervention serait déjà là, fit Sébastian. Je dois juste parler à quelqu'un.

Après avoir tapé un code sur un clavier, le géant permit à Sébastian de franchir la porte, puis écarta les pans d'un rideau rouge et épais qui dévoilait un escalier raide. En bas, les murs, autrefois immaculés, étaient désormais tatoués de graffitis phosphorescents aux teintes vert acide et bleu électrique. Chaque dessin semblait raconter une histoire, un fragment de révolte ou un cri de désespoir : des messages pour ceux qui savaient lire entre les lignes.

Le sol, recouvert de résine transparente, laissait entrevoir d'anciennes dalles funéraires sous les pas des clients. La musique, une basse lourde et électronique, traversait Sébastian comme une onde de choc, faisant vibrer l'air autour de lui.

Il se fraya un chemin dans la foule compacte. Des hologrammes flottaient au-dessus de la piste, silhouettes éthérées, pareilles à des esprits errants et condamnées à hanter cet espace entre deux mondes. En voyant tous ces gens, il ressentit un mélange de nostalgie et d'admiration. Il se souvenait de sa jeunesse, quand les conversations, les regards et les rires se partageaient dans la vie réelle. Dans une société où les relations se nouaient le plus souvent à travers des interfaces numériques, regarder ces jeunes transpirer ensemble, s'abandonner à la musique et à la danse, c'était comme assister à une révolution.

Enfin, il aperçut Lucie, vêtue en mode gothique et sexy. Elle servait des clients, le visage illuminé par des éclats de néons violets. Sébastian l'attrapa par le bras. Elle se retourna d'un coup, prête à engueuler l'emmerdeur. Puis elle le reconnut. Et aussitôt, dans ses yeux, cette question qui brûlait.

— Alors ? Tu as des nouvelles de mon père ?

— Viens. Faut qu'on parle.

Il l'entraîna vers la piste sans attendre, puis se pencha vers elle, profitant de l'ombre que leur offrait la foule.

— Fais semblant de danser avec moi, comme si on se draguait. On nous surveille peut-être.

Elle posa ses mains sur ses épaules. Il la prit par la taille. Ils bougèrent au rythme des basses. Sébastian approcha ses lèvres de son oreille.

— J'ai une mauvaise nouvelle. Ton père est mort.

Lucie se figea. Ses yeux s'écarquillèrent.

— Je suis désolé.

Alors elle s'effondra contre son torse. Les sanglots, d'abord étouffés, la secouaient tout entière. Sébastian la maintenait contre lui, son regard fixé sur les danseurs autour d'eux. Il cherchait à la réconforter sans cesser de l'entraîner.

À cet instant, il aperçut Mathias. Il parcourait la piste.

— Lucie, suis-moi…

Il la poussa vers les toilettes. La lumière était chiche. Des gémissements derrière une porte ajoutaient au sordide. Sébastian se tourna vers Lucie.

— Y a-t-il une sortie de secours ?

Elle désigna un couloir sombre. Des larmes coulaient sur ses joues et sa voix trembla :

— Là-bas.

— Cours chez toi, sans te retourner.

Lucie hocha la tête, essuyant ses larmes d'un geste rapide, avant de se diriger vers le passage. Lorsqu'elle atteignit la porte de métal éraillée, il la regarda la pousser avec effort et disparaître dans la nuit.

Et maintenant ?

Une des portes des cabines des toilettes était entrouverte, le pied d'un homme dépassait. S'approchant prudemment, Sébastian ouvrit complètement le battant. Un type ivre affalé sur le sol, le visage pâle et les vêtements en désordre. Profitant de l'occasion, il fouilla ses poches, cherchant quelque chose d'utile. Il trouva un bracelet-smartphone sur son poignet gauche et une paire de lunettes connectées, de la même dimension que celles de sa sœur.

Sébastian saisit la main droite de l'homme et la plaça sur le bracelet. Le dispositif scanna le réseau veineux et un message confirma le déverrouillage. Il désactiva le verrouillage automatique pour garantir un accès permanent et le mit à son poignet.

Sébastian s'éloigna de l'homme toujours inconscient et s'enferma dans une autre cabine. Utilisant son nouveau gadget, il posa la main sur le mur, écartant les doigts pour faire apparaître un écran holographique. Avec un clignement d'œil, il activa le dispositif et accéda au site de la firme de sécurité privée Varenne. Il y découvrit rapidement un article annonçant le recrutement d'un ancien policier expérimenté : Mathias Delorme.

De toute évidence, ce n'était pas un simple employé de sécurité ; il allait s'occuper des enquêtes internes, une mission qui lui donnait accès à une multitude d'informations sensibles. Sébastian captura la photo de Mathias et la plaça dans la base de données de ses lunettes, programmant une reconnaissance faciale pour le suivre à la trace.

Il retourna sur la piste, les lunettes sur le nez et sa casquette bien vissée sur le crâne. Le son des percussions et la danse des corps formaient une sorte de transe collective. Sébastian ajusta le filtre polarisant de ses lunettes pour mieux distinguer les détails. Le système de reconnaissance faciale assombrissait l'environnement tout en mettant en lumière les visages. Il repéra rapidement Mathias au bar, en pleine discussion avec une prostituée, ses yeux scrutant la salle avec attention.

Sébastian se glissa dans un coin sombre, sans quitter Mathias des yeux. Ce dernier poursuivait son interrogatoire, ses gestes devenant de plus en plus nerveux, avant de finalement se diriger vers la sortie.

Sébastian le laissa prendre un peu d'avance, puis, d'un pas calculé, commença sa filature. La foule dense et les éclairs de lumière ne facilitaient pas les choses, mais, grâce à ses lunettes, le visage de Mathias restait en surbrillance.

Mathias quitta le Requiem et, dehors, les bruits de la ville remplacèrent les basses de la piste de danse. Mathias emprunta une ruelle d'un pas rapide pendant que Sébastian gardait ses distances en se fondant dans les ombres des bâtiments. Les avenues de Montpellier étaient presque désertes à cette heure.

Sébastian aperçut son ancien collègue monter dans une voiture de fonction portant le nom Varenne, qui démarra aussitôt. Afin de ne pas le perdre de vue, il leva promptement la main pour héler un taxi autonome qui passait à proximité. L'élégante voiture noire aux lignes épurées s'arrêta devant lui, les portières s'ouvrant automatiquement. À l'intérieur, un éclairage doux créait une ambiance chaleureuse, tandis que les sièges en cuir synthétique promettaient un confort supérieur. Un écran holographique flottait au centre du tableau de bord, prêt à exécuter les commandes.

— Bonjour, Denis Lund, bienvenue à bord, annonça une voix masculine et suave dès que Sébastian prit place.

Sans perdre de temps, il passa le bracelet à son poignet devant un capteur intégré à l'accoudoir, effectuant le paiement en une fraction de seconde.

— Suivez le véhicule devant nous, dit-il d'un ton sec.

Un bref silence. Puis la voix de l'IA revint, plus appuyée :

— Pour votre sécurité, merci d'attacher votre ceinture. Le départ ne pourra être autorisé sans conformité.

Sébastian jura à mi-voix et claqua la ceinture.

— Merci de votre coopération, ajouta la voix. Nous pouvons partir.

La voiture s'élança en douceur, calquant sa trajectoire sur celle de Mathias. Il longeait les rives du Lez, qui serpentaient sous la lune. Ce dernier charriait une eau lourde et huileuse que les crues et les rejets industriels avaient lentement empoisonnée.

En s'approchant de la place Georges-Frêche, Sébastian remarqua que l'hôtel de ville, à l'architecture jadis audacieuse, faisait pâle figure. La place avait perdu de son éclat : les fontaines étaient asséchées et les pavés disjoints.

La circulation se fit plus dense au niveau de l'arrêt de tram Port Marianne. Un message holographique apparut devant lui, accompagné d'une alerte sonore discrète :

« Denis, juste un petit signal santé… parce que je veille sur vous, bien sûr. J'ai terminé l'analyse de vos données biométriques : un taux de cholestérol un peu élevé a été détecté. Rien d'alarmant… mais à surveiller. Ma recommandation ? Prenez un moment pour consulter l'Oracle. Grâce à ses algorithmes prédictifs, vous obtiendrez une estimation fiable de votre espérance de vie. Et si vous souhaitez aller plus loin, pensez à VitaGuard. Cette puce, conçue par Oracle, vous donne des conseils afin d'optimiser vos constantes vitales et de vivre mieux et plus longtemps. Après tout, votre temps est précieux, et moi, je suis là pour vous aider à en faire le meilleur usage.

« Oracle. L'innovation au service de votre équilibre. (Jingle.)

« Alors… on s'y met aujourd'hui ? »

Sébastian continuait de suivre la voiture de Mathias, la distance entre eux se maintenant parfaitement grâce aux algorithmes de navigation du taxi. Ils passèrent devant une station-service, puis s'engagèrent sur l'avenue Samuel-Champlain. À droite, des palmiers bordaient la chaussée et, plus loin, des entrepôts, un parking vide.

Bientôt, il réalisa qu'il s'arrêtait sur le côté. Autour de lui, malgré l'obscurité, le paysage lui était familier. L'ancien aquarium.

— Avance de deux cents mètres, ordonna Sébastian au véhicule.

Celui-ci ne réagit pas. Il répéta l'ordre.

— Avance de deux cents mètres !

Soudain, le taxi se mit à accélérer. La surprise laissa place à une vague de panique.

— Arrête-toi, maintenant ! cria Sébastian, en vain.

La voiture continuait de prendre de la vitesse, s'éloignant de l'aquarium et de sa cible. Sébastian se pencha vers le tableau de bord, cherchant désespérément une explication. Les portières étaient verrouillées, l'habitacle était empli du bourdonnement continu du véhicule en accélération. C'est alors qu'il remarqua une destination ajoutée sur l'écran du logiciel de navigation : 206, rue du Comte-de-Melgueil, Montpellier.

Le commissariat !

Quelqu'un, quelque part, avait pris le contrôle du véhicule.

Sébastian n'avait pas une minute à perdre. Il décrocha son pistolet électrique, le tenant fermement. Tirer sur le tableau de bord pourrait provoquer un court-circuit et arrêter le taxi, mais aussi causer un accident.

— Pas le choix, souffla-t-il en vérifiant que sa ceinture était bien en place.

Sébastian serra les dents et pressa la gâchette. Une décharge bleue jaillit du pistolet et frappa le tableau de bord. L'impact déclencha une cascade d'étincelles, le courant se propageant dans les circuits. Les écrans clignotèrent frénétiquement avant de s'éteindre et le volant fit une embardée violente à gauche, puis à droite, tandis que les freins automatiques s'activaient par à-coups, luttant pour maintenir le contrôle.

La voiture venait de s'immobiliser, le silence retomba. Les mains encore crispées autour du pistolet, Sébastian tenta de calmer les battements de son cœur. Il détacha sa ceinture de sécurité et ouvrit la portière, laissant le véhicule au milieu de la chaussée, comme une bête morte.

La rue était vide, à peine troublée par le grésillement des circuits fondus. Après être revenu sur ses pas, Sébastian rejoignit l'ancien aquarium, longeant un grillage tordu où pendait encore une pancarte décolorée : « Monde marin – Plongée dans les abysses ».

Il retrouva rapidement la porte de service entrebâillée sur le côté, celle qu'il avait empruntée quelques jours plus tôt. Il jeta un dernier coup d'œil autour de lui, s'assurant que personne ne le suivait, puis se glissa à l'intérieur.

Sébastian avançait prudemment, ses pas résonnant sur le sol carrelé. Soudain, un cri déchirant perça l'air. Sébastian se figea une fraction de seconde, puis s'élança dans le couloir obscur. À mesure qu'il approchait, les sons se précisaient : des coups, des gémissements étouffés… et, brutalement, le silence.

Il déboucha dans la grande salle. Le bassin vide s'étendait devant lui, immense et bordé de gradins désertés. Il tourna la tête et aperçut une silhouette inerte. L'angoisse monta en lui alors qu'il gravissait les marches deux à deux. C'était Dave. Couché sur le sol froid, le visage pâle et déformé par la douleur. En se penchant, Sébastian remarqua une plaie béante qui lui déchirait le ventre. Le sang, épais et sombre, s'écoulait lentement, formant une flaque visqueuse sous lui.

— Dave ! s'écria Sébastian en essayant de le secouer doucement. Reste avec moi, d'accord ?

Dave ouvrit les yeux, les lèvres tremblantes. Sébastian s'inclina un peu plus.

— L'Araignée…, murmura-t-il.

Un gargouillis montait de sa gorge.

— Où est-elle ?

Dave acquiesça faiblement, le regard perdu. Mais, avant qu'il ne puisse répondre, sa tête retomba sur le côté. C'était fini. Sébastian gardait les yeux fixés sur son visage sans vie.

— Désolé, mon vieux.

Puis il se retourna et balaya les alentours. Cette « Araignée » était peut-être toujours là, quelque part, prête à frapper. Rien ne bougeait. Ses doigts fouillèrent les vêtements de Dave et il trouva un bracelet Call Strap à son poignet. C'était un appareil multifonction, typique des années 2034, utilisé pour la communication et les paiements. Sébastian l'activa, un écran holographique se projetant au-dessus du bracelet, illuminant ses traits d'une lumière bleutée. Il parcourut les dernières notifications. Parmi elles, un message attira son attention : « Rendez-vous à l'ancien bassin à minuit. L'Araignée. »

Chapitre 36

Août 2030

Une fois la loi votée, ce 7 juillet 2029, il a fallu s'y mettre vraiment. Ce n'était plus une idée sur du papier, c'était du concret. Il a fallu tout vérifier, tout encadrer, certifier les technologies, rassurer les gens, expliquer, réexpliquer. On avançait vite, mais c'était lourd. Très lourd.

Et maintenant, en écrivant ces mots, assis dans mon bureau, les murs pleins de souvenirs, de diplômes un peu fanés, de photos qu'on n'ose plus décrocher, je repense à tout ce chemin. Je retiens une photo en particulier : des manifestants devant l'Assemblée nationale, divisés entre partisans et opposants. Certains brandissent des pancartes proclamant : « Mon droit de savoir, ma liberté de choisir », d'autres : « La vie doit rester imprévisible. »

Ils étaient là, côte à côte, à crier chacun leur vérité. Et, au milieu de tout ça, je me suis demandé si on n'était pas simplement en train d'apprendre à vivre ensemble avec nos différences.

Aujourd'hui, je crois que oui. Certains veulent garder la surprise. D'autres ont besoin de se préparer. Il faut les laisser faire. Ce dont je suis sûr, c'est que la loi Morot a permis une sorte de maturité collective. On a mis les mots sur des peurs qu'on ne voulait pas nommer. On a accepté de regarder la fin en face, sans fuir, sans hurler. Juste… calmement. Comme des adultes.

Je suis convaincu que la lutte pour la prédiction est aussi cruciale que celle pour le droit à l'avortement. Ce dernier a donné aux femmes le pouvoir de contrôler leur corps. De la même manière, la prophétie permettra à chacun de choisir ce qui est le mieux pour lui face à sa fin de vie. Cela me rappelle les Lumières. Ces types un peu fous qui ont cru qu'on pouvait éclairer le monde avec des idées. Je crois qu'on fait la même chose. Un peu maladroitement, peut-être. Mais sincèrement.

Chapitre 37

11 juillet

Il était 7 heures du matin, la rue était déserte. Sébastian se présenta devant la grille du jardin qui entourait la demeure d'Antoine Lavoisier : une maison montpelliéraine coiffée d'un toit de tuiles romanes. Elle était nichée au cœur du quartier de Boutonnet. Les murs en pierre de calcaire prenaient des reflets dorés au soleil ; les volets étaient clos. La bâtisse se protégeait du monde extérieur.

Il poussa la grille, qui émit un léger grincement, suffisant pour signaler sa présence. Sébastian sentait la chaleur des graviers sous ses chaussures ; les oliviers et les lavandes bruissaient dans un murmure sec et les fleurs, privées d'eau depuis trop longtemps, perdaient leurs pétales au moindre souffle. Antoine Lavoisier était veuf depuis trois ans et Sébastian avait entendu parler de la passion avec laquelle son épouse avait entretenu son jardin. Un havre de paix au milieu de la ville. Mais désormais, privé de ses soins attentifs, le jardin avait sombré.

Sébastian espérait qu'Antoine serait à la maison et, surtout, qu'il accepterait de l'écouter. Arrivé devant la porte, il prit une profonde inspiration et frappa trois coups rapides. Il attendit, guettant le silence de la maison. La porte s'ouvrit finalement sur Antoine Lavoisier. Le commissaire le fixa, surpris, mais sans colère.

— Sébastian ? Que fais-tu ici ?

— Monsieur, je… J'ai besoin de votre aide, bafouilla Sébastian, le souffle court.

Antoine plissa les yeux et le fit entrer sans un mot. L'intérieur de la maison était impeccable, en contraste avec le jardin laissé à l'abandon. Une fois dans le salon, il désigna la bosse sous la chemise de Sébastian.

— Tu es armé ? Donne-moi ton flingue.

L'ordre résonnait sans appel. Sébastian hésita une fraction de seconde avant de tendre son pistolet électrique au commissaire. Le poids de l'arme quittant sa main, il se sentit vulnérable. Lavoisier fit demi-tour et se dirigea d'un pas pressé vers la cuisine.

À son retour, il vit le regard soucieux de Sébastian. Au-dessus de la cheminée, un portrait de madame Lavoisier affichait un sourire discret.

— Assieds-toi. Mais ne t'attends pas à ce que je te serve un verre. Il est trop tôt pour ça.

Sébastian prit place au bord du fauteuil. Lavoisier resta debout, appuyé contre la cheminée, les bras croisés.

— Tu sais dans quelle merde tu t'es mis, Sébastian ? Tu veux que je te lise le dernier bulletin de recherche ? Y a ta photo partout ! Et là, tu débarques chez moi comme si de rien n'était.

— Je sais. Je suis désolé. Mais je n'avais plus personne.

— Parle, finit-il par dire. Choisis bien tes mots.

— D'abord… je ne suis pas fou. Je n'ai jamais demandé à connaître l'année de ma mort. Jamais ! Ce sont *eux* qui me l'ont imposée.

— Eux ?

Lavoisier l'observait comme une silhouette dans la brume.

— Des gens qui manipulent les informations tout en haut. Ils utilisent leurs prévisions alarmistes pour nous contrôler et ceux qui résistent sont éliminés ou discrédités.

— Tu ne crois pas si bien dire, Sébastian. Depuis hier, notre fichier CHRONOS t'a classé comme « distordu » avec priorité haute. Tu es devenu une cible pour la Chrono-Police. Une anomalie qui doit être corrigée.

— C'est une manipulation grossière : seule une autorité compétente peut inscrire un éclairé au fichier des personnes à interpeller de toute urgence…

Lavoisier écoutait en silence. Ses yeux dérivèrent un instant vers le portrait de sa femme, accroché au mur. Elle avait toujours été son guide, celle qui insistait pour qu'il suive la voie de l'intégrité, même dans les moments les plus difficiles. Sébastian tenta de rassembler ses pensées. Sa voix tremblait.

— Tout a commencé par une étrange coïncidence. Étienne Mercier, un chauffeur de taxi, a pris à bord de son véhicule un client inhabituel : Richard Morot, le créateur de l'Oracle. Bientôt, Morot reçoit un appel et semble agité. Des problèmes sont dans l'air et Étienne devine qu'ils ont un lien avec l'IA.

— Des problèmes ?

— Quelque chose ne tourne pas rond avec l'Oracle. Des fuites de données ou des prédictions détournées sont revendues au marché noir, et au cœur du trafic, il y a une ombre : un type qui se fait appeler « l'Araignée ». Un de mes informateurs est mort en prononçant son nom. Qui est-il ? Je n'ai pas encore de preuves, mais des soupçons.

Le commissaire hocha la tête, encourageant Sébastian à continuer.

— Je reviens à Mercier. Peu de temps après sa course avec Morot, sa voiture a été piratée. Il a perdu le contrôle et a renversé ma mère, la tuant sur le coup. J'étais anéanti… mais il y avait quelque chose qui ne collait pas dans le récit de l'accident. Alors j'ai commencé à enquêter et je suis remonté jusqu'à la voiture. Mercier avait fait le test, on pouvait penser qu'il avait tenté de se tuer avec son véhicule, mais ce n'était pas le cas.

Il croisa le regard de Lavoisier.

— Est-ce que tu as des preuves de tout ce que tu avances ?

Sébastian glissa la main dans la poche intérieure de sa veste et en sortit un minuscule disque dur, protégé par une coque antichoc. Il le posa délicatement sur la table basse entre eux.

— C'est tout ce qu'il me reste. Il contient l'enregistrement complet de la course dans le taxi de Mercier : audio et peut-être vidéo.

Lavoisier plissa les yeux.

— C'est ce chauffeur qui te l'a donné ?

— Oui.

— Tu as pu consulter les fichiers ?

— Je n'en ai pas eu l'occasion, mais je suis sûr qu'il y a quelque chose là-dedans. Si la voix de Morot s'y trouve, si on peut isoler ses mots, alors on tiendra une piste.

Lavoisier fixait le nano-SSD sans le toucher.

— Est-ce qu'il accepterait de témoigner sur procès-verbal ?

— Il est mort. Une frappe ciblée.

Lavoisier fronça les sourcils.

— Une frappe ? Par qui ?

— Des drones, dans le bidonville d'Esperanza.

Lavoisier resta figé.

— Ce que Morot dit dans ce taxi ce jour-là, poursuivit Sébastian, ça pourrait tout faire basculer.

— Tu es conscient que, si ce disque contient ce que tu crois, tu ne seras plus seulement un distordu. Tu deviendras un détonateur.

Sébastian soutint son regard sans broncher.

— Alors il faut que ça explose au bon moment.

Lavoisier attrapa le disque sur la table.

— Voyons ce que ce machin a dans le ventre.

Quelques minutes plus tard, Lavoisier se connecta à son ordinateur personnel, installé dans son bureau. Il entra un mot de passe et, peu après, l'application du ministère de l'Intérieur s'ouvrit. Il fit défiler un menu contextuel et cliqua sur un logiciel de filtrage sonore. Il brancha ensuite le nano-SSD et commença la lecture de la séquence audio.

Sébastian observait attentivement l'écran. Les premiers sons étaient brouillés par le bruit de la rue et le bourdonnement léger du moteur du taxi. Une voix d'homme âgé, entrecoupée de parasites extérieurs, perçait à peine. Lavoisier était concentré, il manipulait les paramètres du logiciel, éliminant progressivement les bruits de fond et les interférences.

— … régler ça… fichus, disait une voix dans le combiné.

— (Voix de Richard) … prédire… années de mort… problème… système.

— (Autre voix) … signaux… erronés… commencent à…

— (Voix de Richard, énervée) … erreur… découvrent… puces… ne fonctionnent pas… s'effondre… Philippe ?

— … ingénieurs… surchargés… manque de temps…

— … m'en charger… ingénieurs… solution… secret. Personne… au courant…

— On peut entendre un peu mieux la voix de ce Philippe dans le téléphone de Richard ? demanda Sébastian.

— C'est diffus, mais je vais essayer de pousser le logiciel au maximum.

— Vous avez toujours été aussi doué pour ce genre de choses ?

Lavoisier sourit légèrement. Nouvelle tentative :

— Richard, tu… régler ça avec les ingénieurs. Si ça se sait, on est fichus.

— L'IA fonctionne parfaitement pour prédire les années de mort, mais… problème avec les puces implantées dans… Elles ne… correctement avec le système, soupira Richard.

— Je sais, mais… puces envoient des signaux, d'autres… complètement erronés. Les gens commencent à s'en rendre compte.

Richard s'agaçait.

— On ne peut pas se permettre une… erreur. Si les éclairés découvrent… fonctionnent pas, tout le… Tu comprends… Philippe ?

— Oui, mais comment veux-tu qu'on règle… ? Les… surchargés et… de temps…

— Je vais m'en charger, coupa Richard. S'il faut faire appel à d'autres ingénieurs, je le ferai. Mais je trouverai une solution. Et surtout… personne ne doit être au courant !

Lavoisier repassa plusieurs fois l'enregistrement. Enfin, il s'appuya en arrière contre sa chaise et se tourna vers Sébastian.

— Une idée sur qui est ce Philippe ?

— C'est le principal associé de Richard Morot. Richard a conçu l'intelligence artificielle, tandis que Philippe s'est occupé de la partie financière. Ils forment un duo inséparable depuis le début du projet. Ils ont même fait la une du *Times* quand la loi Morot a été adoptée. Leur visage en pleine page avec ce titre : « Les prophètes de demain ».

Sébastian s'approcha de l'ordinateur et commença à taper sur le clavier. L'interface d'Arcana Technologies apparut à l'écran. L'ergonomie du site était conçue pour inspirer confiance, rappelant les institutions publiques.

— Regardez cette section, reprit Sébastian. C'est la liste des membres du conseil d'administration.

Il repéra vite un nom : Philippe Brennan, directeur financier d'Arcana Technologies. Lavoisier se pencha pour voir de plus près.

— Philippe Brennan…, murmura-t-il. Les directeurs financiers ont accès à beaucoup d'informations sensibles.

Sébastian poursuivit son exploration du site et cliqua sur « Partenariats et Financements. » Une nouvelle page s'ouvrit, affichant des logos d'institutions gouvernementales et des mentions de subventions publiques. Les descriptions indiquaient que l'entreprise entretenait des liens étroits avec l'État.

— Rien de nouveau, conclut le commissaire.

— Attendez !

La page décrivait en détail le parcours des deux cocréateurs de l'Oracle : Richard, le scientifique visionnaire, rêveur et humaniste, et Philippe, le comptable pragmatique et businessman.

— Si Brennan est aussi impliqué dans les aspects financiers et les partenariats, il est tout à fait plausible qu'il soit au courant des activités illégales et qu'il les cautionne, voire les orchestre, remarqua Sébastian. Si les puces des éclairés sont défectueuses, nous devons le faire savoir avant qu'il ne soit trop tard.

— Tu parles comme si c'était simple. Mais ce n'est pas si facile de blâmer l'Oracle. Pas après tout ce qu'il a apporté. Révéler ses failles, tu sais ce que ça implique ?

Il ajouta plus bas :

— C'est risquer le chaos. Le vrai.

Sébastian s'était adossé contre le mur.

— Les gens méritent de savoir. Ils doivent pouvoir choisir sur la base d'informations réelles, pas sur des illusions !

Lavoisier pensait à sa femme. Elle aurait su quoi lui dire.

— Et si les gens perdaient foi en tout ? Il vaut mieux parfois corriger les erreurs en silence, sans tout démolir. Demain, je dois rencontrer le préfet pour faire le point sur les distordus encore en liberté. J'en profiterai pour mentionner cet enregistrement. Il m'écoutera, j'en suis sûr.

Sébastian grimaça.

— Et s'il refuse ?

— Nous avons travaillé ensemble pendant des années et il sait que je ne viendrais pas avec une telle information sans une raison sérieuse. Mais si je me trompe…

Il fit une pause.

— Écoute, tu vas rester ici cette nuit. Il y a un canapé-lit dans ce bureau. Tu seras en sécurité et nous pourrons réfléchir à la prochaine étape dès demain matin.

Sébastian acquiesça sans discuter. Il était vidé.

— Merci…

Une heure plus tard, Sébastian sortit de la petite salle de bains, se sentant revigoré après une douche chaude. Il trouva un sandwich sur le bureau. Il s'assit pour manger et le commissaire apparut dans l'embrasure de la porte, une expression nostalgique sur le visage.

— J'espère que le sandwich te convient. Ce n'est pas un chef-d'œuvre culinaire.

Sébastian prit une bouchée.

— C'est parfait, monsieur. Et merci pour tout ce que vous faites pour moi.

Lavoisier affichait un sourire mélancolique.

— C'était ma femme qui s'occupait de tout ce qui était cuisine et jardinage. Elle avait ce don pour rendre tout plus beau et plus agréable.

— Elle devait être une femme incroyable.

Lavoisier hocha la tête, son regard se perdant dans un souvenir lointain.

— Oui, c'est pour elle que je fais tout cela. Pour que plus personne n'ait à vivre ce que nous avons traversé.

Ce souvenir lui coûtait.

— Si seulement l'Oracle avait été pleinement accessible dès le départ… Ses concepteurs pensaient qu'au début les gens seraient méfiants. Mais ça ne s'est pas passé comme prévu. Dès l'annonce de sa mise en service, ce fut le contraire : des millions de personnes se sont précipitées pour s'inscrire, terrorisées à l'idée de manquer leur chance. La liste d'attente est devenue interminable, engorgée par un afflux de demandes. Nous, les simples flics, les citoyens ordinaires, on devait patienter des mois. Et quand enfin son dossier a été traité, quand l'Oracle a rendu son verdict… c'était trop tard. La maladie était déjà installée, incurable.

Il laissa sa phrase en suspens, incapable de terminer.

— Nous allons faire ce qu'il faut, monsieur.

Lavoisier serra brièvement l'épaule de Sébastian en signe de gratitude.

— Repose-toi maintenant.

Sébastian déplia le canapé-lit et Lavoisier éteignit la lumière, ne laissant qu'une petite lampe de bureau allumée.

Alors que Sébastian s'installait, son regard fut attiré par une enveloppe sur le bureau. Elle portait un timbre distinctif : « Domaine de la Tour des Pins ». Intrigué, il tendit la main pour l'attraper. En l'ouvrant, il découvrit une invitation pour le surlendemain : « Le Congrès international de médecine prédictive 2037 se tiendra au Domaine de la Tour des Pins. »

Il lut en dessous en caractères stylisés : « Au cœur de Montpellier, le Domaine de la Tour des Pins, palace enchanteur entouré de vignes et de paysages méditerranéens, accueille des experts mondiaux en génétique, IA et thérapies personnalisées. Conférences, ateliers et tables rondes explorent la détection précoce, les traitements sur mesure et l'éthique de la médecine prédictive. »

Sa lecture fut interrompue par le bruit de la porte qui s'ouvrait. Le commissaire entra.

— Il faut qu'on parle, dit-il simplement. On doit définir un plan pour demain.

Chapitre 38

10 septembre 2035

Depuis quelque temps, j'ai remarqué que Philippe est devenu distant. J'ai demandé à le voir.

14 septembre

La débâcle, c'est peu dire... On est dans le gouffre ! Même les dizaines de millions d'euros investis dans l'Oracle par nos « Big Five », ce cercle des cinq titans de la santé connectée, n'ont pas suffi à colmater les brèches. Je n'arrive pas à y croire.

Quand Philippe a débarqué dans mon bureau ce matin, j'ai tout de suite su que quelque chose n'allait pas. Il avait cet air sombre des mauvais jours. J'ai dû insister pour qu'il crache le morceau : des trous financiers, des pertes qui s'accumulent, comme des cadavres dans un placard.

Comment ai-je pu être aussi aveugle ? Pourquoi ai-je confié les rênes sans jamais m'intéresser aux détails ? Je m'en veux tellement, bordel ! J'espérais naïvement que tout roulerait comme sur des rails, que les millions suffiraient à faire avancer le train. Quel idiot...

Nos investisseurs, je les voyais comme des philanthropes visionnaires. La vérité, c'est que Philippe leur a littérale-

ment tordu le bras pour les faire payer. Il avait embauché une société d'enquêteurs privés, sans en souffler mot à personne : elle se nommait Varenne et lui a fourni une liste des principaux concurrents de nos bailleurs de fonds.

Et lors d'une réunion dans un grand hôtel parisien, Philippe avait distribué une enveloppe à chacun d'entre eux. Dedans : le nom d'un rival gênant et l'année de sa mort. Certains n'avaient plus que quelques mois à vivre.

— L'effet a été immédiat, m'a avoué Philippe. Ils ont tous signé de gros chèques.

Les « nécro-datas »... je déteste ce mot !

Chapitre 39

12 juillet

Sébastian et Lavoisier se garèrent dans le parking souterrain, situé sous la place des Martyrs-de-la-Résistance, juste en face de la préfecture. Le chef de la Chrono-Police coupa le moteur ; un silence pesant tomba dans l'habitacle.

— Le préfet Castillon et moi, nous avons fait Sciences Po Aix ensemble. C'est un homme de confiance, mais aussi un pragmatique. Je vais tâcher de le convaincre.

Lavoisier activa son bracelet connecté pour des communications sécurisées, tandis que Sébastian ajusta celui qu'il avait dérobé à la boîte de nuit où travaillait Lucie. Les deux dispositifs garantissaient une connexion sans faille.

Pendant que Lavoisier se dirigeait vers la préfecture, vêtu d'un costume sombre, Sébastian le suivait à distance, se fondant parmi les badauds, avant de s'installer dans un bar en face de l'hôtel du département. Il portait une casquette enfoncée sur le crâne, des lunettes de soleil et une barbe plus fournie que sur ses papiers d'identité. Un parfait inconnu. Il commanda un café. Alors qu'il patientait, Lavoisier s'adressa à lui via son bracelet :

— Mince, j'ai oublié que le préfet a un brouilleur dans son bureau pour les entretiens confidentiels. Tant pis… je te ferai un compte rendu après.

— Soyez prudent, commissaire, murmura Sébastian.

Lavoisier suivit Castillon dans son bureau. L'homme, d'allure sévère, l'accueillit par une accolade chaleureuse avant de l'inviter à s'asseoir.

Au bar, Sébastian surveillait l'entrée de la préfecture. Le son se coupa d'un coup. Il regardait les gens passer. Sa boisson refroidissait. Quinze minutes. Trente. Une heure. Putain, cette attente… Lavoisier aurait dû être là. Il vérifia l'horloge, puis son bracelet. Rien.

Un homme en costume venait d'entrer. Agent de la Chrono-Police, peut-être ? Il s'installa et commanda un verre. Sébastian le fixa avec attention. Quelque chose clochait.

Une vibration à son bracelet le tira de ses pensées.

Enfin, des nouvelles !

Il fila aux toilettes, s'enferma dans une cabine et activa l'écouteur Bluetooth. Le commissaire avait lancé un enregistrement.

Silence. Puis des bruits étouffés. Des voix. Des cris.

L'angoisse lui remonta dans la gorge.

— Reculez, bande de chiens ! Touchez-moi et vous êtes finis !

Lavoisier, rauque, impérieux, pas une once de faiblesse.

— Jérôme, espèce de traître, qu'est-ce que tu fous ?!

Un fracas, une lutte, puis des hurlements de douleur, insupportables.

Le cœur de Sébastian cognait comme un dingue. Il entendait le souffle de Lavoisier, les coups… Un grésillement interminable. Les hurlements se muèrent en râles, puis en gémissements.

Enfin, le néant.

— Non, gémit Sébastian.

Ses mains tremblaient.

— Non, non, non…

Chapitre 40

18 septembre 2035

J'ai failli commettre un impair dans un taxi aujourd'hui. C'est dingue à quel point ça m'obsède ! J'étais à deux doigts de balancer mes désaccords avec Philippe devant le chauffeur.

Cet hypocrite est parasité par Varenne, qui lui extorque des nécro-datas contre rémunération, et lui, il continue comme si de rien n'était. C'est à vomir… Je ne veux pas travailler avec de l'argent sale !

Pauvre Lucas…

Je dois abandonner mon rêve de sauver des enfants. Philippe a tout sali avec ses deals pourris et ses magouilles.

Et moi, je l'ai laissé faire.

Chapitre 41

14 juillet
Périphérie de Montpellier

Le soleil couchant enveloppait le Domaine de la Tour des Pins d'une lumière dorée ; il flottait dans l'air un parfum de roses et de buis. Assis dans la voiture de Lavoisier, Sébastian scrutait les invités, songeant à leurs discussions, mêlées au chant des grillons. Les lampadaires, alignés le long de l'allée, s'allumaient à peine.

Il jeta un coup d'œil à sa montre, puis glissa une main sous son siège pour en retirer une grosse enveloppe kraft. Il la tendit à Lucie, assise derrière le volant, les traits tendus.

— Si je ne ressors pas vivant de cet endroit, poste tout à l'adresse indiquée.

— *Reporters Alliance ?* lut-elle.

— C'est un consortium de journalistes indépendants, présents dans une vingtaine de pays. Ils utilisent la cryptographie avancée pour protéger leurs membres et assurer la diffusion de leurs enquêtes. Tu te souviens de l'affaire « Ciel noir » ? Cette alliance entre gouvernements et géants technologiques, qui utilisaient des implants biométriques pour surveiller la population. C'était leur œuvre.

— Ça ressemble drôlement aux puces de l'Oracle, commenta-t-elle.

— C'est pourquoi j'ai pensé à eux. Mais n'oublie pas : si je ne ressors pas avant la fin du colloque, démarre et fonce au bureau de poste le plus proche.

Elle hocha la tête.

— Je ne te laisserai pas tomber.

Il esquissa un sourire.

— Tu es forte, plus que tu ne le penses.

Elle baissa les yeux, émue par ces mots.

— Depuis que tu m'as sortie de tout ça… j'ai plus grand monde. Et maintenant que mon père… enfin. S'il t'arrive quelque chose, je…

Il lui prit doucement la main.

— Je reviendrai.

Elle serra doucement sa main, puis la lâcha à regret.

— Je ferai ce qu'il faut.

La jeune femme le regarda s'éloigner dans la pénombre.

Sébastian se tenait à l'entrée, son carton d'invitation en main. Il l'avait récupéré sur le bureau de son supérieur, avec la même audace qui l'avait poussé à fouiller l'armoire de ce dernier pour y dénicher un smoking. Il lui donnait l'air d'un homme en fuite avec le col qui bâillait un peu et les manches pendantes, accentuant les traces de fatigue sur son visage.

Il tendit le carton à un vigile de Varenne Sécurité qui filtrait les entrées. Le colosse possédait une carrure si imposante qu'elle aurait pu arrêter une locomotive. Il examina le carton avec soin avant de le rendre à Sébastian, un sourire professionnel aux lèvres.

— Bonne soirée, commissaire.

— Mathias est dans le coin ? demanda Sébastian. On est de vieux copains tous les deux.

— Il reste au bureau ce soir, fit l'employé.

Sébastian fit bonne figure malgré sa déception. Il se fraya un chemin parmi les invités. En dépit de ce cadre enchanteur, il marchait en plein cauchemar. Les images de Catheline poursuivie lui revenaient comme des flashs traumatiques. Et Lavoisier… égorgé comme une bête, une exécution sauvage.

Sébastian se savait seul dans cette bataille. Encore une fois. Comme il le serait toujours, peut-être. Un éternel challengeur. Il avait choisi de vivre seul, de ne pas s'attacher, de ne pas avoir d'enfant. C'était plus facile ainsi, pensait-il. Pas de liens pour le retenir, pas de faiblesses à exploiter pour ses ennemis. Mais, en cet instant, la solitude lui pesait telle une douleur sourde. Avait-il eu tort ? N'avait-il pas renoncé à trop de choses pour son besoin de vérité ?

Il s'approcha du comptoir d'accueil. Une hôtesse lui donna un programme et un badge. Le nom de Lavoisier y trônait en lettres épaisses avec son affiliation : « Ministère de l'Intérieur, police judiciaire ». Un coup au cœur. Il parcourut le document, s'arrêtant sur un autre nom : « Dr Richard Morot, Arcana Technologies ». L'architecte de ce piège infernal.

Une vague de souvenirs le submergea : les drones vrombissant au-dessus du bidonville, charognards d'acier. Et Mercier, figé dans ce couloir, ses yeux plantés dans les siens avant que la machine ne le fasse exploser.

Sébastian baissa la tête. Il tenait toujours le badge entre ses doigts. Il le serra un peu plus fort, jusqu'à sentir le plastique craquer légèrement.

Il pénétra dans la grande salle, un espace polyvalent utilisé pour les réceptions et les congrès. Le plafond voûté, orné de moulures dorées et de fresques historiques, évoquait une grandeur intemporelle. Des lustres en cristal projetaient une lumière douce ; ils illuminaient les tables rondes dressées de nappes blanches. De grandes baies vitrées laissaient entrevoir les jardins.

Environ trois cents personnes étaient présentes ; leurs conversations s'additionnaient aux notes raffinées d'un quatuor à cordes qui semblait flotter au-dessus de la foule. Les invités, parés de tenues de soirée, étaient à leur aise et Sébastian se sentait étranger à ce monde de luxe et de privilèges. Il cherchait une place, tentant de se fondre dans le décor, et opta pour une table à moitié occupée : il s'assit en lançant des regards furtifs autour de lui. Il se surprenait à lorgner sur les bras nus des convives, à la recherche d'une trace de puce.

Sur les écrans géants disposés aux quatre coins de la salle, une vidéo promotionnelle silencieuse défilait en boucle. Une famille autour d'une table de fête, riant et partageant un repas. La caméra recule lentement pour révéler des hologrammes discrets au-dessus de chaque personne, montrant leurs dates. Personne ne s'en préoccupe ; ils sont tous absorbés par la joie du moment. « On ne compte plus les années. On fait que chaque année compte », peut-on lire à la fin.

Un mensonge bien emballé.

Bientôt, le murmure des convives s'estompa alors qu'une femme montait sur l'estrade. Professeure émérite, elle portait une robe élégante et ses cheveux argentés étaient coiffés en un chignon sophistiqué.

— Depuis près de vingt ans, lança la scientifique d'une voix claire qui portait jusqu'au fond de la salle, l'intelligence artificielle est notre alliée la plus sûre dans les domaines de la biologie et du médical. Elle nous permet de traiter une quantité gigantesque de données et de voir des choses invisibles pour l'œil humain. La voie a été ouverte vers la médecine prédictive et vers une parfaite compréhension moléculaire du vieillissement des organes humains…

C'est à ce moment que Sébastian remarqua que Richard Morot et Philippe Brennan s'apprêtaient à rejoindre la scène. Pourtant, quelque chose clochait dans le tableau. Philippe arborait un large sourire, tandis que Richard semblait ailleurs, presque éteint. Sébastian plissa les yeux, essayant de comprendre.

— Si la science est parvenue à vaincre le cancer du sein en 2029, c'est grâce aux diagnostics précoces, poursuivit-elle avec un éclat dans les yeux. Des centaines de milliers de mammographies ont pu entraîner des algorithmes capables de traquer les images suspectes bien avant que les signes de développement tumoral ne soient perceptibles. Imaginez le soulagement pour ces millions de Françaises qui ont pu continuer à vivre sans l'ombre de cette terrible maladie !

Elle marqua une pause théâtrale, laissant l'assemblée absorber l'importance de ces avancées. Les images sur l'écran montraient maintenant un complexe futuriste, le siège d'Arcana Technologies, filmé en contre-plongée pour accentuer sa monumentalité.

— Il y a une dizaine d'années à peine, Arcana Technologies a développé l'Oracle : une IA capable d'analyser des milliards de données biométriques et environnementales pour prédire, avec une précision stupéfiante, la date à laquelle un être humain est « programmé » pour mourir. Cette percée a été rendue possible grâce aux travaux acharnés du professeur Morot et de son fidèle allié de toujours, monsieur Brennan, son directeur financier. Je leur cède désormais la parole, car, ce soir, ils ont une annonce capitale à vous faire.

Philippe Brennan monta seul sur scène. Il jeta un regard surpris vers l'arrière, voyant que Richard s'était faufilé derrière un grand rideau, hors de vue. Il hésita un instant, puis se ressaisit, s'adressant à la foule avec assurance.

De son côté, Sébastian s'interrogeait sur la disparition soudaine de Richard. Pourquoi s'était-il éclipsé à un moment aussi crucial ? Et que cachait son sourire crispé ? Il se leva et marcha en direction des jardins.

Brennan prit le micro :

— Mesdames et messieurs, en 2019 – ça semble déjà une éternité, n'est-ce pas ? –, une étude menée par le laboratoire d'IA médicale de Stanford s'est attaquée à la prédiction des risques de cancer à partir de simples photos satellites. En analysant plus de 170 000 images de Google Maps, leur IA a réussi à identifier des facteurs de risque morbide, comme les incinérateurs de déchets et les autoroutes, et a produit des estimations justes à 60 % ! Un exploit incroyable avec si peu de données !

Brennan fit une pause, savourant l'émerveillement de son audience.

— Mais ça, c'était seulement le début. Grâce à la Plateforme Santé France (PSF), qui regroupe les dossiers médicaux électroniques de tous les citoyens français, nous avons pu enrichir ces cartes avec des données cliniques et même épidémiologiques : diabète, tabagisme, alcoolisme, asthme, troubles mentaux, statistiques salariales, activité physique… À tout cela, nous avons ajouté des informations fournies par les centaines de millions d'objets connectés utilisés par nos compatriotes. Je pense à ces bracelets-téléphones qui mesurent la fréquence cardiaque, la saturation en oxygène, le sommeil, mais aussi aux pacemakers et glucomètres connectés. Tout cela ne pouvait se mettre en place qu'à la seule condition qu'une volonté et d'importants moyens financiers se conjuguent. La présidence de la République a œuvré dans la bonne direction, et concernant les ressources chez Arcana, Dieu sait que nous en avons en abondance !

Un éclat de rire parcourut le public, qui partageait la confiance de Brennan. Il se délecta de leur réaction, sachant qu'il avait capté leur imagination et leur soutien.

— Beaucoup de gens, au début, ont cru que l'Oracle était une arnaque, dit-il en secouant la tête avec un sourire amusé. Mais la vérité, c'est que l'Oracle repose sur une chose toute simple : l'évidence statistique. Prenez n'importe quelle personne dans le monde. Si son hygiène de vie est médiocre et qu'elle a vécu dans des lieux pollués toute sa vie, alors elle a plus de probabilité qu'une autre de mourir dans les quatre prochaines années.

L'assemblée écoutait attentivement, captivée par ses paroles.

— Cette logique, nous l'avons poussée à son extrême. Nous avons créé le modèle prédictif le plus sophistiqué jamais conçu, capable d'intégrer des millions de variables pour chaque individu. Les premiers tests ont montré une marge d'erreur de seulement quinze jours sur une prédiction à cinq ans. Impressionnant, non ? Les « prédictions » de l'Oracle, continua-t-il, et je n'aime pas ce terme, car il est tout sauf scientifique, reposaient jusqu'à maintenant sur trois principes éthiques : consentement, accompagnement et libre arbitre. Mais ces principes, si beaux soient-ils… avaient un angle mort. Les enfants.

Un léger murmure parcourut la salle.

— Pourquoi des parents pourraient-ils changer leurs habitudes, manger mieux, faire du sport, vivre plus longtemps… mais ne rien faire pour leurs enfants ? Pourquoi resteraient-ils à l'écart ? Exclus du système ? Il y avait là… comment dire… un vide qu'on ne pouvait plus ignorer. Ce soir, mesdames et messieurs, je vous annonce une évolution majeure. Nous allons œuvrer pour étendre l'Oracle aux mineurs. Cela signifie que les parents pourront désormais connaître la date potentielle de la mort de leurs enfants et prendre toutes les mesures nécessaires pour améliorer leur qualité de vie et prolonger leur existence.

Brennan, en maître de cérémonie, fit un signe de la main et les lumières s'éteignirent progressivement. Un écran géant se mit à briller derrière lui, dévoilant la nouvelle campagne de l'Oracle.

Lumière dorée d'un matin d'hiver. Un enfant en pyjama descend un escalier en bois, un doudou dans la main. Dans la cuisine ouverte, son père prépare des tartines pendant que la mère, en robe de chambre, lui verse du jus d'orange dans son verre. Quelques notes suspendues de piano accompagnent les gestes du quotidien.

Voix off féminine, douce et enveloppante : « Chaque jour compte. Chaque minute passée avec eux est un trésor. »

[Plan sur la mère, dans la salle de bains.]

Elle tient une tablette entre ses mains. On y voit une interface épurée, des courbes de santé, des prévisions. L'identifiant d'un dossier individuel en haut à gauche : *Hugo, 7 ans*.

En dessous : *Espérance de vie estimée à 58 ans*. Puis elle touche l'écran. Une option s'ouvre : *Améliorer les facteurs de longévité ?*

Elle sélectionne « Oui ».

En voix off : « Et si nous pouvions leur offrir plus qu'un avenir ? Une existence rallongée en pleine santé grâce à la science prédictive ? »

Les scènes suivantes s'enchaînent rapidement : la famille fait du vélo dans un parc, un nutritionniste explique à la mère les menus de la semaine, une infirmière effectue un prélèvement salivaire sur Hugo dans un cadre apaisant.

La voix off devient solennelle : « L'Oracle, ce n'est pas seulement une date. C'est une chance. Un outil pour mieux aimer. Mieux protéger. Mieux vivre ensemble. »

Le petit garçon s'endort dans son lit. La caméra s'attarde sur son visage paisible.

Écran noir, puis logo de l'Oracle et slogan : « Oracle : prédire l'avenir, protéger nos enfants. »

Sébastian était resté debout à l'entrée de la salle. Il en avait assez entendu.

Chapitre 42

Il quitta la conférence et rejoignit les jardins à l'arrière du palace. La soirée était encore chaude et la fontaine, avec son léger clapotis, l'attirait irrésistiblement. À l'ombre des arbres, il aperçut une silhouette solitaire, debout devant la source. C'était Richard Morot. L'homme fixait l'eau, comme perdu dans ses pensées. Sébastian se souvint du moment où la mer voulait l'engloutir ; au pilote de ligne pressé d'écraser son avion contre les roches du pic Saint-Loup, et à tous ces visages de distordus qu'il avait découverts dans CHRONOS. Sébastian s'approcha du vieux savant.

— Professeur Morot ?

Ce dernier sursauta avant de se retourner.

— Nous nous connaissons ?

— Non, je... je travaille à la Chrono-Police.

Il avait caché le badge qui pendait à son cou, car son nom n'y figurait pas.

— Je sais pour l'Oracle, dit-il.

Morot tressaillit.

— Les choses ne fonctionnent pas comme on le raconte au micro, poursuivit Sébastian. Il y a de gros problèmes...

— Qu'est-ce qui vous permet de dire ça ?

— Professeur, l'Oracle m'a annoncé qu'il me restait cinq ans à vivre ! Pourtant, j'ai fait un check-up médical complet avant d'intégrer les rangs de la

Chrono-Police et tout était normal. Comment est-ce possible ? Et surtout, je n'ai jamais demandé de test, alors qui a osé interroger le système en mon nom sans même m'en informer ?

Morot tenta de reprendre la main, d'un ton qu'il voulait plus posé.

— Le système ne se trompe presque jamais. Taux de fiabilité supérieur à 97 %…

— Assez !

Sébastian le coupa net, sa colère éclatant sans retenue. Il l'empoigna par le bras et le força à le regarder.

— Vous vous souvenez du jour où vous avez pris ce taxi ? Il y avait un autre homme à l'intérieur : Étienne Mercier. Ce nom ne vous dit sans doute rien… mais c'est lui qui conduisait. Pendant le trajet, reprit Sébastian, vous avez reçu un appel. C'était votre partenaire, Philippe Brennan. Certaines données de l'Oracle commençaient à fuiter en dehors des canaux officiels.

Il marqua un temps.

— Ce n'était pas une rumeur ni une paranoïa de technicien. C'était réel et vous le saviez.

Morot fronça les sourcils.

— Vous savez ce qui s'est passé ensuite ? lança Sébastian. Les fameuses contre-mesures : voiture trafiquée, essaim de drones, et du sang. Beaucoup de sang.

Ses yeux restaient plantés dans ceux de Morot.

— Mercier est mort parce qu'il voulait comprendre. Et moi… parce que j'ai posé trop de questions, on a tenté de me faire disparaître.

Le savant tenta un pas en arrière, mais Sébastian le retint.

— Vous devez mettre un terme à tout ça, grogna-t-il. L'Oracle tue, professeur, même sans tirer une balle. Et vous le laissez faire.

Morot finit par se libérer d'un mouvement sec. Il recula de quelques pas, une main sur son bras, l'air à la fois choqué et confus.

— Si certains peuvent manipuler les prédictions, ajouta Sébastian, alors ils détiennent un pouvoir total sur nos vies. Ce n'est plus de la prévention, c'est de la domination.

Il fit un pas en avant.

— Vous le savez. Et vous vous taisez.

Les interrogatoires, c'était son affaire, et Morot n'était pas de taille.

— Avez-vous entendu parler de « l'Araignée » ? demanda Sébastian, scrutant le visage du professeur. On dit qu'elle est au centre d'un trafic de nécro-datas. Qu'elle tisse sa toile depuis l'intérieur même d'Oracle.

— C'est impossible, se défendit Morot. Seule une poignée de personnes habilitées peut consulter l'Oracle et chaque requête est enregistrée avec l'heure, la date et l'identifiant.

Sébastian se campa devant lui.

— Le système se délite. Le trafic de données prend de l'ampleur. Il a déjà fait des victimes et la corruption menace de s'étendre comme une gangrène.

Le savant écarquillait les yeux.

— Des entreprises d'assurances, des particuliers, continua Sébastian, tous sont prêts à payer une fortune pour disposer de ces données à leur avantage. Qui leur donne ce qu'ils demandent ? Le ver est dans le fruit.

Le créateur de l'Oracle secoua la tête, l'air abattu.

— Cela va bien au-delà de ce que j'avais imaginé, murmura-t-il.

— Les dysfonctionnements sont suffisamment graves pour que des gens meurent : un père de famille, un chef de la police… Le carnage doit cesser.

— Le temps où je tenais encore les rênes est révolu, lâcha Morot dans un souffle. Aujourd'hui, je ne suis plus qu'un nom sur les brochures officielles.

Il était honteux et sincère.

— Cela fait plus d'un an que le vrai pouvoir m'a échappé, transféré entre des mains plus opaques : réseaux criminels, administrateurs véreux, gens sans foi ni conscience. L'Oracle leur appartient. Et moi… je sers d'alibi.

Il releva la tête, amer.

— Qui se soucie encore des principes ? De l'éthique que j'ai tenté de transmettre ? Plus personne.

Il s'assit sur le rebord de la fontaine, cherchant ses mots.

— C'est trop tard.

— Professeur, vous seul pouvez éviter le pire. Il faut tout stopper. Les enfants… révéler l'année de leur mort, c'est monstrueux !

— L'Oracle a été conçu pour donner du sens à l'existence, dit Morot doucement. Mais nous avons sous-estimé son pouvoir et nous en payons tous le prix aujourd'hui.

— Que voulez-vous dire ?

— L'annonce du décès d'un individu, calculé par l'Oracle, était censée lui assurer un contrôle sur son avenir. Mais, en réalité, cela a eu l'effet inverse. Dès qu'ils savent, les gens changent. La peur les ronge. Pour un nombre significatif d'éclairés, les jours qui suivent la réception de leur enveloppe deviennent une course contre la montre. Cette pression constante fait monter leur niveau de cortisol dans le corps, l'hormone du stress. Leur système immunitaire s'affaiblit, ils dorment mal, puis développent des maladies liées à l'anxiété, comme des ulcères, de l'hypertension, et même des troubles cardiaques.

Richard soupira.

— Certains se mettent à boire, à fumer ou à prendre des drogues. D'autres tombent en dépression, perdent toute motivation et s'isolent de leurs proches. La Chrono-Police le voit bien : ils meurent avant l'heure, tués par eux-mêmes.

— Combien succombent malgré les coaches numériques ?

— 20 % en moyenne, lâcha Morot, amer.

Sébastian chancela sous le poids du chiffre.

— En voulant prédire et contrôler notre avenir, l'Oracle accélère notre chute…

— Exactement, approuva Morot. La connaissance n'est pas une chance, une opportunité d'aller mieux, comme je le croyais. C'est un poison mental, une prophétie autoréalisatrice qui écourte nos vies !

Sébastian songea à cet extrait de la Genèse : « De l'arbre de la connaissance du bien et du mal, tu n'en mangeras pas; car, le jour où tu en mangeras, tu mourras. »

— Depuis quand vous le savez ?

— Ça remonte à ce fameux coup de fil.

Sébastian fit quelques pas, les poings serrés.

— C'est bien plus qu'un trafic de données achetées sous le manteau pour savoir quand un concurrent va s'effondrer. Le problème est plus profond, plus global. Et qui profite de tout ça ? Les assureurs, qui ajustent leurs tarifs, les banques, qui refusent des prêts, Big Pharma, qui distribue ses pilules contre l'anxiété, et tous ces gourous du bien-être, qui vous apprennent à « embrasser votre destin » contre un mois de salaire.

— Je n'avais pas prévu…, geignit Morot.

— Personne ne le pouvait, mais c'est ce qui est arrivé. Une société entière sous perfusion de peur avec une obsession morbide pour le temps qu'il lui reste…

Sébastian grimaça, dégoûté. Devant lui, la bâtisse resplendissait grâce aux néons brillants.

— Mais j'y pense, dit-il en changeant de sujet. Brennan doit se demander pourquoi vous n'êtes pas sur scène avec lui.

— Je ne veux plus jouer la comédie.

Sébastian posa une main sur son épaule, surpris par cette soudaine lucidité.

— Écoutez-moi. Ce soir, une opportunité se présente à vous : prendre le micro et dire la vérité avant qu'elle ne soit déformée par les médias. C'est une chance : montrer au monde que, malgré les erreurs et les manipulations, il subsiste un vestige d'intégrité au sein de l'Oracle. Le vôtre !

— Lucas…, le prénom se brisa dans sa gorge. Tout ce que j'ai fait, c'était pour honorer la mémoire de mon frère, pour que son nom ne disparaisse pas comme lui.

Sébastian le fixa un instant, puis il secoua lentement la tête.

— Non. Pas cette excuse. Vous voulez faire croire que, tout ça, c'était par fidélité fraternelle ? Vous avez laissé faire.

Le professeur acquiesça.

— Je sais. C'est devenu une sorte de religion. Une obsession collective. On consulte l'Oracle pour tout désormais : naissances, mariages, traitements médicaux, carrières… Les gens veulent savoir. Certains encadrent leur année couperet dans leur salon. D'autres la tatouent sur leur peau. C'est devenu un totem. On m'a même raconté que des couples s'étaient séparés parce que leurs échéances ne coïncidaient pas.

— Vous saviez que ça arriverait, coupa Sébastian.

Le vieil homme pivota un instant vers la salle de conférences, dont les lumières éclairaient encore le jardin.

— Je me disais naïvement que, s'ils connaissaient leur fin, ils vivraient mieux. Qu'ils aimeraient plus fort, plus tôt. Mais c'était une illusion. J'ai voulu jouer à Dieu.

Il regarda ses mains, comme si la réponse était là, dans ses paumes vides.

— J'ai créé un monstre.

Le savant redressa la tête.

— Le mieux serait d'y mettre un terme dès maintenant. Il me suffirait de débrancher le serveur et ça en serait fini.

— Vous redonnerez aux gens la liberté de vivre sans cette ombre affreuse ! confirma Sébastian.

— Ça va vous mettre au chômage…

— C'est le moindre de mes soucis, professeur.

La nuit était enfin douce et la lune pleine et scintillante. Depuis le jardin, ils voyaient les baies vitrées de la salle de conférences illuminées. Brennan avait quitté la scène. Tout en marchant à côté de lui, Sébastian demanda au savant s'il avait déjà eu la tentation de consulter l'Oracle pour lui-même.

— C'est la première requête que je lui ai adressée, avoua-t-il. J'avais besoin de voir si ça fonctionnait. Je n'ai plus grand-chose à perdre.

— En ce cas, professeur, nous sommes dans le même bateau, vous et moi.

Morot sourit pour la première fois.

— Finissons-en, conclut-il d'une voix où perçait une détermination nouvelle.

Dans la nuit méditerranéenne, ils remontaient l'allée du jardin. Ils allaient atteindre les marches quand une silhouette déboula entre les haies.

— Richard ! Où étais-tu ? lança Philippe Brennan, visiblement hors de lui. Je t'ai cherché partout. Qu'est-ce qui t'a pris de partir sans un mot ? J'ai dû monter seul sur scène !

Il essuya la sueur sur son front et sa voix baissa d'un ton.

— Heureusement que les investisseurs ont applaudi. On tient quelque chose, Richard. Une réussite totale.

À ce moment, un agent de sécurité de la firme Varenne surgit à son tour de l'allée latérale, l'oreillette bourdonnant.

— C'est bon, dit Philippe en se tournant à moitié. Je l'ai retrouvé.

Richard, étrangement serein, hocha la tête.

— Philippe, tout est terminé. Nous allons débrancher l'Oracle et réfléchir à un autre avenir.

Brennan le fixa comme s'il venait d'entendre une absurdité.

— Tu es devenu fou ?

— Philippe, écoute-moi, je t'en prie, tenta Richard. J'aurais dû être plus attentif aux comptes, j'aurais dû te soutenir face aux difficultés. Je t'ai laissé affronter tout ça seul et c'était une erreur. Mais, maintenant, ce qu'on a déclenché… ça nous échappe. C'est devenu un cauchemar.

Philippe semblait prêt à exploser.

— Tu crois que c'est l'Oracle, le problème ? C'est juste ce monde où, si t'as pas une idée brillante, un pitch en béton… t'existes pas. Ce programme, c'était notre porte de sortie. Notre revanche. Un truc trop gros pour échouer. Et toi, tu veux tirer la prise maintenant ? Parce que t'as des scrupules ?

On aurait dit un animal traqué.

Richard ferma les yeux une seconde. Il revoyait encore Philippe, gosse, sur le terrain vague derrière l'école, en train de jouer avec son frère. Déjà une tête de mule. Le roi des combines.

— Il y a des types, Richard, avec qui on a dû traiter pour que le projet tienne. Oh oui, tu les connais. Pas ceux qu'on trouve sur les plateformes de financement participatif, non ! Des gens qu'on ne pourra pas rembourser si tu me lâches au milieu de la rivière.

Il s'était approché de lui.

— Tu comprends ce que je te dis ? Si on arrête, je suis mort ! Physiquement !

Brennan recula d'un pas. Il cherchait une issue. Son regard croisa celui de l'agent de sécurité. Sans réfléchir, d'un geste inattendu, presque animal, il se jeta sur lui. En un éclair, il arracha le pistolet de sa ceinture.

— Philippe, non ! cria son partenaire.

Les yeux de Philippe brûlaient d'une fureur incontrôlable. Il braqua l'arme sur l'employé de Varenne et, sans la moindre hésitation, pressa la détente. L'agent tomba au sol.

— J'ai tellement essayé de te protéger, reprit Philippe d'une voix brisée. J'ai tout pris sur moi : les décisions, les pressions, les compromissions. Je voulais que tu puisses continuer à chercher, à rêver… Mais je me suis perdu. Et maintenant, c'est fini. Tu ne comprends pas ? Ils nous tiennent. ILS NOUS TIENNENT !

Richard murmura presque pour lui-même :

— Pour Lucas… Pour Lucas…

Philippe pivota brusquement, les traits déformés par la rage, et pointa l'arme sur Richard. Un deuxième coup de feu retentit et le vieil homme s'effondra, une expression de surprise et de douleur sur le visage. Sébastian resta cloué sur place, sidéré.

— Tu es un distordu ! s'écria Philippe. Aveuglé par le désespoir, tu as décidé de te venger en supprimant Richard. C'est ce que tout le monde croira. C'est grâce à mon seul courage que j'ai pu te désarmer, mais, dans la lutte, un autre coup est parti et tu as été touché. Légitime défense, sans conteste.

Philippe pressa la détente, mais rien ne se passa. Le pistolet s'était enrayé. Profitant de la confusion, Sébastian se retourna et s'élança à travers les jardins. L'air nocturne remplissait ses poumons tandis qu'il courait pour sauver sa vie. Il ne s'arrêta pas avant d'avoir atteint les limites de la propriété. Lucie l'attendait dans la voiture. Phares éteints. Moteur tournant. Elle lui ouvrit la portière sans un mot.

Chapitre 43

Même soir
Quartier Antigone de Montpellier

Le reflet de la lune se dessinait sur les vitres des immeubles. Tapi contre un mur, Sébastian observait les drones de sécurité qui survolaient le périmètre.

Son passé dans la police, à l'époque où il avait été affecté à une cellule spécialisée dans l'analyse des dispositifs de surveillance privée, lui avait appris à lire ce ballet mécanique comme d'autres lisent une carte. Il avait passé des mois à décortiquer les protocoles des trois principales firmes de sécurité opérant dans la ville : ArgusTech, Securion, Noxis Systems. Il connaissait leur routine, leurs angles morts. La loi obligeait ces sociétés à déclarer leurs plans de vol nocturne, et surtout, à programmer les mises à jour logicielles de leurs appareils autour de 3 heures du matin. Ces dernières duraient une trentaine de minutes : le laps de temps nécessaire pour que les machines retournent à leur base, se connectent aux serveurs de la société et reçoivent de nouvelles instructions.

Sa montre affichait 02 h 50. Dans dix minutes, les drones quitteraient temporairement leurs rotations. Un intervalle mince mais suffisant s'il ne commettait aucune erreur. Attendre.

À 02 h 56, un premier drone marqua un temps d'arrêt, hésita dans sa trajectoire, puis pivota pour disparaître derrière une antenne-relais. C'était le début du repli. D'autres suivirent.

À 02 h 59, le dernier engin vira de bord, traçant une ligne souple avant d'aller se poser à son tour.

Le silence retomba. Le champ était libre. Sébastian se faufila vers l'entrée de la société, passa par-dessus la barrière baissée et se dirigea vers la façade où brillait un carré de lumière – un bureau occupé. À cette heure, ça ne pouvait être que Mathias.

Il se posta en bas de l'immeuble, au milieu de la pelouse. Sébastian activa le bracelet-téléphone volé dans le Requiem. Le propriétaire ne l'avait pas fait bloquer par la police, rien de très surprenant pour un probable drogué. Il composa le numéro de Mathias. Les quelques secondes avant que l'appel ne soit pris lui semblèrent durer une éternité.

— Je suis en bas, dit Sébastian. Où est ma sœur ?

Il pouvait l'entendre réfléchir à l'autre bout de la ligne.

— Sébastian… Je t'ai attendu longtemps. Trop longtemps.

— Rends-moi ma sœur, Mathias.

Ce dernier rit doucement.

— Tu ne comprends pas, n'est-ce pas ? J'ai gagné.

Sébastian déglutit.

— Je suis prêt à tout abandonner à condition que je récupère Catheline vivante.

Sébastian lui parla de tous les enregistrements qu'il possédait, prêts à partir par la poste dans plusieurs rédactions de journalistes obstinés : la séquence du taxi, la scène filmée par Catheline au moment où Mathias l'agressait chez elle et les cris du commissaire après son entrevue avec le préfet.

— Ce n'est pas possible, murmura Mathias. Tu bluffes.

Sa voix hésitait.

— Essaie donc, répondit Sébastian d'une voix tranchante.

— Très bien. Viens au troisième étage, aile Est. Et ne tente rien de stupide.

La ligne se coupa d'un coup. Sébastian gravit les étages rapidement, ses pas résonnant dans la cage d'escalier. Arrivé au troisième, il trouva la porte de l'aile entrouverte. Au bout du couloir, une pièce avec de la lumière. Mathias était debout derrière son bureau. Un sourire étirait ses lèvres, ses yeux étaient froids.

— Je savais que tu viendrais, Sébastian.

— Rends-moi ma sœur tout de suite !

Mathias fit mine de réfléchir.

— Si tu insistes…

Il ouvrit lentement un tiroir et en sortit un revolver. Il le pointa directement sur Sébastian, qui ne bougea pas.

— Je ne mens pas, Mathias. Les enregistrements seront publiés si je ne donne pas l'ordre de tout arrêter.

Mathias plissa les yeux, comme un prédateur évaluant une proie.

— Et qu'est-ce qui me garantit que tu dis la vérité ?

Sébastian effleura son bracelet-téléphone. En une fraction de seconde, un écran holographique jaillit dans l'air, projetant des images fantomatiques. Une séquence en vue subjective montrait Catheline qui courait dans le couloir de son immeuble, poursuivie par Mathias. L'étage, les murs, chaque détail était identifiable. Mathias se figea et son sourire disparut.

— Et ce n'est qu'une partie. Relâche-la maintenant ou cette séquence sera postée avec les autres avant l'aube.

— Tu joues un jeu dangereux, Sébastian.

— Non, Mathias. C'est toi qui as joué à ce jeu. Et maintenant, la partie est finie.

Mathias regarda une dernière fois l'hologramme. La jalousie et la rancœur qui avaient longtemps couvé en lui éclatèrent.

— Tu te souviens de notre première affectation en police judiciaire ? On nous avait mis ensemble parce que tu étais censé être le cerveau et moi le muscle. Même là, tu m'as volé la vedette !

Sébastian serra les dents.

— Laissons le passé derrière nous.

— Le seul flic de terrain, ça a toujours été moi, cracha Mathias. Pendant que tu pianotais sur le clavier de ton ordinateur ou farfouillais dans les archives, je faisais le sale boulot. Et malgré tout, ils t'ont pris à la Chrono-Police, et moi, on m'a claqué la porte à la gueule. C'est parce que ta mère avait été renversée par un distordu ?

— Ne parle pas de ma mère ! gronda Sébastian. Je veux juste ma sœur.

Mathias désigna le couloir.

— Dans l'ancienne salle des serveurs. À cet étage.

Il pointa son arme sur lui.

— Passe devant.

Ils traversèrent les couloirs déserts, Mathias restant à une distance prudente. Enfin, ils atteignirent une porte en acier, semblable à celle d'un coffre-fort. Mathias sortit une clé de sa poche et la fit tourner dans la serrure; la porte s'ouvrit avec un bruit lourd. Une bouffée d'air froid s'échappa de la pièce.

— Entre, exigea Mathias.

Il alluma les néons et une lumière crue révéla une vaste salle remplie de racks de serveurs vides et de câbles enchevêtrés. Il alluma. La lumière faisait mal aux yeux. Et là, dans le coin...

Catheline.

Le cœur de Sébastian s'arrêta une seconde.

Dieu merci, elle respire.

Il fit un pas vers elle, mais Mathias l'arrêta d'un geste brusque, revolver relevé.

— Pas si vite. D'abord, les enregistrements.

— Libère-la d'abord, répondit Sébastian, sa voix tremblante. Je te les donnerai après.

Mathias hésitait.

— Elle ne peut pas marcher, je te rappelle. Cet appareillage doit lui être insupportable depuis le temps.

Mathias abaissa légèrement son arme.

— D'accord, mais si tu essaies quoi que ce soit, je la tue.

— Sébastian, bredouilla-t-elle.

— Ne t'inquiète pas, je suis là, dit-il en s'agenouillant à côté d'elle. Je vais te sortir de là.

Il cherchait comment déverrouiller l'exosquelette. Derrière lui, la voix de Mathias égrainait son aigreur.

— Tu as toujours eu tout ce que je voulais : un physique avantageux, une carrière brillante et même l'amour de ma vie.

Il tourna vers Catheline des yeux brûlant de reproches.

— Je t'ai aimée, Catheline. D'une façon que tu n'as jamais soupçonnée.

Sa voix tremblait un peu.

— Une longue attente. Presque déraisonnable.

Il fit quelques pas.

— Et toi…

Il s'arrêta.

— Pendant toutes ces années, tu m'as relégué dans l'ombre.

— Mathias…

— Non ! Laisse-moi finir.

Il secoua la tête.

— Tu multipliais les amants. Tu ne te cachais même pas, ils défilaient sous mes yeux comme des trophées.

Silence.

— Et moi…

Il haussa les épaules.

— Je restais là. Fidèle. Disponible.

Il esquissa un sourire las.

— Puis est venu ce jour-là. Ton accident. Ta détresse. Et soudain, c'est à moi que tu as tendu la main. J'ai vu clair à cet instant. J'ai compris que tu ne revenais pas par amour mais parce que tu avais besoin de moi.

Son ton se fit plus venimeux.

— Tu es brillante, séduisante… Tu l'as toujours su. Une vraie petite stratège. J'ai d'abord songé à te rejeter pour goûter à ma vengeance. Mais j'ai choisi une autre voie. En restant près de toi, je pouvais continuer à surveiller ton frère. M'assurer que ses enquêtes ne gênaient pas trop mes affaires.

Il planta son regard dans le sien.

— Finalement, c'est peut-être toi qui m'as appris à me servir des autres.

Catheline supportait en silence tandis que Sébastian, intrigué, inspectait l'armature. Quelque chose clochait. Se penchant pour mieux voir, une pensée traversa son esprit. Comment était-ce possible ? Il fit comme s'il n'avait rien remarqué, continuant de s'affairer. Mathias reprit.

— Tu sais ce que ça fait de passer vingt ans à se salir les mains pendant que d'autres, planqués dans les états-majors, récoltent les médailles et les primes ? Et le pauvre Mathias, toujours en première ligne. Opérations sensibles, missions de nuit, interpellations à haut risque… Et à la fin, quoi ? Rien.

Il secoua lentement la tête.

— Alors oui, j'ai décidé que l'heure était venue de me servir. Après tout, j'ai pris des risques pour le système. J'ai encaissé les coups. J'ai vu des choses qu'aucun homme ne devrait voir. Et pour prendre conscience de quoi ? Que plus rien ne changera. Que j'étais devenu un rouage inutile dans une machine qui tourne sans moi.

Mathias désigna Sébastian de son arme.

— Quand tu es entré dans la Chrono-Police, je savais que tu finirais par découvrir mes petits arrangements.

Sébastian fronça les sourcils.

— C'était donc toi, l'Araignée… Tu as utilisé ma sœur pour tes magouilles sordides. Tu n'es qu'un lâche.

Mathias ricana.

— Un lâche, peut-être… Mais libre et plus riche que je ne l'ai jamais été. La revente de nécro-datas est une activité très lucrative !

Il tourna lentement sur lui-même, comme pour désigner la toile invisible qu'il avait tissée.

— Je suis devenu l'Araignée parce que j'ai su m'installer au cœur du réseau. Parce que j'ai compris avant tout le monde que la mort était devenue une information. Et que l'information, bien plus que l'argent, dirige tout ce bordel. Chefs d'entreprise, députés, assureurs, veuves, héritiers en devenir. Ils veulent juste une date, une seule : l'année où leur rival disparaîtra. Celle où l'argent changera de main !

Sébastian s'efforçait de rester concentré.

C'est quoi, ce truc ? On dirait un fil qui relie l'exosquelette à cette prise dans le mur. Dingue... Elle a réussi à se connecter au réseau électrique ! Depuis quand sa batterie est-elle en charge ?

Il fallait qu'il gagne un peu de temps. Il releva les yeux vers Mathias.

— Comment t'as fait pour atteindre le cœur du système ? L'Oracle, les nécro-datas et tout le reste ?

— Mon accès ne s'est pas fait d'un coup, tu sais. J'ai pris mon temps. Je me suis intéressé à ceux qu'on oublie : les prestataires, les sous-traitants. Ces techniciens qui changent les batteries des modules de refroidissement. C'est là que j'ai trouvé mon point d'entrée : un ingénieur de niveau deux. Trente-cinq ans, divorcé avec deux enfants. Surendetté comme il fallait.

— On dit que le serveur de l'Oracle est plus surveillé que Fort Knox !

— Et c'est vrai, l'Oracle centralise ses réponses à Paris, dans un data-center bunkerisé jusqu'à la moelle. Mais il a aussi essaimé en province. Le relais de Montpellier, par exemple : il est moins sécurisé, donc plus vulnérable.

Il marqua une pause.

— C'est par là que j'ai commencé. J'ai rencontré cet ingénieur en charge de maintenance sur un sous-module de l'Oracle. Accès limité, mais suffisant pour capter ce qu'il n'aurait jamais dû voir. Il sifflait une bière tous les soirs dans un pub situé près des bureaux. Au fil du temps, il m'a parlé d'une faille. Pas dans la machine, mais dans les routines. « L'Oracle s'auto-teste avec des jeux de données fictives », m'a-t-il avoué. Et lui, il pouvait glisser de vrais noms dans ces tests et l'IA répondait sans se méfier. Comme c'était censé être de la simulation, rien n'était enregistré.

Il baissa légèrement la voix.

— C'est comme ça qu'on devient l'Araignée : pas en forçant des portes, en les poussant doucement, une à une, pendant que tout le monde regarde ailleurs.

— Alors dis-moi..., poursuivit Sébastian. C'est toi qui as obtenu la date de ma mort ? Ou bien est-ce ton complice ?

— Moi ? Non. Pas du tout. Mais franchement... tu dois bien avoir quelques ennemis. Ce genre de demande ne vient jamais par hasard. Quelqu'un veut te voir tomber, mec ! C'est certainement ce crétin de Dave, notre informateur. Tu savais qu'il jouait un double jeu ? J'en ai autant appris sur ton enquête grâce à lui qu'en baisant ton infirme de sœur.

Mathias, impatient, fit un pas en avant.

— Dépêche-toi, Sébastian. Nous n'avons pas toute la nuit.

— Je fais de mon mieux.

Il jeta un regard à Catheline, qui comprit. Les joints métalliques de l'armure se mirent à bouger avec un léger grincement.

— Qu'est-ce que tu fais ? rugit Mathias, se retournant vivement, son revolver braqué sur Catheline.

C'était l'ouverture que Sébastian attendait. D'un mouvement rapide comme l'éclair, il se lança sur

Mathias, ses doigts cherchant à saisir le pistolet. Le choc les projeta au sol et leurs corps roulèrent dans la poussière, chacun cherchant à dominer l'autre.

Catheline se redressa. Elle s'était débranchée et, désormais, l'exosquelette était en parfaite synchronisation avec ses mouvements. Enfin ! Le métal et la chair ne faisaient plus qu'un. D'un coup sec, elle saisit Mathias par le col et le souleva sans effort. Pris de court, il tenta de riposter, son arme déjà pointée vers elle. Mais, avant qu'il ne puisse appuyer sur la détente, Catheline avait attrapé son poignet, inversant la direction du canon. La détonation claqua, sèche et violente. La balle l'avait atteint en plein torse. Il suffoqua avant de s'éteindre.

Sébastian, libéré de l'étreinte, se releva en haletant. Elle relâcha sa prise et le corps de son ex-amant s'effondra, lourd et sans vie. Catheline avait les yeux écarquillés, ses mains étaient agrippées à l'air comme si elles tenaient encore Mathias.

Sébastian vit que le pistolet était toujours dans la main de son ancien collègue. Une enquête sommaire conduirait peut-être à un suicide.

Pas d'autres témoins.

— On doit sortir d'ici, lança Sébastian, jetant un coup d'œil rapide autour de la pièce.

Mathias avait coupé les alarmes pour venir travailler et seuls les drones représentaient encore une menace.

— Il est presque 3 h 30, dit-il. Les mises à jour vont bientôt se terminer. Les drones vont reprendre leur vol d'un instant à l'autre. Si on doit bouger, c'est maintenant.

Il s'approcha de la fenêtre et leva les yeux vers le ciel, là où la lune blanchissait les angles des toits.

— C'est le moment ! Allons-y.

Ils coururent à travers les couloirs déserts. Arrivés au rez-de-chaussée, ils repérèrent la porte de service menant à l'extérieur. Ils se glissèrent dehors et foncèrent vers la barrière d'entrée menant au parking des employés. Plusieurs drones commençaient à émettre des signaux de redémarrage.

— Vite, par ici, indiqua Sébastian, entraînant sa sœur vers une ruelle étroite qui les dissimulerait des regards indiscrets.

La voiture du commissaire était garée au pied d'un lampadaire, à trois cents mètres de l'entreprise. Lucie attendait au volant, scrutant l'obscurité. Voyant Sébastian, elle sortit et le prit dans ses bras.

— Tout va bien, murmura-t-il.

Catheline, toujours dans son exosquelette, restait silencieuse, fixant le sol. Il lui restait 40 % de batterie. Sébastian l'aida à s'asseoir à l'arrière, le poids du carcan rendant ses mouvements maladroits. Elle se laissa faire, épuisée.

— Cathy… J'ai cru que tu étais morte, avoua Sébastian, ses paroles chargées d'émotion.

Elle leva les yeux vers lui, un faible sourire au coin des lèvres.

— J'ai fait une chute depuis l'échafaudage. Mais, heureusement pour moi, une benne installée par les ouvriers quelques dizaines de mètres plus bas était remplie de cartons. Ils ont amorti ma chute.

Sébastian hocha la tête, soulagé, puis se tourna vers Lucie.

— Ramène-la chez elle.

Catheline saisit son frère par le bras.

— Tu ne viens pas ?

Cette petite voix, comme quand elle était enfant et qu'elle avait peur du noir.

— J'ai franchi trop de lignes… Je ne peux pas rester.

Les larmes arrivèrent d'un coup sur les joues de sa sœur. Elles coulaient sans bruit.

— Quand est-ce que je te reverrai ?

— Je ne sais pas.

Sébastian tourna la tête vers Lucie au moment où elle mettait le contact. Ils s'étaient déjà dit au revoir.

— Les enveloppes, poste-les dans la première boîte que tu vois. Les copies dans une autre.

La voiture s'éloigna. Il la regarda jusqu'au bout. Jusqu'à ce qu'elle tourne au croisement. Jusqu'à ce qu'il n'y ait plus rien.

ÉPILOGUE

Juin 2028
Plage de La Arena, près de Bilbao (Espagne)

Les deux femmes empruntaient un chemin plat qui serpentait le long du rivage, offrant une vue imprenable sur l'océan. La plage s'étirait en une large bande de sable doré, baignée par les vagues. Catheline marchait au rythme régulier de son exosquelette. La veille, son père avait passé des heures à travailler sur la batterie, concentré comme s'il réparait une partie d'elle-même.

Son esprit bouillonnait. Elle avait besoin de réponses. Qui était cette femme, marchant à côté d'elle ? Celle qui avait partagé la vie de son père dans l'ombre. Quelques promeneurs solitaires rompaient leur isolement. Ils semblaient libres, légers, loin des questions qui la hantaient.

Julia coupa le silence :

— Il est temps qu'on ait cette conversation.

Catheline inspira profondément, mais le nœud qui se formait dans sa poitrine refusait de se défaire.

— J'ai rencontré ton père il y a vingt ans, dans une petite boutique de Bilbao, nichée dans les ruelles du Casco Viejo. C'était un de ces endroits pleins de charme avec des étagères en bois massif, où l'odeur des vieux livres se mêle à celle du café moulu. Il cherchait un livre précieux et hésitait entre un recueil de poèmes et un livre d'art. C'est là qu'il m'a demandé mon avis. Je me souviens de son regard, à la fois timide et curieux. Je lui ai suggéré la poésie. Il m'a remerciée et, sans préambule, il m'a proposé d'aller dîner, comme si cela allait de soi. J'étais surprise par sa spontanéité, mais aussi par la chaleur qui émanait de lui. Ce dîner, dans un petit restaurant caché entre les ruelles, a marqué le début de quelque chose d'inattendu. Je me rappelle chaque détail : les murs ornés de vieilles affiches, la lumière tamisée des chandelles posées sur les tables en bois et le parfum des pintxos, fraîchement préparés.

Catheline sentit une vague d'amertume monter en elle. Certes, Julia lui révélait de nouveaux éléments, mais, par-dessus tout, elle la forçait à revivre cette trahison, à accepter une fois de plus que celui qu'elle avait idolâtré n'était pas qu'un père, mais aussi un homme avec ses désirs et ses contradictions.

— On n'arrêtait pas de parler, dit Julia dans un souffle. De tout. De rien. De cette solitude qu'on avait en commun, sans le savoir.

Catheline lâcha, presque à contrecœur :

— Il t'avait dit qu'il était marié ?

— La deuxième fois. Pas avant.

Julia marqua une pause.

— Il m'a montré une photo. Toi, Sébastian, votre mère… Vous étiez beaux. Une vraie famille.

Elle baissa un peu la voix, comme si ça allait adoucir ce qu'elle s'apprêtait à dire.

— Jacques donnait l'impression d'avoir tout : le charisme, l'intelligence, la culture… mais, dedans, c'était tout cabossé. Il flippait à l'idée de passer à côté de son existence. Tu sais, cette phrase qu'on entend parfois : « Perdre sa vie à la gagner »... Eh bien, c'était lui. Ses voyages professionnels incessants le dépri-maient : il a choisi d'avoir un point de chute où il se sentait accueilli et aimé.

L'espace d'un instant, Catheline voulut répliquer quelque chose : défendre sa mère ou dénoncer la lâcheté de son père. Cependant, elle se retint. Cette histoire appartenait à ses parents et ce n'était pas à elle de solder les comptes. Julia fit une pause.

— Ta mère était dépressive, Catheline. Elle était malade et cela le rendait malheureux. Son mariage était devenu sa prison. Mais il t'adorait, toi. Tu es la lumière de sa vie, il me l'a dit souvent.

Les yeux de Catheline s'emplirent de larmes.

— Il ne voulait pas vous faire de mal. Il se sentait responsable de vous trois, mais il souffrait profondé-ment. Notre relation, c'était une manière pour lui de respirer, de se détacher de ce fardeau qui l'écrasait.

— Est-ce qu'il redoutait d'être découvert ?

Julia acquiesça.

— Tout le temps.

Catheline détourna le regard.

— Et l'idée du test, auprès de l'Oracle, elle était de lui ?

— Il a fait son choix seul, en toute conscience, répondit Julia avec gravité. Ici, en Espagne, cette pos-sibilité n'existe pas encore, et je lui ai clairement dit que je ne lui demandais rien.

— Comment a-t-il réagi en apprenant le résultat ?

— Ce fut un choc… il ne lui reste pas tant de temps que ça.

Catheline eut envie de demander combien exactement : dix ou quinze ans ? Moins ? Et puis… à quoi bon ? Savoir ne changerait rien.

— Les choses se sont précipitées, continua Julia. Il ne pouvait plus continuer à vivre cette double vie. Il voulait simplement se donner une chance d'être heureux, enfin.

Enfin…

Catheline prit le mot comme une gifle.

Le vent du matin était vif et salé.

— Tu n'as jamais pensé à consulter l'Oracle pour toi ?

Catheline ne répondit pas tout de suite. Elle suivait des yeux un goéland atterrissant sur le sable.

— J'y ai songé, murmura-t-elle. Une fois. Peut-être deux. Et puis j'ai renoncé. Pas par peur, seulement parce que je savais. Dans mon esprit, il n'y a pas de doute : je partirai avant mon frère. Ce n'est pas mourir qui m'angoisse. C'est d'être seule quand le moment viendra.

Le goéland s'envola soudain, abandonnant les deux femmes.

— Je ne l'ai jamais dit à Sébastian, mais je l'ai fait : j'ai interrogé l'IA avec son nom.

Julia tourna la tête vers elle.

— Mais… je croyais qu'on ne pouvait pas consulter l'Oracle pour quelqu'un d'autre. Ce n'est pas verrouillé ?

— En théorie, oui. L'accès est lié à des données biométriques. Mais aucun système n'est infaillible. Je travaille pour Sentinelle, Julia, un sous-traitant d'Arcana Technologies, ceux qui contrôlent vraiment l'Oracle. On n'a pas accès à l'année de mort d'une personne, on ne fait que traiter les contrats d'assurance, ajuster les paramètres, gérer les sinistres. Tout ce qu'on reçoit, ce sont des données nettoyées, sans rien d'explicite. Mais, parfois, certaines variables secondaires échappent à la vigilance du système.

— Je ne comprends pas.

— Sentinelle utilise un modèle prédictif pour évaluer la rentabilité des contrats, expliqua Catheline. Il sert à déterminer si ça vaut le coup de racheter une police d'assurance à l'avance. Pour cela, il calcule un « indice de viabilité », un chiffre qui estime combien de temps un contrat restera actif. En clair : un ratio bas, c'est mauvais signe. Un ratio haut, tout va bien. L'Oracle n'a pas besoin de dire « mourra en 2040 » quand l'indice de viabilité s'effondre à un certain moment. Mais c'est du pareil au même, maquillé en métrique commerciale.

— Comment ça peut être autorisé ? s'inquiéta Julia.

— C'est comme un médecin qui prescrit des soins palliatifs sans dire : « Vous êtes en phase terminale. » Tout le monde comprend, mais on n'a pas franchi la ligne jaune.

— Et donc, pour Sébastian, tu as vérifié son indice ?

Le visage de Catheline se crispa.

— Oui. Il était juste au-dessus du seuil critique.

— Ce qui veut dire ?

— Que ses jours sont comptés d'après l'Oracle.

— Et il le sait ?

Catheline hocha la tête.

— Il y a une chose que je ne saisis pas, ajouta Julia. Comment a-t-il pu être averti s'il n'a rien demandé lui-même ?

— Sentinelle a renforcé son système de sécurité. Je n'étais pas au courant, mais ils ont déployé un nouveau protocole après des tentatives de piratage sur leurs serveurs.

— Et ça change quoi ?

— Dès qu'un sous-traitant consulte un dossier, même à la marge, l'intéressé est prévenu.

— Comme une alerte bancaire pour une connexion suspecte ? demanda Julia.

— Exact. L'Oracle a tout balancé à Sébastian, et moi, je suis coincée. On sait que quelqu'un a fouillé, mais pas que c'était moi.

— Tu es sûre que personne ne pourra remonter jusqu'à toi ?

Catheline hésita.

— Je croise les doigts. J'ai pris un chemin de traverse.

— Quel chemin ?

— Un système prévu à l'origine pour faire des tests. Il n'est pas surveillé ou à peine. C'est un peu comme si j'avais glissé la question dans un lot d'autres, banales. Une aiguille cachée dans une botte de foin. Le système a répondu, sans se rendre compte de ce qu'il livrait. Cet outil n'est même pas censé être connu du grand public.

Julia fixait le sable, son front plissé.

— Alors… il ne saura jamais que c'était toi ?

Catheline fit signe que non.

— Et tu ne veux pas le lui dire ?

Elle regarda Julia comme si elle lui suggérait d'aller nager avec des requins.

— Quoi exactement ? « Salut, frangin, j'ai fouillé dans des répertoires pour lesquels je n'avais aucune autorisation, j'ai provoqué ta prédiction, et accessoirement, je risque ma carrière ? »

Catheline baissa les yeux.

— Je ne peux pas faire ça. Je lui ai volé son choix, et ça, il ne me le pardonnera jamais. Je ne veux pas le perdre.

*

Depuis la terrasse de la maison aux volets rouges, Catheline fixait l'horizon, là où le ciel et la mer semblaient se rejoindre. Sa marche le long de la plage, aidée par son exosquelette, lui avait demandé un effort considérable, mais elle se sentait plus vivante que jamais. Ses yeux balayaient le paysage et tout lui paraissait beau, éclatant : les palmiers, les oiseaux marins qui plongeaient dans les vagues et les bateaux de pêche qui revenaient du large.

À un moment, Julia sortit sur la terrasse avec deux verres de limonade fraîche. Elle en tendit un à Catheline avec un sourire hésitant, mais sincère. Les deux femmes restèrent un moment côte à côte, sirotant leur boisson et regardant les nuages.

Bientôt, son père émergea de la cuisine, essuyant ses mains sur un torchon. L'odeur de la paella le précédait, embaumant l'air d'un parfum de safran et de riz épicé.

Il posa une main douce sur l'épaule de sa fille.

— Je suis heureux que tu sois là.

Plus tard, dans la soirée, seule dans sa chambre, Catheline ouvrit le tiroir de sa table de nuit. Elle en sortit ses lunettes connectées, les essuya distraitement avec le bas de son tee-shirt, puis les plaça sur son nez. Le tintement léger de la connexion résonna dans ses tempes.

Devant ses yeux, des collines s'étiraient à perte de vue, parsemées de bruyères en fleur dont les touches vives bravaient le ciel menaçant. Ils étaient de nouveau réunis, Sébastian et elle, devant le même paysage, comme s'ils marchaient côte à côte. L'Irlande.

— C'est beau, dit-elle.

— Un autre monde, renchérit-il en jetant un coup d'œil à Lucie.

À travers ses lunettes, Catheline ressentait presque l'air froid et humide contre sa peau. Ils avançaient sur un sentier escarpé, le long de falaises battues par les vagues. Sa sœur était triste de le savoir loin.

— Comment te sens-tu, Sébastian ?

— Étrangement calme. Il me reste quelques années, c'est ce que l'Oracle a dit, mais tu sais quoi ? Peut-être que je ferai mentir les chiffres. Peut-être qu'il y a des exceptions.

Un oiseau, peut-être un busard, s'éleva d'un creux de la lande et décrivit un arc lent au-dessus de leurs têtes.

— Et puis… je suis bien placé pour savoir que l'Oracle est loin d'être infaillible. Je veux y croire. Parce que, si je laisse cette date dicter ma vie, alors je suis déjà mort…

Catheline sentait le poids de la culpabilité.

— Tu as suivi l'actualité ? demanda-t-elle, légèrement hésitante.

— L'Oracle a atteint sa date de péremption, on dirait. Ils arrêtent tout. C'était censé aider, mais, au lieu de ça, ils ont semé la panique. Les gens n'étaient pas prêts à savoir, pas comme ça.

Sébastian se souvenait des débuts du système, lorsque connaître l'année de sa mort semblait être une idée géniale, furieusement tendance. La fascination l'avait emporté sur la prudence.

Lucie tenait Sébastian par le bras en fixant un petit point sombre qui venait d'apparaître sur la route.

— Il y aura sûrement des enquêtes, annonça-t-il. L'État désignera des coupables et fera tomber quelques têtes pour calmer l'opinion. Puis il tentera de faire oublier le scandale…

Au loin, la voiture se rapprochait. Sébastian la distinguait avec plus de netteté : une berline de la Garda irlandaise. Sébastian se tendit légèrement. Le véhicule se gara sur le bas-côté et deux policiers en sortirent. La pluie commença à tomber, fine et persistante, et ils rabattirent leurs capuches, leurs silhouettes se fondant dans le gris ambiant.

— Que se passe-t-il ? s'enquit Catheline.

Les gouttes s'écrasaient contre les lentilles des lunettes de Sébastian, l'image était floue. Son frère ne répondit pas tout de suite, fixant les policiers. L'un des agents fit un signe de la main.

— Officiellement, murmura-t-il, je ne suis inculpé de rien. Pas encore. Mais, dans les faits, je suis dans l'ombre portée de trois cadavres : Richard, l'agent de sécurité de la soirée et mon ancien commissaire. Les autorités ont fini par me retrouver, on dirait. N'empêche, j'aimerais bien savoir qui a demandé la date de ma mort. C'est le dernier morceau du puzzle.

Les policiers arrivèrent à la hauteur de Sébastian. Un officier l'interpella.

— Richard Morot, ça vous dit quelque chose ?

Sébastian serra les mâchoires.

— Je ne l'ai pas tué, répondit-il fermement.

— Nous le savons. Une caméra a enregistré la scène. Vous êtes convoqué comme témoin assisté à la demande d'un juge d'instruction français.

Sébastian hocha la tête lentement, ses traits s'adoucissant à peine.

— On se rappelle dès que possible. On a encore des choses à se dire.

Il mit fin à la connexion.

NOTES DE L'AUTEUR

La question du choix de sa propre mort occupe aujourd'hui une place centrale dans les débats éthiques et sociétaux. Mais si une intelligence artificielle pouvait prédire notre fin, serait-ce la liberté absolue ?

Cette question, bien que fascinante, rappelle à quel point une telle technologie peut influencer non seulement les comportements personnels, mais aussi les dynamiques sociétales : assurance-vie, emploi, relations affectives.

Avec des bases de données larges et variées, des IA peuvent aujourd'hui repérer des indicateurs de vieillissement cellulaire, des marqueurs de stress chronique, des variations dans les biomarqueurs sanguins ou encore des habitudes de vie, collectées par les objets connectés qui occupent une place croissante dans notre quotidien.

En croisant ces informations, il devient théoriquement possible d'identifier des modèles prédictifs d'usure biologique qui permettront un jour de déterminer l'âge probable de la mort d'un sujet. Cette approche, autrefois strictement spéculative, se rapproche de plus en plus de la réalité.

Mais, pour qu'un Oracle puisse voir le jour, il lui faudrait d'abord accéder à une quantité considérable de données de santé. En prenons-nous le chemin ?

Les données médicales des Français et les GAFAM : un prélude à l'Oracle ?

Amazon HealthLake, un service proposé par Amazon Web Services (AWS), est conçu pour aider les organisations du secteur de la santé à stocker, transformer, interroger et analyser des données de santé à grande échelle. En France, le Health Data Hub est une plateforme nationale centralisée qui regroupe des informations provenant des hôpitaux, des laboratoires et des organismes de santé publique. En visant à faciliter l'accès aux données de santé pour la recherche, elle avait initialement choisi AWS pour son infrastructure. Cette décision a été critiquée pour des raisons de souveraineté numérique, ce qui a amené le gouvernement à envisager des alternatives d'hébergement sur des infrastructures européennes.

Source : https://www.lemonde.fr/pixels/article/2022/01/11/sante-coup-d-arret-pour-le-controverse-health-data-hub_6109065_4408996.html

Une filiale de Google en capacité d'évaluer la longévité d'un être humain.

Des projets tels que ceux de l'entreprise californienne Calico (une filiale de Google) utilisent l'IA pour analyser les données génétiques et biométriques afin d'estimer la longévité humaine. En croisant des informations génétiques avec des facteurs de style de vie et d'environnement, l'IA cherche à prédire l'âge biologique, une estimation souvent plus précise que l'âge chronologique, et potentiellement la durée de vie.

Source : https://paris-singularity.fr/calico-a-la-recherche-des-cles-du-vieillissement-avec-le-machine-learning/

« Life2vec » : une université du Danemark fait une percée dans la prédiction des décès à l'aide d'une intelligence artificielle.

Au Danemark, une intelligence artificielle a été développée en s'appuyant sur les données de santé, d'emploi et financières de près de 6 millions d'habitants (soit la totalité de la population du pays), permettant de prévoir – pour les individus âgés de 35 à 65 – les risques de décès avec une précision (11 %) supérieure à celle des outils actuellement employés dans le secteur des assurances. Ce système a montré une précision de « 78 % » dans ses prédictions.

Sune Lehmann Jørgensen, de l'Université technique du Danemark, et son équipe ont utilisé un ensemble de données très complet, couvrant les parcours éducatifs, les consultations médicales, les diagnostics, ainsi que les revenus et professions de tous leurs concitoyens entre 2008 et 2020. Jørgensen exprime toutefois une vive inquiétude : il redoute que cet outil puisse, à terme, être exploité par des entreprises peu scrupuleuses.

Life2vec n'est pas accessible au grand public.

Source : Jørgensen, S. L., *et al.*, « Predicting Mortality with Machine Learning in Denmark's Population », *Journal of Medical Artificial Intelligence*, 2023 : https://

www.newscientist.com/article/2408480-ai-trained-on-millions-of-life-stories-can-predict-risk-of-early-death/

« Death clock » : une application pourrait bientôt prédire le jour de votre mort grâce à une IA.

L'application « Death Clock », lancée en juillet 2024 par Most Days Inc., une entreprise technologique basée à San Francisco, utilise l'intelligence artificielle pour estimer l'espérance de vie des utilisateurs en se basant sur leurs habitudes de vie et leurs données personnelles. En analysant des informations telles que l'alimentation, l'exercice physique, le sommeil et le niveau de stress, l'application fournit une estimation personnalisée de la date de décès. Elle propose également des conseils pour améliorer la longévité en adoptant des habitudes plus saines. Depuis son lancement, Death Clock a été téléchargée plus de 125 000 fois !

« Gratuite au téléchargement, elle se décline toutefois en plusieurs versions avec des abonnements payants. »

Sources : https://apps.apple.com/us/app/death-clock/id6499554412

https://www.presse-citron.net/death-clock-lapplication-qui-pretend-predire-le-jour-de-votre-mort/?utm_source=chatgpt.com

AXA assurances : un contrat sur mesure grâce à l'intelligence artificielle.

AXA, la compagnie d'assurances internationale, utilise déjà l'IA pour analyser les données comportementales de ses clients et proposer des polices d'assurance personnalisées. Par exemple, l'offre YouDrive de Direct Assurance, filiale d'AXA, propose une assurance auto connectée où un boîtier installé dans le véhicule évalue en temps réel la conduite du client. Les conducteurs adoptant une conduite responsable peuvent bénéficier de réductions significatives sur leur prime d'assurance, pouvant aller jusqu'à 50 %.

Source : https://www.autoplus.fr/pratique/assurance-auto-des-boitiers-pour-evaluer-votre-conduite-1138844.html

L'intelligence artificielle permet de détecter très en amont toutes sortes de pathologies.

L'intelligence artificielle transforme le domaine médical en analysant des échantillons sanguins pour prévoir la progression de maladies neurodégénératives comme Alzheimer ou la détection précoce de la dégénérescence maculaire liée à l'âge.

Pendant la pandémie de Covid-19, l'IA a analysé des cellules sanguines pour prédire la gravité de la maladie avec une précision de plus de 90 %, facilitant l'identification des patients à haut risque. Elle est aussi utilisée pour détecter des marqueurs sanguins de cancers, ouvrant la voie à un dépistage précoce et moins invasif.

Source : https://www.mcgill.ca/neuro/fr/channels/news/une-analyse-sanguine-par-ia-peut-predire-la-progression-des-maladies-neurodegeneratives-317675

https://epistella.fr/2024/09/09/ia-diagnostic-cancer-revolution/

Dans la même logique, les données soumises à l'intelligence artificielle ont permis d'obtenir une précision de 94 % dans la détection du risque de tachycardie ventriculaire, comme l'indique Laurent Fiorina, spécialiste des troubles du rythme à l'Institut cardiovasculaire Paris Sud.

Une étude publiée dans *Frontiers in Endocrinology* a analysé les échantillons sanguins de 3 000 hommes européens, révélant que des niveaux bas d'INSL3 (hormone) sont associés à une augmentation du risque de maladies liées à l'âge, telles que l'ostéoporose, le diabète, les maladies cardiovasculaires et le cancer.

Source : https://adrem-med.org/score.php?do=show&id=24

Prédire une maladie cardiovasculaire dans un délai de cinq à dix ans.

Des chercheurs de Stanford ont mis au point un modèle de *deep learning* – nommé SEER (Stanford Estimator of Electrocardiogram Risk) – qui analyse les antécédents médicaux, les diagnostics passés et les tests biologiques pour prédire la probabilité de décès lié à des maladies cardiovasculaires dans les cinq à dix prochaines années. L'IA, grâce à ses capacités d'apprentissage automatique, repère ainsi des modèles subtils non détectables par des méthodes conventionnelles, améliorant ainsi la précision des pronostics.

Source : https://pubmed.ncbi.nlm.nih.gov/37700032/

Des IA de surveillance prédictive pour anticiper les décès hospitaliers.

La WAVE Clinical Platform est un système de surveillance médicale développé par Excel Medical, une entreprise basée aux États-Unis et conçue pour anticiper la détérioration de l'état des patients hospitalisés. En analysant en temps réel les signes vitaux tels que la fréquence cardiaque, la pression artérielle et la température corporelle, cette plateforme utilise des algorithmes prédictifs pour détecter des changements subtils indiquant une possible aggravation de l'état de santé. Elle peut ainsi alerter le personnel soignant jusqu'à six heures avant la survenue d'un événement critique, permettant une intervention précoce et potentiellement salvatrice.

Source : https://www.healthdatamanagement.com/articles/fda-approves-clinical-platform-that-predicts-patient-deterioration

Plus proche de nous, UK Biobank est un projet britannique qui doit regrouper les données de santé et les informations génétiques de plus de 500 000 participants. Ces informations doivent servir à détecter les variations génétiques de chaque individu, qui permettent de prédire la mortalité et le risque de diverses maladies. En combinant des facteurs de mode de vie et des données biologiques, ce modèle serait capable de fournir une estimation de la probabilité de décès, contribuant ainsi à « une gestion de la santé plus personnalisée et préventive ».

Source : https://www.ukbiobank.ac.uk

Combiner IA et satellite pour prédire la venue de maladies respiratoires.

Des projets en Inde intègrent l'intelligence artificielle (IA) et l'imagerie satellitaire pour surveiller la pollution atmosphérique dans des métropoles telles que New Delhi. Les satellites mesurent les concentrations de particules fines PM2.5 et PM10, tandis que l'IA analyse la corrélation entre l'exposition prolongée à ces polluants et l'incidence des maladies respiratoires et cardiovasculaires. Par exemple, une étude publiée dans *The Lancet* en 2020 a attribué 1,67 million de décès en Inde en 2019 à la pollution de l'air, soulignant l'importance de ces technologies pour comprendre et atténuer les impacts sanitaires de la pollution.

Source : https://www.independent.co.uk/climate-change/news/smog-air-pollution-delhi-aqi-severe-b2442269.html

Bien que prédire la mort d'un individu avec une précision absolue demeure (encore) spéculatif, le croisement toujours plus massif d'informations génétiques, biométriques et comportementales rend cette idée de plus en plus plausible. La technologie évolue et les modèles d'apprentissage automatique deviennent de plus en plus sophistiqués.

Un futur de plus en plus proche qui mérite d'être exploré avec attention et vigilance.

Pour aller plus loin et participer au débat :

Le Centre pour la Sécurité de l'IA (CeSIA).

Parmi les nombreuses sources de documentation auxquelles j'ai eu recours pour ce roman, outre celles liées à mes activités professionnelles dans le domaine de la cybersécurité, figurent celles que met à disposition le Centre pour la Sécurité de l'IA (CeSIA) : une organisation à but non lucratif, basée à Paris et qui se consacre à la recherche, à l'enseignement et à la sensibilisation aux risques et enjeux de l'intelligence artificielle.

Le CeSIA rassemble des chercheurs, experts, ingénieurs et juristes qui mettent en commun leur expertise pour étudier et faire connaître ces risques ainsi que promouvoir un cadre technique et réglementaire adapté.

Si les thématiques abordées dans ce roman (intelligence artificielle, aspects éthiques des activités prédictives, etc.) ou mes précédents thrillers évoquant ce sujet vous interpellent, sachez que vous pouvez vous informer et participer (tout comme moi) aux discussions sur la plateforme Discord du CeSIA.

Source : https://discord.gg/KjZHTyGWjQ

Pour plus d'informations, vous pouvez également consulter leur site web : https://www.securite-ia.fr/

REMERCIEMENTS

À Betty, mon épouse et ma première lectrice, qui a su déceler l'âme de chaque personnage quand je ne voyais encore que leurs contours. C'est elle qui a donné vie à Catheline, qui m'a aidé à comprendre les manœuvres de Philippe et les tourments de Richard.

Dans ces heures d'écriture et de relecture volées au sommeil, après des journées de travail trop longues, quand les enfants réclamaient encore notre attention et que les soucis du quotidien envahissaient mes pensées, Betty était là. Elle a toujours su me rappeler que nos histoires, même les plus technologiques, parlent avant tout du cœur des hommes.

Ce livre porte sa trace à chaque page.

Merci ma chérie.

Composition réalisée par Belle Page

Cet ouvrage a été imprimé en France par
CPI Bussière
Z.I. rue Pelletier Doisy
18200 Saint-Amand-Montrond (France)

pour le compte des Éditions Fayard
13 rue du Montparnasse, 75006 Paris
info-fayard@editions-fayard.fr
en septembre 2025

PAPIER CERTIFIÉ

fayard s'engage pour l'environnement en réduisant l'empreinte carbone de ses livres. Celle de cet exemplaire est de :
0,700 kg éq. CO_2
Rendez-vous sur www.fayard-durable.fr

N° d'édition : 84-4433-3/01 - N° d'impression : 2085299